로미오와 줄리엣

셰익스피어 지음 | 양은숙 옮김

범우

차 례

▨ 이 책을 읽는 분에게 · *5*
로미오와 줄리엣 · *9*
한여름 밤의 꿈 · *175*

□ 연 보 · *281*

▨ 이 책을 읽는 분에게

　영국이 낳은 세계 최고의 극작가 셰익스피어가 오로지 사랑만을 주제로 쓴 비극 작품이 바로 이 《로미오와 줄리엣》이다. 하지만 이 비극에서는 비극의 침울함을 조금도 찾아볼 수가 없다. 오직 불타는 청춘의 정열과 아름다운 서정(抒情)만이 넘쳐흐르고 있다. 두 사람의 비극은 불행한 인연으로 시작되지만 그 불행은 오히려 그들의 사랑을 순화(純化)하기 위한 것이었다.
　원수지간인 두 명문 출신의 젊은이 로미오와 줄리엣은 무도회에서 첫눈에 그만 숙명적인 사랑에 빠져 신부 로렌스의 도움으로 사랑의 결실을 맺지만, 양가 친척간에 벌어진 칼부림에 휘말린 로미오가 베로나에서 추방당함으로써 그 사랑도 일순간, 가슴 아픈 이별을 고하게 된다. 한편 아무 사정도 모르는 부모로부터 파리스 백작과의 결혼을 강요당한 줄리엣은 로렌스 신부의 지혜를 빌어 마취약을 먹고 죽음을 가장, 매장 후 마취에서 깨어나 로미오와 함께 도망갈 면밀한 계획을 세운다. 그러나 운명의 여신의 질투인지, 계획의 사소한 차질로 줄리엣의 가사(假死) 상태를 정말로 착각한 로미오는 그 슬픔을 이기지 못하여 음독자살한다. 그 순간 눈을 뜬 줄리엣은 모든 진상을 알아차리고 단검으로 가슴을 찌름으로써 로미오의 뒤를 따른다.

고전적 연애 비극의 대표작인 이 작품은 격렬한 사랑의 황홀감과 이룰 수 없는 사랑의 비통함을 아름답게 그려 낸 시적(詩的) 걸작이라 할 수 있다. 남쪽 하늘의 봄 내음, 나이팅게일의 구슬픈 울음 소리, 장미꽃 같은 풍부한 열정 등을 이 작품에서 감득(感得)할 수 있는 것도 크나큰 기쁨이라 하겠다. 그들의 사랑은 너무나도 순수하고 격렬하여 그 깊이를 헤아릴 수조차 없을 정도지만 특히 무도회에서의 첫 대면, 발코니에서의 고백 장면, 하룻밤의 사랑, 이별 장면은 감미롭고도 서정적인 그리고 감동적인 언어로 그려져 있다.

셰익스피어의 후기 작품에서 볼 수 있는 무겁고 침울한 비극 작품과는 달리 이 작품을 시적이고 명쾌한 아름다움이 담긴 특이한 비극 작품이 되게 한 요인은, 이 두 주인공뿐만 아니라 그들을 둘러싼 주변 인물들의 성격 묘사와 재기발랄한 언어 구사다. 특히 줄리엣 유모의 산문적 요설(饒舌)과 로미오의 친구 머큐쇼의 시적 요설과의 대조 및 그들을 중심으로 한 명랑한 음담패설, 로렌스 신부의 특이한 성격, 작품 전체에 넘치는 놀랄 만한 활기, 눈부신 언어의 홍수, 비유적 표현의 다양한 구사 등은 이 작품을 더욱더 빛내 주고 있다.

비록 비극적 종말을 맞이할 수밖에 없는 운명이었지만 로미오와 줄리엣의 사랑에 있어서는 서로가 서로의 우주요 현실이요 우상이었다. 한쪽이 없는 세상은 단지 스쳐 지나가는 허상에 불과하고 허무하기 짝이없는 꿈이었던 것이다. 상대방에게서 자기 자신을 찾고 상대방으로 인해 자기 자신을 상실할 수밖에 없는 사랑의 최고 경지, 사랑에 있어서 이보다 더 황홀하고 드높은 경지를 어디서 또 찾아볼 수 있을까.

옮긴이

로미오와 줄리엣

Romeo And Juliet

서 막

　　서사역 등장.

아름다운 베로나를 무대로
세도 있는 두 가문이
해묵은 원한으로 또다시 싸움을 일으켜
시민의 손을 시민의 피로 더럽히누나.
기구한 운명의 장난으로
이 두 원수 사이에서 한 쌍의 불행한 연인이 태어나
그들의 애틋하고 불행한 종말은
죽음으로 부모들의 싸움을 묻어 버린다.
죽음으로 끝나는 그들의 기막힌 사랑 이야기와
자식들이 죽고 나서야 사그라지는
부모들의 그칠 줄 모르는 분노가
이제 두어 시간 무대에서 펼쳐질 것이오.
여러분이 참고 들어 주신다면
부족한 점은 후일 메우도록 애써 보리다. (퇴장)

등장 인물

에스칼러스　베로나의 영주
파리스　청년 백작, 영주의 친척
몬테규 ⎫
캐풀렛 ⎭ 원수지간인 두 가문의 가장
로미오　몬테규의 아들
줄리엣　캐풀렛의 딸
머큐쇼　영주의 친척, 로미오의 친구
벤볼리오　몬테규의 조카, 로미오의 친구
티볼트　캐풀렛 부인의 조카
로렌스 ⎫
존　　 ⎭ 프렌체스코 수도회의 신부
밸서자　로미오의 하인

아브람 ⎫
샘 슨　⎭ 몬테규의 하인

그레고리　캐풀렛의 하인
피 터　줄리엣 유모의 하인
세 명의 악사
몬테규 부인
캐풀렛 부인
줄리엣의 유모
약방 영감
사관
베로나의 시민들
두 가문의 신사들과 귀부인들

제 1막

제1장 베로나의 광장

캐풀렛가(家)의 하인인 샘슨과 그레고리가 칼과 방패를 들고 등장.

샘   슨   그레고리, 이젠 더 이상 못 참겠네.
그레고리   아니, 그러다가 석탄이나 나르게 되려고?
샘   슨   내 말은 홧김에 칼이라도 뽑아들게 될 것 같단 말일세.
그레고리   어이쿠, 살아 있는 동안 자네 모가지나 뽑히지 않도록 조심하게.
샘   슨   고것들, 내 성미를 돋우기만 해봐라. 번개같이 내려칠 테니.
그레고리   하지만 자네가 그렇게 쉽사리 약이 오를라고?
샘   슨   난 몬테큐네 개새끼만 봐도 화가 치민다고.
그레고리   화가 나면 수선을 떨고 힘이 있을 때는 버티는 법이지. 그러니 자네가 화를 내는 건 곧 도망치겠다는 게 아냐.
샘   슨   몬테큐네 개새끼만 봐도 난 화가 나 버린다니까. 담벼락에 지켜 서 있다가 몬테큐네 집안것들이면 어떤 연놈이든지 길을 막아 버려야지.
그레고리   못난 소리 작작 하게. 오죽 못났으면 담벼락으로 밀려날까.
샘   슨   그 말이 맞긴 해. 언제나 우리네 남자들보다 약한 여자들이 담 쪽으로 떠밀려지거든. 그러니까 난 몬테큐네 놈들은 담에서 밀쳐내고 년들일랑은 담 쪽으로 떠밀어 붙여야지.
그레고리   주인은 주인끼리, 하인은 하인끼리의 싸움 아닌가.
샘   슨   마찬가질세. 난 실컷 횡포나 부려야겠네. 놈들과 한바탕 싸우고 나서 계집년들에게는 톡톡히 맛을 보여줘야겠어. 그것들 대가리를 죄다 잘라 놔야 겠다고.
그레고리 종년들의 대가리를 말인가?
샘 슨 그래, 고년들의 대가리든 처녀막이든 그건 자네 맘대로 생각하게나.
그레고리 맛을 알아야 생각도 하지.
샘 슨 내가 서서 버티는 동안이면 그것들은 내 맛을 단단히 볼 걸세. 내가 상당한 고깃덩이란 사실은 누구나 다 알고 있지 않은가 말일세.
그레고리 자네가 물고기가 아닌 게 참으로 다행이지. 만일 자네가 물고기였다면 건대구였을 게 분명해. 자, 칼을 뽑게! 마침 몬테규네 녀석 두 놈이 오는군.

다른 하인 두 명, 아브람과 밸서자 등장.

샘 슨 자, 칼을 뺏으니 싸우게! 난 자네 뒤를 봐 줄 테니.
그레고리 어떻게? 뒤로 뺑소니나 치려고?
샘 슨 내 걱정은 접어 두게.
그레고리 흥, 물론이지, 내가 언제 자넬 걱정했나!
샘 슨 나중에 우리 쪽에 말썽이 생기지 않도록 저놈들이 먼저 시비를 걸게 만드세.
그레고리 그럼 내가 놈들 곁을 지나가면서 인상을 쓰겠네. 놈들 마음대로 받아들이라지.
샘 슨 아냐. 그건 놈들의 용기에 달렸어. 난 엄지손가락을 물어뜯을 테야. 이걸 보고도 놈들이 참는다면 망신살 뻗치는 꼴이 되는 거라고.

아 브 람   이봐, 지금 우리 쪽에다 대고 손가락을 물어뜯는 거지?

샘   슨   내가 내 손가락을 물어뜯는데 뭐가 잘못됐나?

아 브 람   이봐, 지금 우리한테다 대고 손가락을 물어뜯었잖아?

샘   슨   (그레고리에게 방백으로) 그렇다고 말해도 나중에 우리 쪽에 말썽이 생기진 않잖아?

그레고리   (샘슨에게 방백으로) 웬걸!

샘   슨   천만에, 자네들 보고 물어뜯는 게 아니라 그냥 물어뜯고 있을 뿐이야.

그레고리   이것 봐. 지금 우리한테 시비를 거는 건가?

아 브 람   시비라니? 천만에.

샘   슨   하지만 덤벼든다면 내 당당히 맞서 주지. 나도 자네들만큼 훌륭한 주인을 모시고 있으니까.

아 브 람   더 훌륭하지는 못할걸.

샘   슨   글쎄.

벤볼리오 등장. 다른쪽에서 티볼트 등장.

그레고리   (샘슨에게 방백으로) 더 훌륭하다고 말하게. 마침 저기 주인네 일가 한 분이 오시는군.

샘   슨   암, 더 훌륭하고말고.

아 브 람   웬 헛소리야.

샘   슨   사내 대장부라면 칼을 뽑지 그래.

그레고리   자네의 멋진 솜씨를 발휘해 보라고. (하인들이 싸운다)
벤볼리오   그만둬, 이 바보들아! (그들의 칼을 내려친다) 칼을 거두란 말이야. 네놈들이 지금 무슨 짓을 저지르고 있는지 알기나 해?
티 볼 트   아니, 이럴 수가! 점잖은 체면에 하인들 사이에 끼여 칼을 휘두르다니! 덤벼라, 벤볼리오! 죽을 준비를 하고 말이야.
벤볼리오   난 싸움을 말리려 했을 뿐이야. 칼을 치워. 함께 이들 싸움이나 말리자고.
티 볼 트   뭐? 칼을 뽑아들고 싸움을 말리는 중이라니! 지옥으로나 떨어질 몬테규 족속들 같으니. 그게 웬 헛소리야! 자, 내 칼을 받아, 이 겁쟁아! (그들이 싸운다)

　　　곤봉과 창을 든 시민 서너 명과 사관 등장.

사   관   곤봉이다, 낫이다, 창을 쳐들어라! 세게 갈겨! 놈들을 때려눕혀!
시 민 들   캐풀렛네 놈들을 때려눕혀! 몬테규 패들을 때려눕혀!

　　　실내복을 입은 캐풀렛 노인과 그의 아내 등장.

캐 풀 렛   이게 웬 소란이지? 오, 어서 빨리 긴 칼을 내다오!

캐풀렛 부인   지팡이를 내드려라, 어서! 왜 칼은 달라고 그러세요?

캐 풀 렛   어서 내 칼을 줘! 저 몬테규 영감태기가 칼을 휘두르며 나한테로 오고 있잖소.

몬테규 노인과 그의 아내 등장.

몬 테 규   이 괘씸한 캐풀렛 녀석! 붙잡지 마오. 날 가게 내버려둬.

몬테규 부인   원수한테 가는 거라면 한 발짝도 안 돼요.

에스칼러스 영주가 부하들을 거느리고 등장.

영   주   평화를 깨트리는 흉악한 것들! 이웃끼리 피로 칼을 더럽히는 자들아, 내 말을 안 듣겠느냐? 에이, 이 몹쓸 것들! 흉악한 격노의 불길을 혈관에서 솟아오르는 붉은 샘물로 끄려 하다니! 고문당할 일이 무섭거든, 그 피묻은 손에 쥔 흉기들일랑 내던져 버리고 진노한 영주의 말을 듣거라. 너희, 캐풀렛과 몬테규 영감은 실없는 말로 세 번이나 싸워 우리의 조용한 거리를 세 번씩이나 뒤흔들어 놓는 바람에, 베로나의 노인들은 위엄 있는 장식들을 내던지고 평화로 녹슨 낡은 창들을 쭈글쭈글한 손으로 휘두르며 너희의 썩은 증오를 뜯어 말렸다. 만일 또다시 거리를 소란스럽게 하는 날이면, 평화를 교란시킨 죄로 너희의 목숨을 내놓아야 할 것이다. 이번만은 모두 다 물러가라. 캐풀렛, 그대는 나와 같이 가고 몬테규, 그대는 오늘 오후 자유 시간의 법정으로 나와 이 사건에 관하여 내 말을 더 듣도록 하라. 한 번 더 일러두지만, 죽음이 무섭거든 모두 썩 물러가거라. (몬테규와 그의 부인 그리고 벤볼리오만 남고 모두 퇴장)

몬 테 규   이 묵은 싸움을 도대체 누가 또 터뜨렸느냐? 말 좀 해봐라, 애야. 넌 처음부터 지켜봤느냐?

벤볼리오   여기서 캐풀렛가 하인들과 숙부님의 하인들이 막 싸우기 시작했을 때 제가 왔습니다. 저는 그들을 말리려고 칼을 뽑았지요. 바로 그때 사납기 이를 데 없는 티볼트가 칼을 빼들고 제게 달려들었던 거예요. 하지만 그놈은 칼을 휘두르며 헛손질만 했지요. 그러니 그 칼에 누군가가 다치긴커녕 바람 소리만 쌩쌩 나서 꼭 비웃는 것 같았어요. 우리가 한참 치고 받고 있는 동안, 사람들이 자꾸 몰려들어서 패를 지어 싸우게 되었던 겁니다. 헌데 마침 영주님께서 오셔서 싸우는 패거리들을 갈라놓았지요.

몬테규 부인   오, 로미오는 어디 있니? 오늘 그 애를 봤느냐? 로미오가 이 싸움에 말려들지 않아 정말 다행이구나.

벤볼리오   숙모님, 성스러운 태양이 동쪽 황금빛 창문으로 들어오기 한 시간 전에, 전 마음이 산란해서 산책을 나갔었지요. 그런데 마을 서쪽에 우거진 단풍나무 숲속을 그렇게도 일찍 일어나 거닐고 있는 로미오를 보았습니다. 헌데 제가 다가가니까 저를 알아보고는 숲속으로 숨어 버리겠지요. 그래 저는 로미오의 심경을 제 경우에 비추어 짐작했습니다. 마음이 괴로울 때는 혼자 있어도 어수선하게 느껴져 인적이 드문 곳만 찾게 마련이니까요. 피하려는 사람의 마음을 편하게 해주려고 로미오를 뒤쫓지 않고 모르는 체했어요.

몬 테 규 글쎄 아침이면 자주 로미오가 그곳에서 신선한 아침 이슬 위에 눈물을 뿌리고, 깊은 한숨으로 구름에다 더 많은 구름을 보탠다는 게야. 그러다가 만물에 힘을 주는 태양이 머나면 동천에서 오로라 여신의 침대로부터 어두운 장막을 걷기 시작하면, 우울한 내 아들은 곧 빛을 피해 살며시 집으로 돌아와, 방 안에 틀어박힌 채 창문에 발을 쳐 밝은 빛을 막아 일부러 밤처럼 만들어 버리더구나. 그런 심경은 필시 흉한 화근을 불러일으킬 텐데, 잘 충고해서 그 원인을 없애 주지 않으면 말이다.

벤볼리오 숙부님께서는 원인을 알고 계신지요?
몬 테 규 모른다. 알 도리가 있어야 말이지.
벤볼리오 어떤 수단을 써서 끈덕지게 캐물어 보셨는지요?
몬 테 규 나뿐 아니라 여러 친구들까지 캐물었지만 그녀석은 속으로 끙끙거리기만 하고——이게 얼마만큼 맞을는지는 모르지만——마음을 닫아걸고 비밀을 꼭꼭 감추어 두고 있으니 도저히 알아낼 길이 없구나. 마치 작은 꽃봉오리가 향기로운 꽃잎을 대기 속에서 활짝 펴고 그 아름다움을 태양에 바치기도 전에 고약한 벌레한테 물어뜯기기라도 하는 것처럼 말야. 그 녀석의 슬픔의 근원을 알 수 있다면 당장에라도 고쳐 줄 수 있으련만…….

로미오 등장.

벤볼리오   보세요, 마침 로미오가 오고 있군요. 숙부님과 숙모님께서는 자리를 좀 피해 주세요. 제가 그 원인을 알아 보죠. 뭐 거절당하진 않겠지요.
몬 테 규   네가 여기 있다가 그 아이의 진실된 고백을 듣게 된다면 오죽이나 좋겠느냐. 이보오 부인, 우린 갑시다. (몬테규 내외 퇴장)
벤볼리오   밤새 별일 없었나?
로 미 오   아직도 아침인가?
벤볼리오   막 아홉 시를 쳤네.
로 미 오   아, 시간은 지루하게만 느껴지는군! 방금 급히 나가신 분이 내 아버님이시지?
벤볼리오   맞아. 그런데 무슨 시름으로 자네에겐 시간이 그리 지루하게만 느껴질까?
로 미 오   시간 가는 것도 잊을 만한 걸 갖지 못했기 때문이지.

벤볼리오　사랑에 빠졌나?

로 미 오　아니 …….

벤볼리오　사랑에 빠지지 않았다면?

로 미 오　사랑하는 여자가 있긴 한데 통 반응을 얻지 못하고 있어.

벤볼리오　저런, 사랑이란 놈은 겉으론 아주 부드러워 보이지만 실제로는 포악하고 거칠기 그지없는 놈이지!

로 미 오　제기랄, 늘 앞을 가리고 있는 그 사랑이란 놈은 눈없이도 가고 싶은 길을 잘도 찾아가는군! 어디 가서 아침이나 먹을까? 아니, 여기서 무슨 싸움이라도 있었나? 아냐, 말하지 말게. 나도 다 알고 있으니까. 미움과 관련된 소동도 대단하지만 사랑과 관련된 소동은 한결 더할걸. 오, 그러고 보니, 싸우는 사랑이요, 사랑하는 미움이라! 오, 무(無)에서 창조된 유(有)로구나! 오, 묵직한 가벼움이여! 진실한 허영이여! 보기엔 근사하나 꼴사나운 무질서! 납으로 된 깃털, 빛나는 연기, 차디찬 불, 병든 건강이로구나! 깨어 있는 잠이여, 그것이 아닌 그것! 이것이 내가 느끼는 사랑이니 어디 이런 사랑에 만족이 있을 리 있어야지. 어때, 우습지 않은가?

벤볼리오　아니, 오히려 울고 싶다네.

로 미 오　아니, 그건 또 무슨 소리지?

벤볼리오　자네의 착한 마음이 시달리고 있을 테니까.

로 미 오　원, 그건 자네 사랑이 지나친 거라네. 내 슬픔만도 이렇게 감당해 내기 어려운데, 자네 슬픔마저 덧붙여 내 가슴을 짓누를 텐가? 자네가 보여준 사랑이야말로 주체하기 힘든 내 슬픔에 설상가상인 격일세. 사랑이란 한숨으로 피워 올린 연기라네. 깨끗이 개면 애인들의 눈동자에서 반짝이는 불꽃이요, 흐려지면 애인들의 눈물로 바다가 되지. 그게 바로 사랑 아닌가? 가장 분별 있는 미치광이요, 숨막힐 듯한 쓴 약이요, 생명을 보존하는 감로가 아닌가. 그럼 잘 가게.

벤볼리오 아니, 나도 같이 가겠네. 이렇게 날 혼자 두고 가면 너무 섭섭하잖아.

로 미 오 이런, 나야말로 내가 어디 있는지도 모르겠어. 난 여기 없다네. 이 사람은 로미오가 아니야. 그는 어디 딴 데 가 있다네.

벤볼리오 솔직히 말해 보게나. 대체 누굴 사랑하는지 말야.

로 미 오 뭐라고? 너무 괴로워 끙끙 앓으면서까지 털어놓으란 말인가?

벤볼리오 괴로워서 앓다니? 천만에. 누군지 어서 말해 보게.

로 미 오 환자더러 유언을 쓰라고 재촉하는 격이군──아, 그 말이야말로 환자에겐 더없이 섭섭한 말이지. 헌데 여보게, 딱하게도 난 정말 어떤 여자를 사랑하고 있다네.

벤볼리오 그럼 내 짐작이 어지간히 맞아떨어진 샘이로군 그래.

로 미 오 기가 막힌 명사수야! 여하튼 내가 사랑하는 여자는 보통 미인이 아닐세.

벤볼리오 이보게. 진짜 미인이라면 그 과녁을 재빨리 쏴 맞혀야 하잖아.

로 미 오 글쎄, 그런데 그 여자가 어디 큐피드의 화살에 맞아야 말이지. 그녀는 다이애나 여신의 재치를 지닌 데다 순결이란 갑옷으로 단단히 무장하고 있거든. 그러니 어린애 장난감 같은 사랑의 화살로는 끄떡없을 걸세. 그녀는 사랑의 속삭임에는 끄떡도 하지 않을 테고, 꿰뚫는 듯한 눈맞춤에서도 벗어나거든. 성인들마저 홀리는 황금에도 치맛자락을 펼치려 들지 않을 거야. 오, 그녀는 대단히 아름답지만, 죽어 버리면 그 아름다움도 사라질 테니 정말 애달픈 일이지.

벤볼리오 그럼 그 여자는 평생 수녀로 산다는 맹세라도 했단 말인가?

로 미 오 그렇다네. 그런데 그녀가 그런 식으로 아름다움을 아끼는 건 큰 낭비일세. 그런 아름다움이 금욕 때문에 굶주려 죽어 버리면 자손만대 그 아름다움은 끊어지는 게 아니냔 말일세. 날 절망에 빠뜨렸으니 그렇게도 아름답고 재치 있고 착한 여자라도 복을 받지는 못할 걸세. 그녀는 사랑을 하지 않기로 맹세했지만 고놈의 맹세 때문에, 지금 이 말을 하고 있는 나는 산송장이나 다름없다네.

벤볼리오 내 말을 듣게. 그녀를 잊어버리게나.

로 미 오 오, 어떻게 하면 잊을 수 있는지 제발 좀 가르쳐

주게!

벤볼리오   자네의 눈을 자유롭게 만들게. 다른 아름다운 여인을 찾아보는 게 어때?

로 미 오   그건 그녀의 아름다움을 더욱더 생각나게 할 뿐이야. 아름다운 여인들의 이마에다 입맞추는 저 어릿광대는 검기 때문에 오히려 그 가려진 미모를 더 생각케 하잖는가. 갑자기 눈이 먼 자는 잃어버린 시력이라는 그 귀한 보배를 잊을 수 없는 법이지. 절세의 미인을 내 앞에 데려와 보게나. 아무리 아름답더라도 그녀의 아름다움 앞에서는 소용이 없을 게야. 절세 미인의 아름다움도 그녀의 아름다움을 읽게 할 주석 역할밖에 못할 테니까. 그럼 잘 가게. 그녀를 잊게 할 방법을 내게 갈르쳐 줄 순 없을 걸세.

벤볼리오   꼭 가르쳐 주고야 말겠네. 빚지고 죽을 수야 없잖나. (두 사람 퇴장)

제2장 거 리

캐풀렛, 파리스 백작, 하인 등장.

캐 풀 렛   하지만 몬테규도 나처럼 서약을 했고 똑같은 벌을 받았다오. 우리 같은 늙은이들이야 싸움을 삼가기는 그리 어렵지 않겠죠.

파 리 스 두 분 모두 존경을 받는 분들이신데 이렇게 긴 세월 동안 서로 미워하시니 정말이지 유감스럽군요. 그건 그렇고, 제 청혼에 대한 의향을 말씀해 주시지요.

캐 풀 렛 지난번에 한 말을 되풀이할 수밖에 없다오. 내 딸은 아직 세상 물정에 어두운 데다, 채 열네 살도 되지 않았소. 여름이 두 번쯤 더 지나야 신붓감이 될 수 있을 게요.

파 리 스 댁의 따님보다 더 어린데도 이미 행복한 어머니가 된 사람도 있잖습니까.

캐 풀 렛 그러기에 너무 일찍 결혼하면 너무 쉽게 망쳐지잖소. 다른 자식들은 죄다 저세상으로 가 버리고 그 아이만이 내 희망이지요. 하지만 파리스 백작, 내 딸에게 직접 구혼해서 그 애의 마음을 사로잡아 보구려. 그 애가 승낙하면 내 뜻은 들으나마나라오. 딸이 동의하면 난 그 아이가 택한 대로 승인하고 기꺼이 찬성할 수밖에 없으니까요. 오늘 밤 우리 집에서 관례적인 연회를 열 작정이오. 친한 분들이 많이 오실 텐데 백작께서 최고의 귀빈으로 왕림해 주시면 한층 빛나는 연회가 될 것이오. 누추한 집이지만 부디 왕림해 주시어, 어두운 밤하늘을 밝게 해주는 별처럼 아름다운 여인네들을 보시지요. 멋지게 치장한 4월이 느릿느릿 걷는 겨울을 바싹 뒤쫓을 원기왕성한 젊은이가 느끼는 그런 기쁨을, 오늘밤 내 집에서 신선한 꽃봉오리 같은 처녀들 속에 끼여 맛보게 될 것이오. 처녀들과 만나 이야기를 나눈 후 제일 참한 처녀를 골라 보시죠. 그 중엔 내 딸년도 끼여 있으나 몇몇 중엔 들겠지만 어디 손에 꼽힐 정도나 될는지요. 자, 그럼 가시죠. (하인에게 쪽지를 건네주며) 어서 아름다운 베로나를 온통 돌아다니며 여기 적혀 있는 분들을 찾아뵙고 우리 집에 왕림해 주심을 청한다고 말씀드려라. (캐퓰렛과 파리스 퇴장)

하 인 여기 이름이 적혀 있는 분들을 찾아뵈라고? 제기랄, 구두장이는 잣대를, 양복장이는 구두를, 어부는 연필을 그리고 환장이는 그물을 만지작거려야 하다니! 허 참, 여기 적힌 분들을 찾아뵈라지만 도대체 누가 적혀 있는질 알아야 말이지. 어디 글을 아는 사람을 찾아봐야겠군 —— 옳지, 마침 잘 됐다.

벤볼리오와 로미오 등장.

벤볼리오 흥, 여보게! 어디 등불이 햇빛을 당할 수 있는가. 어떤 고통이라도 더 큰 고통이 오면 누그러지게 마련이지, 빙빙 돌다가도 거꾸로 돌면 덜 어지러운 법이야. 어떤 절망이라도 다른 번민이 오면 나아지고 말일세. 자네 눈이 새로운 병에 걸려 보라지. 그럼 과거의 고약한 병은 깨끗이 사라져 버릴걸.

로 미 오 거기엔 저 질경이 잎이 제일이지.
벤볼리오 제일이라고? 어디에?
로 미 오 자네 정강이의 할퀴어진 데 말일세.
벤볼리오 아니 로미오, 자네 미쳤나?
로 미 오 미치다니, 천만에! 하지만 미치광이보다 더 꽁꽁 묶여 있는 셈이지. 감옥에 갇혀 얻어먹지도 못하고 매질만 당하며 고문을 받고 있는 것 같다네. 자, 그럼 잘 가게.
하   인 아이고, 안녕하십니까, 나으리. 글을 읽으실 줄 아시죠?
로 미 오 그럼, 내 불행한 운명쯤은 훤히 읽을 수 있지.
하   인 아마 그런 것쯤은 책 없이도 배우셨겠죠. 저, 그게 아니라 나으리께선 글을 읽을 수 있으신지요?
로 미 오 암, 내가 글자와 말을 안다면야.
하   인 솔직하게 말씀하시는군요. 그럼 실례하겠습니다.
로 미 오 잠깐 멈춰, 이 친구야. 난 읽을 줄 알아. (그가 읽는다) 마르티노 씨 내외와 따님들, 안젤모 백작과 그의 아름다운 누이들, 비트루비오 미망인, 플래센쇼 씨와 그의 사랑스런 질녀들, 머큐쇼와 발렌타인 형제, 캐풀렛 숙부님 내외와 따님 그리고 질녀 로잘린과 리비아, 발렌쇼 씨와 그의 사촌 티볼트, 루시오와 명랑한 헬레나 양. (쪽지를 돌려준다) 대단한 모임이로군. 어디로 모이는 거지?
하   인 저 위로요.
로 미 오 어디?

하   인   저희 집의 만찬엡쇼.
로미오   뉘 댁인데?
하   인   저희 주인댁입죠.
로미오   아 참, 그걸 미리 물어 봐야 했군 그래.
하   인   자, 이제 묻지 않으셔도 말씀드리죠. 저희 주인님은 갑부 캐퓰렛님이라오. 나으리가 몬테규 집안 사람만 아니라면 오셔서 한잔하시지요. 자, 그럼 안녕히들 계십쇼.(퇴장)
벤볼리오   캐퓰렛 집안의 전통 무도회에 자네가 그리도 사랑해 마지않는 로잘린 양도 오는군. 더구나 칭송이 자자한 베로나의 뭇 미녀들과 함께 말일세. 거기에 가세. 그리고 공정한 눈으로 내가 알려 주는 다른 여인들과 그녀를 비교해 보게나. 내 자네의 백조를 까마귀로 생각하도록 만들어주지.
로미오   내 눈의 신성한 믿음이 그따위 거짓을 담게 되면 눈물은 불덩어리로 변할 걸세. 곧잘 눈물에 잠기면서도 절대 죽지 않는 이 두 눈이 멀쩡한 채 이단자 짓만 해보라지! 그런 거짓말쟁이는 당장 불살라 버릴 테야! 내 사랑보다 더 아름다운 여인이라고? 천만에, 천지창조 이래 만물을 봐 온 태양도 그녀만한 미인은 결코 못 봤을걸.
벤볼리오   쳇! 자넨 그녀의 아름다움만 보았지 다른 여인의 아름다움을 견주어 본 적이 없잖나. 자네의 눈에다 그녀만 달아 보았을 뿐이네. 하지만 수정 같은 두 눈으로 자네의 사랑하는 여인과 오늘밤 무도회에서 자네에게 대줄 다른 처녀를 함께 견주어 보게. 그럼 지금은 최고로 보이는 그 처녀도 별것 아닐 걸세.

로미오　나도 가기는 하겠네만 자네가 보여준다는 미인들을 보겠다는 건 아닐세. 다만 내 애인의 빛나는 아름다움을 즐기기 위해서지. (퇴장)

제3장　캐풀렛가 안방

캐풀렛 부인과 유모 등장.

캐풀렛 부인　유모, 딸애는 어디 있지? 좀 불러다 주게.
유　　모　글쎄, 내 열두 살 적 처녀성을 걸고 맹세하지만, 틀림없이 아가씨더러 오라고 일렀는데요. 양 아가씨! 아니 참새 아가씨! 아유, 참! 이 아가씨가 어딜 갔나? 저런, 아가씨!

줄리엣 등장.

줄리엣　왜 그래? 누가 부르셔?
유　　모　마님께서요.
줄리엣　어머니, 저 왔어요. 무슨 일이 있나요?
캐풀렛 부인　딴 게 아니라 저, 유모는 잠시 자리를 비켜 줘요, 우리끼리 할 얘기가 있으니. 잠깐, 가지 말아

　　　　　요. 유모 얘기도 들어 보는 게 좋을 것 같군. 이
　　　　　아이도 이젠 시집갈 때가 된 것 같은데.
유　　모　그럼요. 아가씨 나이라면 전 시간까지 댈 수 있
　　　　　습죠.
캐풀렛 부인　아직 열네 살은 못 됐지.
유　　모　열네 개의 제 이에다 두고 맹세하지만 —— 헌데
　　　　　서럽게도 네 개밖에 남지 않았구먼요 —— 아가
　　　　　씨는 아직 열네 살이 안 됐어요. 8월 초하루까지
　　　　　는 얼마나 남았나요?
캐풀렛 부인　이 주일하고도 며칠 더 남았지.
유　　모　몇날이고 며칠이고 일년 중 모든 날들 가운데 8월
　　　　　초하룻날 밤이 오면 아가씨는 열네 살이 되죠. 수

잔과 따님은 —— 하느님 비옵나이다 —— 동갑입죠. 글쎄, 수잔은 이미 주님 곁에 가 있지만 제겐 과분한 자식이었습죠. 그건 그렇구 8월 초하룻날 밤이면 아가씨는 열네 살이 됩니다. 정말이고말고요. 제가 잘 기억하고 있습죠. 자, 그러니까 지진이 일어난 지도 11년이 됐군요. 아가씨는 바로 그날 젖을 떼었습죠 —— 전 잊혀지지도 않아요 —— 전 그날 젖꼭지에다 약쑥을 바르고 비둘기 집의 담벼락 아래서 햇볕을 쬐며 있었지요. 그때 주인 나리와 마님께서는 만투아에 가셨었죠. 정말이지 전 정확히 기억하고 있습죠. 헌데 말씀드렸다시피 아가씨가 젖꼭지의 쓰디쓴 약 맛을 보고는 가엾게도 짜증을 내며 젖꼭지를 물고늘어지지 않겠어요! 바로 그때 비둘기 집이 흔들흔들하더구만요! 정말이지 이제 저보구 나가란 말씀일랑 하지 마세요. 그때부터 벌써 11년이 지났지만, 그때 아가씨는 제법 혼자 설 수도 있었습죠. 아니, 틀림없이 사방을 걷고 뛰어다녔습죠. 바로 그 전날만 해도 아가씨는 이마를 깼는데, 그때 우리 그이는 —— 주님께서 그의 영혼과 함께 하시기를! 그이는 아주 재미있는 사람이었습죠 —— 아가씨를 번쩍 들어올리고는, '그래, 아가, 넌 앞으로 넘어졌느냐? 나중에 철이 들면 뒤로 넘어질거야, 그렇지 않니, 줄 아가?'라고 했지요. 그런데 글쎄, 고 귀여운 것이 울음을 뚝 그치고는 '응' 하고 말하지 않겠어요. 이제 그 농담이 얼마나 진짜가 될 건지는 두고 볼 일이죠! 전 맹세할 수 있습니다요. 제가 천 년을 산다 해도 그 일만은 잊지 않을걸요. '그렇지 않니, 아가?' 하니까 고 귀여운 것이 울다 말고 '응' 하고 대답했다고요, 글쎄.

캐퓰렛 부인   이제 됐어요, 제발 좀 그만해 둬요.

유 모   예, 마님, 그래도 고것이 울다 말고 '응' 하고 대답한 걸 생각하면 웃음을 참을 수 없습니다요. 글쎄, 아가씨 이마에는 아기 병아리 불알만한 혹이 돋았던 걸 확실히 기억하고 있지요. 꽤나 아팠던 모양이에요. 그러니 고것이 그토록 울어댔겠죠. '그래' 하며 그이가 말하기를, '앞으로 넘어졌니, 아가? 네가 철이 들면 뒤로 넘어질 거야, 그렇지 않니, 줄 아가?' 라고 했더니 고것이 울음을 뚝 그치고는, '응' 하고 대답하지 않겠어요.

줄 리 엣   유모도 참! 제발 그만둬요.

유 모   쉿, 이제 다 했어요. 하느님, 아가씨께 은총을 내리사! 아가씨는 제가 키운 아기들 중 가장 예뻤지. 살아 생전 아가씨 결혼하는 것만 보면 또 무슨 소원이 있을까.

캐퓰렛 부인   글쎄, 바로 그 '결혼' 이야기를 하려던 참이라고. 애야, 내게 말해 보렴. 결혼한다는 데 대해 네 의향은 어떠냐?

줄 리 엣   그건 꿈에도 생각지 못한 명예예요.

유 모   명예라고요? 아가씨의 유모가 나 혼자만 아니었더라면 아가씨가 젖꼭지에서 그런 말솜씨를 빨아 들였다고 말하고 싶은걸.

캐퓰렛 부인   그럼, 이제 결혼에 대해 생각해 보렴. 여기 베로나에서는 너보다 어린 규수들도 벌써 어머니가 되어 있단다. 날 보거라. 넌 지금 처녀지만 너만 때 난 네 어머니였어. 그러니 간단히 말하자꾸나. 글쎄 그 늠름한 파리스 백작이 널 아내로 맞아들이고 싶어한단다.

유   모   훌륭한 분이에요, 아가씨! 온 세상과도 같은 분이죠. 신사의 표본과 같은 분이시라고요.

캐퓰렛 부인   베로나의 한여름에도 그분처럼 멋진 꽃은 볼 수 없지.

유   모   맞아요. 그분은 꽃이에요. 정말 멋진 꽃이죠.

캐퓰렛 부인   네 생각은 어떠냐? 넌 그분을 사랑할 수 있겠니? 오늘밤 무도회에서 그분을 보게 될 게다. 그러니 젊은 파리스 백작의 얼굴을 잘 살펴서 아름다움의 붓으로 그려 놓은 것 같은 기쁨을 찾아보렴. 그 멋진 얼굴을 찬찬히 살펴서 그 생김생김들이 얼마나 잘 조화를 이루고 있는지 보거라. 그리고 그 아름다운 얼굴이라는 책에 자세히 씌어 있지 않은 것은 눈이라는 여백에서 찾아볼 수 있지. 제본 안 된 애인이랄까, 둘도 없이 귀한 이 사랑의 책은 단지 표지만 붙이면 완성된단다. 물고기는 바다에서 살고, 바깥으로 드러난 아름다움이 안에도 아름다움을 감추고 있다는 건 큰 자랑거리지. 많은 사람들의 눈에 영광을 나누어 주는 책이란, 황금 표지에 황금 같은 이야기들을 담고 있지. 그러니 그분을 모시면 내것은 줄어들지 않게 하면서 그분이 지닌 모든 것을 얻을 수 있잖겠니?

유   모   줄어들다뇨? 웬걸요, 더 불어날 겁니다! 여자란 서방님을 얻으면 몸이 더 불어나게 마련이죠.

캐풀렛 부인   애야, 간단히 말해 봐라, 파리스 백작을 사랑할 수 있겠니?

줄 리 엣   만일 보아서 좋아진다면 좋아하도록 하겠어요, 하지만 어머니께서 보라고 한 곳까지만 보고 그 이상 깊이 보진 않겠어요.

하인 등장.

하   인   마님, 손님들이 오십니다요. 잔칫상도 다 준비되고, 마님을 찾고 아가씨도 어서 오랍시고, 부엌에선 유모를 욕하고, 모든 게 뒤죽박죽입니다요, 전 어서 가서 시중을 들어야 합죠, 제발 얼른 가 보십쇼.

캐풀렛 부인   오냐, 곧 가마. (하인 퇴장) 줄리엣, 백작님께서 기다리시겠구나.

유   모   어서 가세요. 아가씨, 행복한 날의 행복한 밤을 놓치지 마세요.

제4장 거 리

가면을 쓴 대여섯 명의 사람들 그리고 횃불을 든 사람들과 함께 로미오, 머큐쇼, 벤볼리오 등장.

로 미 오 그런데 변명을 하고 들어갈까, 아니면 무턱대고 그냥 들어갈까?

벤볼리오 그런 수작을 떨 시대는 이미 지났네. 수건으로 눈을 가린 큐피드가 타타르인들의 얼룩덜룩한 장난감 화살로 허수아비처럼 처녀들을 놀라게 할 필요도 없거니와, 들어갈 때 막 뒤의 변사를 따라 간신히 외는 서사와 같은 소개도 필요없단 말일세. 저들 멋대로 생각하라고 해. 우린 우리대로 생각하고 사라져 버리면 되는 거야.

로 미 오 　횃불을 이리 주게. 난 어울릴 기분이 안 나네. 어쩐지 우울한 기분이야. 그러니 횃불이나 들고 서 있겠네.

머 큐 쇼 　그래선 안 되지. 로미오, 자넨 꼭 춤을 춰야 해.

로 미 오 　싫어, 안 추겠네. 날 이대로 내버려 둬. 자넨 가벼운 무도화를 신었지만, 난 납덩이리처럼 무거운 창을 댄 영혼 때문에 땅에 착 달라붙어 꼼짝할 수도 없네그려.

머 큐 쇼 　자넨 지금 사랑에 빠져 있지 않나. 그러니 큐피드의 날개를 빌어 훨훨 날아 보게나.

로 미 오 　큐피드의 화살이 너무 깊이 박혀서 난 그 가벼운 날개론 날아오를 수가 없네. 게다가 꽁꽁 묶여 있으니 이 괴로움을 뛰어넘을 수도 없고. 사랑의 무거운 짐 밑으로 자꾸만 가라앉을 뿐이네.

머 큐 쇼 　근데 자네가 그 짐 속으로 가라앉는다면 오히려 자네가 사랑의 짐이 되네그려. 가냘픈 사랑에겐 너무 큰 짐이 되지 않겠는가?

로 미 오 　사랑이 가냘프다고? 너무도 험악하고, 거칠고, 난폭하던데. 게다가 마치 가시처럼 찌르기도 하더군.

머 큐 쇼 　만일 사랑이 자네에게 거칠게 군다면 자네도 난폭해지게나. 찌르거든 자네도 찔러 주고 때려눕히란 말일세. 내 얼굴에 쓸 가면을 이리 줘. 가면 같은 얼굴에 가면이라! 호기심 많은 눈이 보기 흉한 낯짝을 뚫어지게 본들 무슨 상관이야! 여기 나 대신 이 툭 튀어나온 이마가 뻘개질 테지.

벤볼리오 이리 오라구. 문이나 두드리고 들어가지. 들어가자마자 모두 춤을 춰야 하네.

로 미 오 횃불을 이리 줘! 마음이 들뜬 친구들이나 무감각한 바닥을 뒤꿈치로 비벼 보라고 해. 속담에도 있듯이 난 촛불을 들고 구경이나 하겠어. 놀이에는 결코 재미를 못 느끼니, 난 이만 가야겠네.

머 큐 쇼 쳇! 그만 가겠다고? 순경 나으리의 암호처럼 들리는군! 자네가 그만 가겠다면 자네가 귀밑까지 빠져 있는 사랑의 늪에서 자넬 끌어내 줌세. 이리 오라고. 오, 우린 대낮에 횃불을 들고 서 있는 격이군!

로 미 오 아닐세, 그렇지 않아.

머 큐 쇼 여보게, 내 말은 쓸데없이 우물쭈물하고 있으면 대낮의 등잔격으로 아깝다는 뜻이야. 말의 진의를 알아 주게나. 우리의 분별력은 다섯 개의 지혜보다 다섯 배나 더한 게 아닌가?

로 미 오 우리가 이 무도회에 가는 뜻은 좋지만 현명한 짓은 못 되는걸.

머 큐 쇼 어째서지?

로 미 오 간밤에 꿈을 꾸었다네.

머 큐 쇼 나도 꾸었지.

로 미 오 그래? 무슨 꿈이었나?

머 큐 쇼   꿈쟁이는 흔히 거짓말쟁이라는 꿈을.
로 미 오   잘 때는 진실한 것을 꾼다던데.
머 큐 쇼   오, 그럼 자넨 요정들의 여왕인 맵과 잤구먼. 맵은 요정들의 산파요, 시청 나으리 손가락에서 반짝이는 저 작은 보석에 팬 상(像)보다도 더 작은 모습을 하고서는, 작은 난쟁이들의 무리와 함께 와서 잠들어 누워 있는 사람의 코 위를 지나다닌다지. 그녀의 마차는 개암 열매의 껍질인데, 아득한 옛날부터 요정들의 마차를 만들어 온 다람쥐나 좀벌레가 만들었지. 바퀴의 살은 기다란 거미 다리로, 뚜껑은 메뚜기 날개로, 고삐는 가장 가느다란 거미줄로, 목에 거는 마구는 촉촉이 젖은 달빛으로, 채찍은 귀뚜라미 뼈로, 채찍 끈은 얇은 막으로 만들어졌지. 마부는 회색 윗옷을 걸친 모기 새끼인데, 크기는 게으른 계집애의 새끼손가락에서 꿈틀거리는 둥근 새끼 벌레의 반도 안 되지. 맵은 이런 마차를 타고 밤마다 애인들의 머리 속을 달리며 지나간다네. 그리고 그때 애인들은 사랑의 꿈을 꾸게 되지. 벼슬아치의 무릎 위를 지나가면 당장 굽실거리는 꿈이요, 변호사의 손가락 위를 지나가면 당장 보수를 받는 꿈이요, 아가씨의 입술 위를 지나가면 당장 입맞추는 꿈을 꾸게 되는데, 아가씨의 숨결이 과자 냄새로 탁해져 있으면 맵은 화를 내며 아가씨의 입술을 부르트게 만든다지. 때로 맵은 벼슬아치의 콧잔등을 질

주하는데, 그때 벼슬아치는 큰 감투를 얻는 꿈을
꾸게 되고, 그녀가 십일조로 바칠 돼지의 꼬리를
가지고 와 잠들어 누워 있는 목사의 코를 간질이
면, 그때 목사는 녹(祿)을 더 받는 꿈을 꾼다지.
때로 그녀는 군인의 목 위를 지나가는데, 그때 군
인은 적의 목을 베는 꿈, 공격, 복병, 스페인 칼날
의 꿈, 다섯 길 깊이나 되는 잔을 들어올리는 축
배의 꿈을 꾸다가 갑자기 소리를 듣고는 벌떡 일
어나지. 이리하여 놀란 그는 한두 마디의 기도를
중얼거리고는 다시 잠을 청한다네, 한밤중에 말
의 갈기를 땋는 것도 그리고 냄새 나고 더러운 계
집애의 머리를 엉기게 하는 것도 다 바로 맵의 소
행인데, 엉긴 머리가 풀리면 불행이 닥친다나. 또
한 처녀들이 반듯이 누웠을 때 그들을 눌러도 우
선 참는 것을 익히게 해서 넉넉히 짐을 받드는 여
인네들로 만들어 주는 것도 바로 그 노파의 장난
질이지. 또 맵은 …….

로 미 오 쉿, 쉿, 머큐쇼, 쉿! 자넨 쓸데없는 소리만 하고
있어.

머 큐 쇼 맞는 말이야. 난 꿈 얘기를 하고 있으니까. 요 허
무맹랑한 꿈이란 빈둥거리는 게으름뱅이의 머리
속에서 나오는 거지. 근데 그 공상이란 공기처럼
잡히지 않고, 변덕스럽기로는 금방 북쪽의 언 가
슴에다 대고 구혼하다가 화를 발칵 내고선 훌쩍
떠나 이슬 방울 맺히는 남쪽으로 얼굴을 돌리는

바람보다 더하단 말씀이야.

벤볼리오   자네가 말하는 그 바람 덕택에 우린 할 일을 잊고 있군 그래. 만찬도 끝나 버리고, 이러다간 너무 늦겠는걸.

로 미 오   오히려 이르지 않을까 싶네. 왠지 불안하군. 아직은 별에 걸려 있는 어떤 중대한 일이 오늘밤의 연회를 계기로 무섭게 시작되어, 이 가슴 속의 답답한 삶의 기간을 뜻밖의 죽음이라는 지독한 형벌로 끝내 버리지나 않을는지. 하지만 내 앞길을 조종하는 운명이 내 항해를 인도하겠지! 자, 활기차게 들어가세!

벤볼리오   두드려라, 북을. (집 안으로 행진해 들어가며 퇴장)

제5장 캐풀렛가의 홀

(악사들 대기 중) 하인들이 냅킨을 들고 나타난다.

하 인 1   팥팬은 어디 있지? 식탁 치우는 걸 거들지도 않고말야. 그러고도 접시를 치우고 접시를 닦는다고!

하 인 2   일은 모두 한두 사람의 손에만 맡겨진 데다 손들은 더럽기만 하니, 원 이거 될 말인가.

하 인 1   의자를 치우고, 찬장도 치우고, 접시는 조심스럽게 —— 여보게, 날 생각한다면 호두과자 하나

쯤은 남겨 두게나. 그리고 문지기더러 수잔 그
린드스톤과 넬을 들여보내라고 해. 어이 안토
니, 팥팬!

하인 2 아, 왜 그러지?

하인 1 큰방에서 자넬 찾고, 부르고, 뭘 부탁하려 하고
야단들이네.

하인 3 동시에 여기도 있고 저기도 있을 순 없잖아. 자,
모두 기운을 내자고, 기운을! 이럴 땐 힘센 놈이
장땡이지. (하인들 퇴장)

가면 쓴 사람들이 등장. 하인들과 함께 캐풀렛, 캐풀렛 부인,
줄리엣, 티볼트 그리고 모든 손님들과 귀부인들이 등장해서 가면
쓴 사람들을 맞이한다.

캐풀렛 어서 오십시오, 여러분! 발가락이 부르트지 않은
아가씨들이 여러분과 춤을 출 것이오. 자아, 우리
아가씨들! 이 중에서 누가 춤을 안 추실 작정이
오? 점잔 빼는 아가씨는 틀림없이 발가락이 부르
텄을 게요. 내 말이 맞잖소? 잘 오셨소, 신사분
들! 나도 한창 때는 여러분처럼 가면을 쓰고 아름
다운 아가씨의 귀에 달콤한 얘기를 속삭였다오.
옛날 얘기지, 옛날이야. 참 잘 오셨소, 신사분들!
자, 악사들, 연주를 시작하게. 춤출 자리를 넓혀,
자릴 만들라고! 자, 아가씨들, 춤을 추시지요. (음
악이 연주되고 춤이 시작된다) 여봐라, 불을 더 환

하게 해! 그리고 탁자들일랑 밀어 놓고 난롯불은 꺼. 방이 너무 더워. 아, 이거 뜻밖에 신나게 되어 가는군. 여보게 사촌, 그러지 말고앉아 있게, 앉아 있어. 자네와 난 춤출 시절은 지났다네. 자네와 내가 가면을 써 본 지가 얼마나 오래 됐나?

캐풀렛 2 아마 30년은 됐을걸.

캐 풀 렛 뭐라고, 이 사람아? 그렇게까지 오래 되진 않았어, 그렇고말고! 루센쇼의 결혼식 이후부터니까, 성령 강림절이 아무리 빨리 온다 해도 한 25년쯤 되었을까. 그때 우린 가면을 썼더랬지.

캐풀렛 2 25년은 더 되었지, 더 되고말고! 지금 그 자식 놈이 그보다 나일 더 먹었으니까. 서른 살이나 되었다고.

캐 풀 렛 자네 나하고 내기할 텐가? 그 녀석은 2년 전만 해도 미성년자였다고.

로 미 오 (하인에게) 저기 저 기사의 손을 돋보이게 해주는 아가씨가 누구지?

하   인 모르겠는뎁쇼, 나리.

로 미 오 아, 저 아가씨는 횃불에게 더 밝게 타는 법을 가르치고 있구나! 그녀는 마치 이디오피아 흑인의 귀에 달린 값비싼 보석처럼 밤의 뺨 위에 걸려 있는 것 같아. 쓰기엔 너무나 고귀한 아름다움이요, 땅에 있기엔 너무나도 아깝구나! 친구들을 압도하는 저 아가씨의 모습을 좀 봐. 까마귀 떼 속에 섞인 눈처럼 흰 비둘기의 모습이랄까. 그녀가 서

있는 곳을 잘 봐뒀다가 이 음악이 끝나면 그녀의 손을 잡아 내 무례한 손을 정결하게 해야지. 내 마음이 아직도 사랑하고 있었다고? 그건 거짓이었어. 보라고! 난 오늘밤에야 진짜 아름다움을 보지 않았는가 말야.

티 볼 트   저 목소리는 틀림없이 몬테규 족속이다. 야, 어서 내 칼을 가져와. 저 빌어먹을 놈이 우스꽝스런 가면을 뒤집어쓰고 여기 나타나다니. 우리의 이 장엄한 연회를 맘껏 비웃고 망치려는 수작인가? 그렇담 내 가문의 혈통과 명예를 위해 저런 놈은 패죽여도 상관없지.

캐 풀 렛   아니, 왜 그러느냐, 애야! 무슨 일로 그렇게 화를 내는 거냐?

티 볼 트   숙부님, 저놈은 우리의 원수 몬테규 족속이라구요. 저 망할 놈이 오늘밤 연회를 망쳐 놓으려고 겁도 없이 왔잖아요.

캐 풀 렛   로미오란 젊은이 말이냐?

티 볼 트   예, 바로 로미오란 자식이죠.

캐 풀 렛   화를 누르거라, 애야. 그 젊은이를 내버려 둬라. 저 청년은 품행이 좋더구나. 사실인즉 저 젊은이는 베로나의 자랑거리란다. 훌륭하고 얌전한 청년이지. 이 도시의 전 재산을 다 준다 해도 저 젊은이를 내 집에서 해칠 순 없다. 그러니 참고 모르는 체해라. 이게 내 뜻이니, 내 뜻을 존중한다면 즐거운 표정을 짓고 이맛살을 펴라. 즐거운 잔

치엔 어울리지 않는 표정이로구나.

티볼트 저런 못된 놈이 다 왔으니, 어울리지 않을 건 없어요. 정말이지 전 참을 수가 없습니다.

캐풀렛 그냥 놔둬라. 글쎄, 내버려 두라니까. 대체 여기서 주인이 나냐, 너냐? 저런, 내버려 둘 수 없다고? 하느님 맙소사! 손님들 앞에서 소동을 일으켜야겠다고! 난장판을 만들겠다고! 정 그렇게 해볼래!

티볼트 하지만 숙부님, 참는 건 수치예요.

캐풀렛 아니 뭐라고? 이런 건방진 녀석, 그게 수치라니? 싸움을 벌이면 넌 다칠지도 몰라. 난 뭐가 뭔지 알고 있는 사람이야. 그래도 내 뜻을 거스르겠단 말이냐? —— 허, 참 어처구니없는 노릇이군! —— 건방진 녀석 같으니. 글쎄, 잠자코 있으라니까. 불을 더 켜라, 더 환하게 해! —— 부끄러운 줄 알아라! 널 혼내 주고 말 테다. 자, 여러분 즐거운 시간을!

티 볼 트   억지로 참으려니 속이 뒤틀려 사지가 부들부들 떨리는군. 내가 물러가지. 이번 침입이 당장은 달콤하겠지만 곧 쓰디쓴 맛을 보게 해주마. (퇴장)

로 미 오   (줄리엣의 손을 붙잡고) 이 천하기 짝없는 손으로 성스러운 성지를 더럽힌 것이라면, 그 점잖은 죄의 보상으로 내 입술이 낯을 붉힌 두 순례자처럼 대기하고 서서 점잖게 입맞추어 그 추한 자국을 씻고자 하오.

줄 리 엣   착한 순례자님, 그건 당신의 손에 너무 심한 모욕이에요. 손은 이처럼 예의 바르게 신앙심을 보여주고 있잖아요. 순례자가 성자의 손을 만지고 손바닥과 손바닥을 맞대는 것이 성스러운 순례자들의 키스라지요.

로 미 오   성자나 거룩한 순례자에게도 입술이 있잖소?

줄 리 엣   아이, 순례자님. 그건 기도를 올리자는 입술이에요.

로 미 오   오, 고귀하신 성녀시여. 그러면 손들이 하는 키스를 입술이 하도록 해주소서! 입술이 기원하니 허락해 주시오. 신앙이 절망으로 변해서야 되겠소?

줄 리 엣   성자의 마음은 변하지 않는 법이지요. 비록 기원을 들어줄지라도 말예요.
로 미 오   그럼 내가 내 기원의 효험을 얻는 동안 움직이지 말아요. 그러면 당신의 입술로 내 입술의 죄를 씻어내리다. (키스한다)
줄 리 엣   그럼, 내 입술이 그 죄를 짊어지게 되잖아요.
로 미 오   내 입술에서 죄를? 오, 이 얼마나 달콤한 책망인가! 그럼 내 죄를 돌려 주오. (키스한다)
줄 리 엣   당신은 키스에도 이유를 붙이시는군요.
유   모   아가씨, 어머니께서 하실 말씀이 있으시대요.
로 미 오   아가씨의 어머니가 뉘시오?
유   모   어머나, 이 젊은 양반 좀 보게. 아가씨의 어머니는 이 집의 마님이세요. 현명하고 고결한 분이지요. 젊은이와 이야기하고 있던 아가씨를 내가 키웠다우. 젊은이한테 말해 주지만, 아가씨를 데려가는 남자는 정말이지 돈보따리를 얻는 셈이라우.
로 미 오   그녀가 캐풀렛의 딸이라니! 오, 이것 참 값비싼 거래로구나! 내 생명은 이제 원수의 저당물이 되어 버렸어!
벤볼리오   자, 그만 가세. 흥이 한창이니 말일세.
로 미 오   아, 그럴까. 헌데 난 더 불안하군.
캐 풀 렛   아니, 여러분 가지 마시오. 간단한 다과도 마련되어 있다오. 그래도 가려오? 그럼 할 수 없지요. 와 주셔서 감사하오. 감사하오, 여러분. 잘들 가시오. 여기 불을 더 켜라! (가면 쓴 사람들이 퇴장

제1막 51

한다) 그럼, 난 잠자리에 들어야겠군. 아, 정말 밤이 깊었어. 쉬러 가야지. (줄리엣과 유모만 남고 모두 퇴장)

줄 리 엣 이리 와요. 유모. 저기 저 신사는 누구지?
유   모 티베리오댁의 외아들이죠.
줄 리 엣 지금 막 문을 나서는 분은?
유   모 글쎄 페트루쇼 도련님 같은데요.
줄 리 엣 저기 뒤에 가는 분은 누구지? 춤도 추지 않으시던데.
유   모 모르겠는데요.
줄 리 엣 가서 물어 봐요. 그분이 결혼하신 분이라면 무덤이 곧 내 신방이 될 거야.
유   모 그는 로미오래요. 몬테규 집안의, 그러니까 원수

	의 외아들이죠.
줄 리 엣	단 하나의 내 사랑이 단 하나의 증오에서 싹트다니! 모르고 너무 일찍 봐 버렸고, 알고 나니 너무 늦었어! 혐오스런 원수를 사랑하게 되다니, 이 놀랍기도 한 사랑의 싹이여!
유 모	아니, 그게 무슨 소리예요? 무슨 소리냔 말예요?
줄 리 엣	같이 춤을 추던 분에게서 방금 배운 시야.

안에서 '줄리엣' 하고 부른다.

유   모 네, 곧 갑니다. 자, 어서 들어가요. 손님들도 모두 가셨으니. (퇴장)

서 사

서사역 등장.

이제 낡은 정욕은 무덤에 쓰러지고
젊은 애정이 뒤따라 입을 벌리네.
그 사랑 때문에 죽을 듯 신음했던 저 미인도
어여쁜 줄리엣과 비교해 보니 이제는 미인이 아니로다.
이제 로미오는 사랑을 주고받으며
서로가 아름다운 모습에 매혹되도다.
하지만 그는 세상이 다 아는 원수네.
여자로 애태워야 하고
그녀도 무시무시한 올가미에서
달콤한 사랑의 먹이를 훔쳐야 하네.
원수 사이니 그는 가까이 가서 연인들이 늘 하는
사랑의 맹세도 속삭일 길 없고
그녀 역시 사랑하는 마음은 못지않으나
갓생긴 애인을 만날 길은 까마득하구나.

그러나 정열은 힘을 주고 시간은 만날 기회를 주어
곤경은 극도의 황홀로 누그러지네. (퇴장)

제2막

제1장 캐풀렛가 정원 담장 쪽의 좁은 길

로미오 혼자 등장.

로 미 오 마음은 여기 있는데 어찌 그냥 지나칠 수 있을까! 이 둔하디 둔한 몸뚱어리야, 돌아서서 중심을 찾아라. (담으로 기어올라 안으로 뛰어내린다)

머큐쇼와 함께 벤볼리오 등장.

벤볼리오 로미오! 어디 있나, 로미오! 로미오!
머 큐 쇼 이 약삭빠른 친구 같으니. 잠자러 집으로 몰래 도망친 게 분명해.
벤볼리오 이 길로 달려와 정원 담을 뛰어넘었는데. 이봐 머큐쇼 좀 불러 보게.
머 큐 쇼 아닐세, 난 주문으로 불러내겠네. 로미오! 변덕쟁이! 미치광이! 정열가! 사랑에 빠진 얼간이! 한숨이라도 쉬어 보라고. 한 마디만 흥얼거려 봐, 그래야 안심이 될 것 아닌가! '아!'라고만 외쳐 봐. '사랑'이라든지 '비둘기'라고만이라도 말해 보라고. 수다쟁이 비너스한테 고운 말 한 마디만 던져 보란 말야. 여신의 눈먼 외아들인 저 아담 큐피드에게 별명이라도 지어 줘 보라고. 코페튜아 왕은 큐피드의 화살에 정통으로 맞아서 거지 계집을 사랑하지 않았나! 내 말이 안 들리나? 왜 옴짝달싹 안 하는 거지? 이 멍청이 같은 놈이 죽었나? 그럼 정말로 주문을 걸어야겠는데. 로잘린의 빛나는 두 눈을 걸고, 그녀의 높은 이마와 앵두 같은 입술을 걸고 그녀의 아름다운 발과 날씬한 다리와 떨리는 허벅지를 걸고, 그리고 허벅지 근처에 놓인 그 자리를 걸어 자네를 부르노니, 어서 우리 앞에 나타나 보게!

벤볼리오 자네가 한 말을 진짜로 들었다간 화를 버럭 내겠네그려.

머큐쇼 천만에, 이 정도 갖고는 화나게 할 수 없지. 혹시 이렇게 하면 화나게 만들지도 모르지. 가령 그녀의 그 구멍에다 약간 이상한 자의 영혼을 불러세우고, 그 여자보고 주문을 외어 그것을 쓰러뜨리라고 한다면 말야. 이건 좀 유감일 테니까. 하지만 내 주문은 정정당당한 것일세. 난 단지 그의 애인 이름으로 그를 불렀을 뿐이니까.

벤볼리오 자, 로미오는 나무 속에 숨어 이 흥겨운 밤과 어울리고 있나 보이. 사랑에 눈이 멀었으니 어둠이 딱 제격일세.

머 큐 쇼 사랑에 눈멀었다면 사랑의 화살을 맞출 수 없을 게 아닌가. 지금쯤 그는 비파나무 아래 앉아 자기 애인이 비파 열매 같았으면 하고 있을 테지. 처녀들은 비파나무 이름을 불러 보곤 혼자 웃는다더군. 아, 로미오! 그녀가 아, 그녀가 벌어진 비파 열매가 되고 자넨 기다란 배였으면 하고 바랄 테지! 로미오, 그럼 잘 있게. 난 내 침대로 가야겠네. 이 풀밭 침대는 너무 추워서 어디 잘 수가 있어야지. 자, 그만 가세.

벤볼리오 그러세. 숨으려고 작정한 자를 찾으려 해봤자 헛수고니까. (퇴장)

제2장 캐풀렛가의 정원

로미오 등장.

로 미 오 상처의 아픔을 모르는 자나 남의 상처를 대수롭지 않게 여기는 법이지. (줄리엣이 위층 창문에 나타난다) 쉿! 저기 저 창문으로 퍼져나오는 빛은? 저기가 동쪽, 그럼 줄리엣은 태양이란 말인가? 솟아라, 아름다운 태양아! 그래서 샘 많은 달을 죽여 버려라. 달의 시녀인 그대가 자기보다 훨씬 더 예쁘다고 슬픔에 잠겨 병든 달을 말이오. 제발 달의 시녀 노릇도 그만두오. 달은 욕심꾸러기니까. 달의 수녀복 같은 옷은 병들어 푸르죽죽한 빛깔이니 바보가 아닌 다음에야 누가 그걸 입겠소. 그러니 당장 벗어 던져요. 아, 내 아가씨! 오, 내 사랑! 아, 그녀도 이런 내 마음을 알아준다면! 아가씨가 입을 여네. 하지만 아무 얘기도 않는군. 그러면 어떤가? 그녀의 눈이 말하고 있잖은가. 대답을 해줘야지. 아니, 이런 뻔뻔스런 노릇이 어디 있담. 내게 말을 거는 것도 아닌데. 온 하늘 가운데 가장 빛나는 별 두 개가 어떤 볼일이 있어 나가면서, 그들이 돌아올 때까지 대신 반짝여 달라고 그녀의 두 눈에 간청하는구나. 만일 그녀의 눈이 별들이 있는 곳에 있고, 별들이 그녀의 얼굴 위에 있다면 어떨까? 그녀의 빛나는 두 뺨은 그 두 별을 햇빛 아래 있는 등잔불처럼 무색하게 만들 테지. 하늘로 간 저 두 눈은 온 창공에 한껏 빛날 테니, 새들도 밤이 아닌 줄 알고 노래를 불러대겠지, 저것 봐, 손에 턱을 괴네! 아, 내가 저 손에 낀 장갑이라면 저 볼에 닿을 수 있으련만!

줄리엣 아아!
로미오 아니, 말을 하네. 오, 빛나는 천사여, 한 번 더 말해 보오. 오늘밤 내 머리 위에서 빛나는 그대는, 날개 돋은 하늘의 사자님이 유유히 흘러가는 구름을 타고 놀라 허옇게 뒤집혀진 눈으로 공중 한 복판을 지나는 모습이구려.

줄 리 엣 오, 로미오, 로미오! 왜 당신은 로미오인가요! 당신의 아버지를 잊으시고 그 이름도 버리세요! 그것이 정 싫으시다면, 저를 사랑한다고만이라도 맹세해 주세요. 그러면 전 캐퓰렛이라는 성을 버리겠어요.

로 미 오 (방백으로) 좀더 듣고 있을까, 아니면 이 말에 대답해 줄까?

줄 리 엣 당신의 이름만이 내 원수예요. 몬테규가 아니라 해도 당신은 당신인 걸요. 대체 몬테규가 뭐란 말인가요? 손도 발도 팔도 얼굴도 아니고, 몸의 어떤 부분도 아니잖아요. 오, 다른 이름이 되어 주세요! 이름 속에 대체 무엇이 있나요? 장미를 다른 이름으로 부른다 해도 장미는 여전히 향기로울 거예요. 그러니 로미오 역시 로미오라 불리지 않는다 해도, 그이는 이름과 상관없이 본래의 미덕만 그대로 지닐 거예요. 로미오, 당신의 이름을 버리세요. 당신의 몸과는 아무 상관도 없는 그 이름 대신 제 모든 것을 가지세요.

로 미 오 그대 말대로 당신을 갖겠소. 날 사랑한다고만 말해 줘요. 그러면 다시 세례를 받아, 이제부터 로미오라는 이름을 버리겠소.

줄 리 엣 누구세요, 이렇게 어둠 속에 숨어 남의 비밀을 엿듣는 이가?

로 미 오   이름으로는 내가 누군지 말할 수 없소. 성녀님, 내 이름은 당신의 원수이니 내게마저도 밉게 보인다오. 그것이 종이에 적혀 있기라도 하면 갈기갈기 찢어 버릴 텐데.

줄 리 엣   내 귀는 당신의 말을 백 마디도 채 듣지 못했지만, 전 그 음성을 알고 있어요. 바로 몬테규댁의 로미오님이시죠?

로 미 오   그대가 싫어한다면 난 그 어느 쪽도 아니오.

줄 리 엣   당신이 여길 어떻게, 뭣하러 오셨나요? 담은 너무 높아서 오르기도 어렵고, 당신의 신분을 생각하니 우리 식구에게 들키기라도 하면 이곳은 그야말로 죽음의 장소가 될 거예요.

로 미 오   이까짓 담은 사랑의 가벼운 날개로 훌쩍 뛰어넘었다오. 하찮은 돌담이 어찌 사랑을 막을 수 있겠소. 할 수 있는 것이라면 사랑은 무엇이든 해낸다오. 그러니 그대의 가족들도 날 막진 못해요.

줄 리 엣   식구들이 당신을 본다면 죽이려 들 거예요.

로 미 오   아아, 스무 자루나 되는 저들의 칼보다도 당신의 눈이 더 무섭구려! 당신만 정다운 눈길을 보내준다면 저들의 적개심 따위는 걱정없소.

줄 리 엣   식구들한테 들키는 날엔. 전 어떻게도 할 수 없어요.

로 미 오   난 밤이라는 외투를 입고 있으니 저들의 눈엔 띄지 않을 거요. 하지만 그대가 날 사랑하지 않는다면 차라리 이대로 들켜 버리고 싶소. 그대의 사랑

	을 받지 못하고 지루하게 사느니 저들의 증오로 내 인생을 끝마쳐 버리는 게 더 낫겠소.
줄 리 엣	그런데 누구의 안내로 여길 찾아오셨나요?
로 미 오	사랑의 안내지요. 처음에 찾아보라고 날 부추긴 것도 사랑이고 지혜를 빌려 준 것도 사랑이오. 난 그저 눈만 빌려 준 셈이오, 난 항해사는 아니오만, 당신 같은 보배라면 바닷물에 씻겨지는 아득한 해안같이 먼 곳이라도 목숨을 걸고 찾으러 가겠소.
줄 리 엣	제 얼굴이 한밤의 가면으로 가려져 있어 천만 다행이에요. 그렇지 않았더라면 제 뺨은 처녀의 수줍음으로 붉게 물들었을 거예요. 당신이 오늘밤 제 말을 엿들으셨으니까요. 전 체면을 차리고도 싶고 아까 한 말을 취소하고도 싶어요. 하지만 체면 같은 건 싫어요! 당신은 절 사랑하시나요? 그렇다고 대답하실 테죠. 전 그 말을 믿겠어요. 하지만 아무리 맹세하셔도 그 맹세를 깨뜨리실는지도 몰라오. 애인들의 거짓 맹세는 제우스 신도 웃어 넘긴다나요. 오, 너그러우신 로미오, 절 사랑하신다면 솔직히 그렇다고 말씀해 주세요. 아니, 너무 쉽게 저를 손에 넣었다고 생각하시나요? 그렇다면 전 얼굴을 찌푸리고 심통을 부리며 당신을 거절하겠어요. 그러면 당신이 애걸하실 테죠. 헌데 애걸하지 않으신다면……. 제발 그런 일은 없기를. 몬테규님, 진실로 전 당신을 무척 좋아한

답니다. 당신은 저를 경박한 여자로 보실 테죠. 하지만 절 믿어 주세요. 수줍은 듯이 굴면서 교묘하게 농간을 부리는 여자들보다 제가 더 진실하다는 걸 보여드릴 테니까요. 당신이 저도 모르게 제 진실한 사랑의 고백을 엿듣지만 않으셨어도 전 좀더 수줍게 대할 수도 있었거든요. 그러니 절 용서해 주시고, 행여 들뜬 사랑에서 이렇게 제 마음을 허락했다고 꾸짖진 마세요. 밤의 어둠 때문에 탄로난 사랑이니까요.

로 미 오 아가씨, 저기 저 신성한 달님을 두고 맹세하리다. 여기 이 과일나무의 가지를 온통 은빛으로 물들이고 있는 저 달을 두고 말이오.

줄 리 엣 오, 저 변덕스러운 달을 두고 맹세하진 마세요. 다달이 모습을 바꾸는 달이 아닌가요. 당신의 사랑도 그렇게 변할까 두려워요.

로 미 오 그럼 무엇을 걸고 맹세하리까?

줄 리 엣 맹세 같은 건 아예 하지 마세요. 아니, 기어코 하시려거든 당신 마음에다 두고 하세요. 당신이야말로 제가 숭배하는 신(神)이시니 당신을 믿을 수밖에 없어요.

로 미 오 내 가슴에 사무치는 사랑이 만일 …….

줄 리 엣 글쎄 맹세는 하지 마시라니까요. 오늘밤 당신을 뵙게 된 건 기쁘지만 이런 맹세의 기쁨은 어쩐지 너무나 성급하고 경솔하고 갑작스러워서, 마치 '저기 좀 봐'라고 말하기도 전에 사라져 버리는

번개와도 같아요. 그럼 안녕히! 이 사랑의 꽃봉오리는 여름의 무르익는 숨결로 다음에 만날 땐 예쁘게 피어 있을 거예요. 안녕히! 안녕히! 달콤한 안식이 내 가슴속에 깃들이기를!

로 미 오   오, 이토록 섭섭하게 떠나려 하오?

줄 리 엣   그럼 어떻게 해야 오늘밤의 이 이별이 섭섭하지 않을까요?

로 미 오   그대의 굳은 사랑의 맹세를 내 것과 바꿉시다.

줄 리 엣   당신이 청하기도 전에 벌써 드렸잖아요. 다시 한 번 더 드리고야 싶지만.

로 미 오   아니, 맹세를 취소하고 싶단 말이오? 그건 또 왜?

줄 리 엣   다만 아낌없이 한 번 더 드리고 싶어서요. 어머나, 내 애정을 내가 탐내고 있나 봐. 제 마음은 바다처럼 끝이 없고, 사랑 또한 그처럼 깊지요. 제가 당신께 드리면 드릴수록 제게는 더 많아진답니다. 둘 다 끝이 없으니까요. 어머, 안에서 누가 부르나 봐요. 내 사랑 안녕! (안에서 유모가 부른다) 곧 가요, 유모. 내 사랑 몬테큐님, 변치 말고 잠시만 기다려 주세요. 곧 돌아올게요.

로 미 오 오, 진정으로 축복받은 밤이여! 지금은 밤, 이 모두가 한낱 꿈이 아닐까. 너무도 달콤해서 현실 같지가 않아.

위에서 줄리엣이 다시 등장.

줄 리 엣 세 마디만 더, 사랑하는 로미오님, 그러고는 정말 안녕히 가셔요. 만일 당신의 사랑이 진실이고 결혼하실 생각이라면, 내일 사람을 보낼 테니 언제 어디서 식을 올리려는지 알려 주세요. 그러면 제 모든 운명을 당신의 발 아래 맡기고, 저의 부군인 당신을 이 세상 어디까지라도 따라가겠어요.
유　　모 (안에서) 아가씨!
줄 리 엣 곧 갈게! 하지만 진심이 아니라면, 제발.
유　　모 (안에서) 아가씨!
줄 리 엣 간다니까. 이 얘기는 여기서 그만두도록 해요. 저만 슬픔에 잠기면 그만이니까요. 아무튼 내일 사람을 보내겠어요.

로 미 오   천지신명께 맹세 ……
줄 리 엣   그럼 천 번이고 안녕히! (들어간다)
로 미 오   당신의 빛을 잃으니, 천 배나 더 흥이 깨지는군! 애인을 만나러 가는 마음은 학교를 파한 소년의 마음 같지만, 애인과 헤어지는 마음은 침울한 얼굴로 등교하는 마음 같구나.

위에서 다시 줄리엣이 등장.

줄 리 엣   쉿! 로미오, 조용히! 아, 매 사냥꾼의 목소리로 다시 저 수매를 불러들일 수 있다면! 갇혀 있으니 소리쳐 부를 수도 없고. 그렇지만 않다면 메아리 여신이 사는 동굴을 찢어 놓고 허공에 울려 퍼지는 산울림이 내 목소리보다 더 쉴 때까지 로미오 님의 이름을 계속 불러 보련만. 로미오!
로 미 오   내 영혼인 그녀가 내 이름을 부르는구나. 밤에 들리는 애인의 목소린 은방울 소리처럼 곱기만 하군! 귀담아들으니 마치 잔잔한 음악 같아.
줄 리 엣   로미오!
로 미 오   왜 그러오?
줄 리 엣   내일 몇 시에 사람을 보낼까요?
로 미 오   아홉 시경에 보내 주오.
줄 리 엣   꼭 보내겠어요. 그때까지 20년은 더 남은 것 같군요. 참, 제가 왜 당신을 다시 불렀는지를 잊었어요.

로 미 오 기억해 낼 때까지 여기 서 있겠소.
줄 리 엣 당신이 거기 그대로 서 계시도록 잊고 있을래요. 당신 곁에 있어 너무나도 기쁘다는 것만 생각하면서 말예요.
로 미 오 그럼 그대가 그냥 잊고 있도록 나도 여기 이외의 다른 곳은 다 잊고 이대로 서 있겠소.
줄 리 엣 아니, 벌써 날이 밝아오네! 진작 당신을 보내 드렸어야 하는 건데 —— 하지만 장난꾸러기 소녀의 새보다 더 멀리 보내 드릴 순 없어요. 소녀는 손에서 새를 좀 늦추어 놓았다가 너무나도 새를 사랑하는 나머지 새의 자유가 샘이 나서, 마치 사슬에 묶인 불쌍한 죄수처럼 비단실로 다시 잡아 당긴다지요.
로 미 오 내가 당신의 그 새였으면.
줄 리 엣 저도 그래요, 내 사랑. 하지만 전 당신을 너무 사랑하다가 죽일지도 몰라요. 안녕히! 안녕히! 헤어지기가 이렇듯 슬프니, 날이 샐 때까지 계속 안녕이라고 말하고 있을래요. (퇴장)
로 미 오 그대의 두 눈엔 잠이, 가슴엔 평화가 깃들이기를! 내가 그 잠이 되고 평화가 되어 고요히 그대 위에 깃들일 수 있다면! 이 길로 신부님이 계신 어둠침침한 방으로 가서 도움을 청하고 내 행운도 말씀 드려야지. (퇴장)

제3장 로렌스 신부의 방

로렌스 신부 혼자서 바구니를 들고 등장.

신 부 회색 눈동자의 아침이 찌푸린 밤에게 미소를 던지고, 동녘 구름에다 빛줄기로 고랑을 만들며, 얼룩진 어둠은 태양신의 수레바퀴로 난 태양의 길목에서 술주정뱅이처럼 비틀거리며 사라지누나. 이제 태양이 그 불타는 눈빛으로 낮에게 활기를 불어넣어 축축한 밤이슬을 말리기 전에, 독초랑 귀한 약물이 나오는 꽃들을 꺾어 이 버들개지 바구니에 가득 담아야지. 자연의 어머니인 대지는 자연의 무덤이기도 하고 또한 자연의 모태이기도 해. 그 모태에서 가지각색의 자식들이 태어나 대지의 아늑한 품안에서 젖을 빨고 있지. 뛰어난 효험을 지닌 것들이 많이 있을 뿐더러, 조금이라도 효험이 없는 것은 없고, 더욱이 그 효험들은 가지각색이거든. 아, 초목이나 돌, 어느 것 할 것 없이 그 본질 속에는 어떤 효능이 있어, 아무리 천한 것일지라도 세상에 각별한 효험을 주고, 또한 아무리 좋은 것이라 해도 잘못 사용하면 본성을 어기게 되어 악용의 해를 면치 못하게 마련이지. 덕도 오용되면 악이 되고, 악이라도 활용하는 데 따라 이득이 될 수 있거든. 이 가련한 꽃봉오리 안에는 독도 들어 있고 약효도 들어 있지. 향기를 맡으면 신체 각부가 상쾌해지나, 입에 넣어 보면 심장과 함께 모든 감각이 마비되어 버리거든. 어디 초목뿐이랴, 인간의 내부에는 늘 두 왕이 진을 치고 있어, 악(惡)이 성하면 인간이라는 수목은 죽음이라는 벌레에게 당장 잡아먹혀 버리는 법이야.

로미오 등장.

로 미 오 안녕히 주무셨어요, 신부님!
신   부 축복 있으라! 누가 이리도 일찍 반갑게 나를 찾아왔누? 아, 너로구나. 이렇게 일찍 잠자리를 떨치고 일어나다니, 무슨 걱정거리가 있나 보구나. 늙은이들의 눈은 근심 때문에 감겨질 수 없고, 근심이 있는 곳엔 잠이 없을 수밖에. 하지만 근심 걱정이 없는 젊은이가 사지를 펴는 곳에선 황금 같은 잠이 지배하게 마련이야. 그러니 네가 이렇게 일찍 온 건 마음의 병 탓인 게 분명해. 그것도 아니라면, 어디 맞혀 볼까 —— 우리 로미오가 밤새 한잠도 안 잔 게지.
로 미 오 네, 자지 않았어요 —— 잠보다 더 달콤한 안식을 취했지요.
신   부 하느님 맙소사! 그럼 로잘린과 함께 있었단 말이냐?
로 미 오 로잘린이라뇨? 천만에요. 신부님, 전 그 이름을

|신 부|오, 그래야지! 헌데 그럼 어디 있었단 말이냐?
|로미오|신부님께서 더 물으시기 전에 말씀드릴게요. 실은 원수네 집 잔치에 갔었는데, 갑자기 제게 상처를 입힌 자가 있었고 그쪽도 저로 인해 상처를 입었습니다. 그런데 우리 두 사람의 치유는 신부님의 도움과 성스러운 치료 여하에 달려 있습니다. 신부님, 제겐 아무런 원한도 없습니다. 이상하게도 저의 애원은 원수 편에도 약이 되니까요.
|신 부|애야, 솔직하고 알아듣기 쉽게 말해 보렴. 그렇게 막연한 고해는 막연한 용서밖에 얻을 수 없단다.
|로미오|그럼 솔직히 말씀드리죠. 실은 캐퓰렛 갑부의 아름다운 딸을 사랑하게 되었습니다. 제가 그녀를 사랑하듯이, 그녀 또한 저를 사랑하고 있습니다. 완전히 인연이 맺어졌으니, 이제 남은 것은 신부님께서 신성한 결혼으로 저희 둘을 맺어 주시는 일뿐입니다. 저희가 언제, 어디서 그리고 어떻게 만나 사랑을 속삭이고 서로 맹세를 주고받았는지는 가면서 말씀드리겠습니다만, 부디 오늘 저희가 결혼식을 올리게 해주세요.
|신 부|오, 프렌시스 성자님! 이게 웬 변이람! 그토록 애타게 사랑하던 로잘린을 어찌 이리도 쉽게 잊을 수 있단 말이냐? 젊은이들의 사랑은 진실한 마음 속에 있지 않고 단지 눈 속에 있단 말이지. 오, 예수님, 오, 마리아여! 로잘린 때문에 얼마나 많은

눈물로 그 파리한 뺨을 적시었더냐! 맛도 나지 않는 사랑에다 간을 맞추려고 그 짜디짠 눈물을 얼마나 헛되이 쏟았더냐! 태양은 아직도 네 한숨을 하늘에서 걷어가지 않았고, 예전에 네가 내던 신음 소리는 아직도 내 귀에 쟁쟁해. 저것 봐, 네 볼엔 예전의 눈물 자국이 아직도 씻겨지지 않은 채 남아 있잖느냐. 네 자신에 변함이 없고, 이 슬픔도 네 것이라면 너와 네 슬픔은 모두 로잘린 때문이어야 할 텐데. 그렇다면 넌 변했단 말이냐? 그럼 이 격언을 외워 봐라 —— 사내들도 못 믿을 세상인데, 여자들이라고 타락하지 말란 법이 있나.

로 미 오   신부님께선 제가 로잘린을 사랑한다고 곧잘 꾸짖지 않으셨습니까?

신   부   사랑이 나쁘다는 게 아니라 사랑에 빠지니까 꾸짖었지, 애야.

로 미 오   또 사랑을 파묻으라고도 말씀하셨잖아요.

신   부   하나를 파묻고 다른 걸 파내는 무덤이라고는 하지 않았다.

로 미 오   제발 꾸짖지 마세요, 제가 지금 사랑하는 여자는 정은 정으로 갚을 줄 알고 사랑에는 사랑을 베풀 줄 아는 여자예요. 하지만 로잘린은 그렇지 못했어요.

신   부   오, 로잘린이 잘 보았어. 네 녀석의 사랑은 수박 겉핥기 식이지 골자는 모르는 사랑이란 걸 말야. 어쨌든 가자, 이 들뜬 청년아. 같이 가자꾸나. 한

가지 점에서 난 널 도와 줄 수가 있지. 그건 너희의 결합이 다행히 두 집안의 원한을 진정한 애정으로 바꾸어 놓을지도 모르기 때문이야.
로 미 오   오, 어서 가십시다! 무척 급합니다.
신   부   슬기롭게 그리고 천천히 하렴. 급히 달리면 넘어지게 마련이야. (퇴장)

제4장 거 리

벤볼리오와 머큐쇼 등장.

머 큐 쇼   도대체 로미오는 어디 있담? 간밤에 집에 들어오지도 않았지?

벤볼리오   부친 집으론 안 돌아왔다네. 그 집 하인에게 물어보았지.

머 큐 쇼   글쎄, 고 파리하고 무정한 계집 로잘린이 하도 괴롭히는 바람에 미쳐 버리지나 않았는지.

벤볼리오   캐풀렛 영감의 친척인 티볼트가 로미오의 아버님 댁으로 편지를 보냈다네.

머 큐 쇼   결투장일 테지, 틀림없어.

벤볼리오   필경 로미오는 응할 테고.

머 큐 쇼   글을 아는 사람이니, 편지 답장을 보내야 하고말고.

벤볼리오   그게 아니라 결투장을 받은 이상 로미오가 응전의 답장을 보낼 거란 말일세.

머 큐 쇼   아, 불쌍한 로미오, 그는 이미 죽은 거나 다름없어! 뽀얀 계집의 까만 눈동자에 찔리고, 귀는 사랑의 노랫가락에 뚫리고, 심장 한가운데는 눈먼 큐피드의 화살에 찔려 있지. 그러니 그가 티볼트와 대적할 수나 있겠는가?

벤볼리오   그래, 티볼트는 어떤 자야?

머 큐 쇼   고양이들의 임금보다 한술 더 뜨는 놈이지. 오, 그 녀석은 예의 범절에 있어서는 제법 대장같이 굴지. 그 녀석은 자네가 찌르기 연습을 할 때 구령을 부르듯이 싸움을 한다네 ── 시간, 거리 그리고 박자를 맞춰서 잠깐 쉬자마자 하나, 둘, 셋

하면 상대의 가슴팍이라는 거야. 바로 비단 단추를 단 백정놈에다 칼잡이 중의 칼잡이지! 세도 있는 집안의 신사인지라 격투에도 일일이 격식을 따지는 녀석이지. 아, 천하무쌍의 앞 찌르기, 뒤 찌르기, 급소 찌르기!

벤볼리오 뭐가 어째?

머 큐 쇼 괴상망측한 혀짜래기 소리나 해대며 잘난 체하는 염병할 놈들, 저 신식 말이나 주워대는 녀석들 말야! '어쭈, 상당히 훌륭한 칼 솜씨야! 굉장한데 그래! 아주 근사한 똥갈보로구만!' 이라나. 허 참, 우리가 저런 괴상한 파리 새끼들한테 수모를 당하다니 말이야. 그저 유행만 좇는 것들, 격식만 차리려 드는 것들. 하도 신식만 따르다보니 헌 의자에는 뼈가 아파 편히 앉을 수도 없다니! 저런 고얀 놈들, 에라 이놈들아!

로미오 등장.

벤볼리오 어, 마침 로미오가 오네! 로미오라고!

머 큐 쇼 꼭 알 빠진 건청어 같군 그래. 저 얼빠진 모습 좀 봐. 왜 저리 생선 토막 같을까! 이제 저 친구도 페트라르카 같은 노래를 짓는다나. 페트라르카의 애인 로라도 저 친구 애인에다 대면 부엌데기라지 —— 하기야 로라의 애인은 로미오보다 노래가 상수였지 —— 어디, 그뿐인가. 저 친구 애인에다 대면, 디도(그리스 신화에서, 카르타고를 건설한 여왕)도 추녀요, 클레오파트라는 검둥이 계집이고, 헬레네와 히어로우도 천박한 창부며, 회색 눈동자인지 뭔지를 가진 시스비 역시 명함도 못 내민다는 거야. 로미오씨, 봉주르! 자네 바지는 불란서식 나팔바지니 인사도 불란서 말로 해야 어울리겠지. 그건 그렇고, 자넨 간밤에 우릴 꽤나 골탕먹였네그려.

로 미 오 어이, 모두 잘 쉬었나. 근데 무슨 골탕을 먹였다는 건가?

머 큐 쇼 얼씨구, 잊어버렸군 이 사람. 생각이 나지 않나?

로 미 오 미안하네, 머큐쇼. 아주 중대한 일이 있었다네. 나 같은 일을 당하면 실례할 수도 있잖나.

머 큐 쇼 그럼 자네 같은 경우엔 궁둥이까지 머리를 숙이라는 격이로군 그래.

로 미 오 그건 절하는 것 아닌가?

머 큐 쇼 바로 맞추었네그려.

로 미 오 가장 예의바른 해석이로군.

머 큐 쇼 글쎄, 난 예의범절의 정화(精華)잖나.

로 미 오 꽃의 정화란 말인가?

머 큐 쇼 그래 맞았어.

로 미 오 글쎄, 내 신발에도 멋진 꽃무늬가 박혀 있는걸.

머 큐 쇼 말 잘했네그려! 그럼 자네 신발이 닳아서 떨어질 때까지 이런 농담으로 날 따라와 볼 텐가. 한꺼풀 남은 신바닥까지 다 닳아 없어진다 해도, 농담만은 보기 좋게 남아 있겠지.

로 미 오 오, 마지막 한 꺼풀마저 닳아 버린 신바닥에 하나 밖에 남지 않은 농담이라니, 거 보기 좋겠는데!

머 큐 쇼 좀 도와 주게, 벤볼리오. 내 기지(機智)는 기진맥진해 버렸네.

로 미 오 막 두들겨 패고 걷어차게! 두들겨 패고 걷어차라니까! 아니면 결판이 났다고 소릴 질러댈까?

머 큐 쇼 글쎄, 난 그 바보 기러기 같은 기지에는 두손들었네. 자넨 바보 기러기 같은 재치를 확실히 나보다 다섯 배나 더 가지고 있잖나. 그 바보 기러기 따위 땜에 내가 자네와 상대할 필요는 없잖겠나?

로 미 오 언제는 그 바보 기러기가 아니었나?

머 큐 쇼 또 그따위 농담을 하면 그땐 자네 귀를 깨물어 버리겠네.

로 미 오 착한 기러기님, 제발 깨물지는 마오!

머 큐 쇼 기지치곤 참 씁쓸하고도 달콤해. 제법 톡 쏘는 양념일세.

로 미 오 그럼 맛있는 기러기 요리엔 딱 좋은 양념이잖나?

머 큐 쇼 오, 양피(羊皮) 같은 재치가 여기 있었군. 한 치를 한 자로 늘이다니!

로 미 오 좀더 늘여 볼까? 글쎄 기러기라니까. 암만 봐도 자넨 영락없는 멍텅구리란 말이야.

머 큐 쇼 어때, 사랑 때문에 괴로워하는 것보단 이게 더 낫지 않나? 이제야 좀 명랑해지고, 진짜 로미오가 된 것 같군. 이제야말로 어느 모로 보나 자네야.

사랑에 갈갈거리면서 구멍에다 작대기를 감추려고 축 늘어져 오르락내리락 뛰어다니는 놈이야말로 천치 바보지 뭐야.

벤볼리오	이제 그만두게, 그만둬!
머 큐 쇼	다 끝내지도 않고 중간에 관두란 말인가?
벤볼리오	이대로 가다간 끝이 없겠는걸.
머 큐 쇼	잘못 생각했네그려! 난 짧게 끝내려는데. 실은 내 얘기도 바닥이 드러나 더 이상 늘어놓을 생각이 아니었다고.
로 미 오	저기 근사한 게 오는군!

　유모와 하인 피터가 등장.

머 큐 쇼	배다, 배야!
벤볼리오	두 척이다, 두 척! 바지와 긴 치마야.
유　　모	피터!
피　터	예.
유　　모	내 부채를 다오, 피터.
머 큐 쇼	애 피터야, 얼굴을 가리게 어서 드려라. 부채가 얼굴보다 더 예쁘니까 말야.
유　　모	안녕하시오, 신사 양반들.
머 큐 쇼	저녁은 드셨는지요, 마님.
유　　모	벌써 저녁때가 됐수?
머 큐 쇼	되다마다요. 저 해시계의 음탕한 손목이 지금 정오의 고 점을 누르고 있지 않소.

제2막　77

유   모   별 이상한 사람 다 보겠네! 대체 무슨 남자가 이 모양이람!

로 미 오   마님, 저 사람은 자기 자신을 망치려고 태어난 사람이지요.

유   모   옳지, 거 참 말 잘했소. '자기 자신을 망친다' 라고 말했나요? 그런데 신사 양반들, 어디로 가면 로미오 도령을 만날 수 있겠수?

로 미 오   그거라면 내가 알지요. 하지만 로미오 도령을 만나고 보면 처음 찾던 때보다는 더 늙어 보일걸요. 그 이름으론 내가 제일 젊죠. 제일 못났긴 하지만서도.

유   모   젊은이 말을 참 잘하는구려.

머 큐 쇼   어, 못났다는데 말을 잘한다고? 참 잘 받아들이시네. 약삭빠르군, 약삭빨라.

유   모   댁이 로미오 도령이라면 내 친히 할 얘기가 있다우.

벤볼리오   만찬에 초대하려나 본데.

머 큐 쇼   저기, 저기, 저길 좀 봐. 오, 저런.

로 미 오   뭘 보았나?

머 큐 쇼   보통 토끼는 아닐세. 파이에 쓸 토끼도 아니고, 쓰기도 전에 썩고 허옇게 쉬어 빠지는 갈보 토끼라네. (머큐쇼가 그들 곁을 걸어가며 노래한다)

늙고 쉬어빠진 갈보 토기,
늙고 쉬어빠진 갈보 토기,

　　　　사순절에 쓰기엔 썩 좋은 고기지.
　　　　하지만 쉬어빠진 갈보 토끼는
　　　　값을 치르기는 아까워.
　　　　쓰기도 전에 쉬어빠진걸.

　　　　로미오, 자네 아버님 집으로 올 텐가? 거기서 같이
　　　　식사하세.
로 미 오　곧 따라가겠네.
머 큐 쇼　그럼 안녕히 가시지요, 노마님. 안녕히! (노래하듯
　　　　이) 마님, 마님, 마님. (머큐쇼와 벤볼리오 퇴장)
유　　 모　아이고, 제발 잘 가슈! 젊은이, 저 뻔뻔스러운 양
　　　　반이 대체 누구요? 새끼줄처럼 술술 엮어대는군

그래.

로미오 그는 혼자 떠들고 좋아서 듣는 자라구요. 한 달 걸려 못다 할 얘기도 일분 만에 거뜬히 해치워 버리죠.

유 모 날 욕하기만 해보라지. 가만두지 않을 테니. 내가 저자보단 힘이 더 셀걸. 저런 녀석이라면 스무 명이라도 상대해 주지. 내가 못 하면 해낼 사람을 찾아서라도 말야. 무례한 놈 같으니! 날 제 까짓 놈의 놀림감으로 아나 봐. 날 백정놈의 짝꿍쯤으로 여기나 보군. 그런데 넌 어쩌자고 멍청히 서서 구경만 하는 거냐? 녀석들이 날 맘대로 희롱하는데도!

피 터 마님이 사내들한테 희롱당하다뇨? 전 보지도 못했는뎁쇼. 그런 걸 보았더라면 재빨리 칼을 뽑았습죠. 암요, 그렇고말고요. 재빨리 칼을 뽑는데는 남 못지 않거든요. 싸울만한 이유가 있고 내 쪽이 정당하기만 하면요.

유 모 하느님 맙소사, 어찌나 분한지 온몸이 부들부들 떨리네. 무례한 놈 같으니! 그런데 신사 양반, 아까도 얘기했다시피 우리 아가씨가 댁을 찾아보라고 했다오. 아가씨가 전하라고 한 건 비밀을 지킬 것이오만, 우선 댁한테 얘기 좀 해야겠수. 만일 댁이 우리 아가씨를 바보나 가는 천당으로 꾀어 간다면, 세상 사람들도 다 알다시피 그건 아주 몹쓸 일이지요. 젊은 아가씨를 농락하는 건 정말 못

된 짓이죠, 못된 행패라고요.
로 미 오 유모, 아가씨에게 전해 주시오. 내 유모 앞에 맹세하리다. 저 ······ .
유   모 아이고, 착하기도 하셔라, 내 꼭 아가씨에게 그대로 전하리다. 아아! 아가씨가 얼마나 기뻐하실까.
로 미 오 아가씨에게 뭘 전하겠다는 게요, 유모? 내 얘긴 듣지도 않았으면서.
유   모 이렇게 아가씨에게 전하면 되지요. 댁이 맹세한 걸 들어 보니 아주 신사다우신 맹세더라고 말이우.
로 미 오 아가씨에게 오늘 오후 어떻게 해서든지 고해하러 나오라고 해요. 그러면 로렌스 신부님의 방에서 고해를 한 후 결혼식을 올릴 거라고. 그리고 이건 수고한 대가요.
유   모 아이쿠, 무슨 말씀이슈, 신사 양반. 한푼도 받지 않겠어요.
로 미 오 어서요! 받아 둬요.
유   모 오늘 오후라고요? 그럼, 우리 아가씨께 그렇게 전하지요.
로 미 오 그리고 유모는 성당 담 뒤에서 기다려 줘요. 조금 있다 내 하인이 유모에게 줄사다리를 가지고 갈 거요. 그건 은밀한 밤에 날 환희의 절정으로 올려다 줄 내 사절이지요. 잘 가시오. 꼭 부탁하오. 은혜는 갚으리다. 잘 가시오. 아가씨에게 안부 전해 주오.
유   모 주님의 축복이 내리시길! 그런데, 신사 양반.

로 미 오 왜 그러오, 유모?

유   모 댁의 하인은 입이 무거운가요? 속담에도 있듯이, 듣는 사람만 없다면 두 사람끼리는 비밀을 지킬 수 있다잖아요.

로 미 오 내 하인은 강철같이 믿음직하니 걱정할 것 없어요.

유   모 글쎄, 신사 양반, 우리 아가씨만큼 상냥한 아가씨도 없다우. 아아! 고 어린 것이 재잘거리던 때가 엊그제 같건만 —— 아, 지금도 시내의 파리스 백작이라는 귀족이 아가씨에게 폭 빠져 있지만, 가엾게도 아가씨께선 그분을 보느니 차라리 두꺼비를 보는 편이 낫다고 하잖아요, 세상에. 가끔 난 아가씨의 노여움을 사면서까지 파리스 백작이 미남이 아니냐고 말씀드리지요. 하지만 그렇게 말하면 아가씨 안색은 흰 헝겊처럼 해쓱해지지요. 헌데, 로즈메리와 로미오는 같은 글자로 시작하지 않나요?

로 미 오 그래요. 근데 그건 왜 묻지요? 둘 다 '아아르'는 'R'자로 시작하죠.

유   모 아이, 농담도! 그건 개 이름자인데. '아아르'자는 저 —— 아니, 좀더 다른 글자로 시작할 텐데. 나도 제법 아니까. 그건 그렇고, 아가씨는 댁의 이름자와 로즈메리를 갖고 참말로 어여쁜 글귀를 짓겠지. 그건 댁도 들으시면 좋아하실 거야.

로 미 오 그럼, 아가씨께 안부나 전해 주오.

유   모 그럼요, 천 번이라도 전해 드리지요. (로미오 퇴
           장) 피터?
피 터   예!
유   모 피터, 내 부채를 들고 앞장서라, 어서 가자꾸나.
           (퇴장)

제5장 캐풀렛가의 정원

줄리엣 등장.

줄 리 엣 아홉 시를 칠 때 유모를 보냈는데, 반 시간이면
           꼭 돌아오마고 했는데. 그이를 만나지 못했나봐.
           그럴 리가 없어. 오, 이 절름발이 유모 같으니! 역
           시 사랑의 심부름꾼은 생각이어야만 해. 생각은
           햇빛보다도 열 배나 빨리 가서 산 위의 짙은 그늘
           도 몰아내거든. 그러기에 사랑의 수레는 재빠른
           날개를 가진 비둘기가 끌고, 바람처럼 재빠른 큐
           피드는 날개를 가진 게지. 이제 해도 하룻길 맨
           꼭대기에 올라 있고 아홉 시부터 열두 시까지면
           세 시간이나 흘렀는데 아직도 오질 않다니. 유모
           에게도 정열과 뜨거운 젊은 피가 흐른다면 공처
           럼 재빨리 왔다갔다해서, 내 말은 사랑하는 그이
           에게, 그이 말은 내게로 날 듯이 빨리 전해 주었
           을 텐데. 하지만 늙은이들이란 대개 송장 같단 말

야 —— 다루기 힘들고, 무감각하고, 무겁고, 납처럼 창백하거든. (유모와 피터 등장) 어머나, 유모가 오네! 오, 내 사랑 유모, 무슨 소식을 가져왔지? 그이를 만났나? 하인은 좀 나가 있으라고 해요.

유 모 피터, 문간에서 좀 기다리거라. (피터 퇴장)
줄리엣 자, 착하고 상냥한 유모 —— 아, 왜 그리 슬픈 표정을 짓고 있지? 비록 나쁜 소식이라 해도 즐겁게 얘기해줘요. 그렇게 찌푸린 표정으로 얘기해서야 음악같이 달콤한 소식도 망쳐 버리겠어.
유 모 아유 피곤해. 잠깐만 쉬고요. 에잇, 왜 이리 뼈가 쑤신담! 어찌나 뛰어다녔던지!
줄리엣 차라리 유모가 내 뼈를 갖고, 내가 유모의 소식을 가졌더라면. 아니야, 자, 얼른 얘기해 줘요. 착한 유모, 어서.
유 모 아따 급하기는! 잠시도 기다릴 수가 없단 말이우? 이렇게 숨을 헐떡거리는 게 보이지도 않으시우?
줄리엣 숨차다고 얘기할 숨이 있는데 뭐가 숨이 차다는 거야? 늦은 변명을 해대는 게 얘기하는 시간보다 더 기네. 좋은 소식이야, 나쁜 소식이야? 그것만 대답해. 어느 쪽인지만 말해 보라구. 그럼 자세한 얘기는 기다렸다 들을 테니. 어서 속 시원히 대답해 보라니까. 좋은 소식? 나쁜 소식?
유 모 원 글쎄, 아가씨도 바보같이 골랐지. 아가씬 사내를 고를 줄 모른다니까요. 로미오라고요? 안 돼

요, 안 되고말고. 비록 그 양반 얼굴이 누구에게
도 빠지지 않고 잘난 데다, 체격도 멋지고, 손발
과 몸은 말할 것도 없지만 말예요. 예의범절의 표
본이라 할 순 없지만 양처럼 순하다는 것만은 장
담하지요. 어서 가서 하느님께 정성이나 들여요.
참, 점심은 드셨수?

줄 리 엣   아니, 아니. 하지만 그 정도 얘기라면 나도 다 알
고 있다고. 그래 우리의 결혼에 대해선 뭐라 말
했지?

유   모   아이고, 골치야! 골이 쑤시는군! 마치 스무 개로
쪼개질 것같이 쑤시네. 거기다 이쪽 허리도 ──
아이고, 허리야, 허리야! 제기, 아가씨 심부름 하
느라 이리저리 뛰어다니다가 사람 죽게 생겼네!

줄 리 엣   몸이 안 좋다니 정말 미안해. 착하고 상냥스럽기
그지없는 유모, 어서 얘기해 줘요. 그이가 뭐라
고 하던가요?

유   모   아가씨 애인은 점잖은 신사처럼 얘기하더군요.
예의바르고 친절한 데다 잘생기고, 게다가 정말
이지 고결한 양반같이 얘기하더라고요 ── 그런
데 마님은 어디 계시우?

줄 리 엣   어머니? 그야 안에 계시겠지. 어디 딴 데 계실라
고? 정말이지 너무 이상스럽게 대답하네! '아가
씨 애인은 점잖은 신사처럼 얘기하더군요. 그런
데 마님은 어디 계시우' 라니.

유   모   아이고, 성모님! 그렇게도 애가 타나요, 아가씨?

	으음, 그렇지. 이게 내 뼈 쑤시는 데 대한 대가인가? 앞으론 아가씨 일일랑 아가씨가 알아서 해요.
줄 리 엣	이제 그만 좀 해둬. 그래 로미오님이 뭐라셔?
유　　모	오늘 성당에 고해하러 갈 허락은 받았수?
줄 리 엣	응, 받았어.
유　　모	그럼, 어서 로렌스 신부님의 방으로 가요. 거기 가면 아가씨를 부인으로 맞이할 낭군이 기다리고 계실 테니. 이제야 아가씨 뺨으로 피가 올라오네. 무슨 말만 들어도 금세 빨개지거든. 성당에 가게 어서 서둘러요, 난 줄사다리를 가지러 갈 테니. 어두워지자마자 곧 아가씨의 애인이 그 줄사다리를 타고 보금자리로 올라와야 하니까요. 난 아가씰 기쁘게 해주려고 힘들게 고생만 하네. 하지만 아가씨도 오늘밤 곧 짐을 지게 될 거라구요. 어서 가요. 난 뭘 좀 먹으러 갈 테니. 어서 신부님께 가라니까요.
줄 리 엣	행운을 찾아 어서 서둘러야지! 착한 유모, 안녕.(퇴장)

제6장 로렌스 신부의 방

로렌스 신부와 로미오 등장.

신　　부	하느님, 이 거룩한 일에 은총을 베푸시어, 뒷날

슬픔으로 저희를 벌하지 마옵시길!
로 미 오　아멘, 아멘! 하지만 어떤 슬픔이 닥치더라도 그녀를 본 순간 제가 맛본 기쁨을 앗아갈 정도는 못 될 겁니다. 신부님께서는 신성한 말씀으로 저희를 맺어만 주십시오. 그 다음이라면 사랑을 잡아먹는 죽음더러 맘대로 하라지요 —— 단지 그녀를 제것이라 부를 수 있는 것만으로도 충분하니까요.
신　　부　이렇듯 격렬한 기쁨은 격렬한 종말을 맞게 되는 법이지. 불과 화약이 닿자마자 폭발하듯이 승리의 기쁨을 느끼는 순간 사라져 버리는 거란다. 가장 달콤한 꿀도 맛본 순간 싫증이 나는 법이고, 그 맛으로 인해 식욕을 잃게 되거든. 그러니 사랑도 적당히 해야 해. 영원한 사랑이란 그런 게야. 너무 서두르면 굼벵이처럼 느린 것보다 오히려 늦게 마련이지.

　　　　줄리엣 등장.

　　　　저기 아가씨가 오는구나. 오, 저리도 발걸음이 가벼워서야 딱딱한 돌도 영원히 닳지 않겠군. 애인은 여름 바람에 흔들리는 거미줄 위로도 걸어다닌다지. 떨어지지도 않고 말야. 그토록 사랑의 기쁨은 가벼운 것이지.
줄 리 엣　안녕하세요, 신부님.

신 부   로미오가 우리 둘의 인사말을 다할 거야.

줄 리 엣   로미오님에게도 인사를 드려야지요. 그렇지 않다면 답례를 받기가 너무 황송해서.

로 미 오   아, 줄리엣, 당신의 기쁨이 내 기쁨만큼 쌓여 있고, 그 기쁨을 더 훌륭한 솜씨로 그려 낼 수 있다면, 당신의 숨결로 주위의 공기를 향기롭게 해봐요. 그리고 이렇게 소중하게 만나 주고받는 꿈 같은 행복을 음악처럼 풍요롭게 말해 주오.

줄 리 엣   마음은 말보다 내용이 더 충실하니 겉치레보다는 실속을 자랑삼지요. 그 가치를 따져 보는 건 거지들이나 하는 짓이에요. 내 진실한 사랑은 너무도 커서 그 절반도 헤아릴 수 없답니다.

신 부   자, 나를 따라오너라. 어서 일을 끝내자꾸나. 미안하긴 하다만 너희끼리만 놔둘 수가 없구나. 신성한 성당이 너희 둘을 하나로 결합시켜 주기 전까진 말이다. (퇴장)

제3막

제1장 광장

머큐쇼, 벤볼리오 그리고 하인이 등장.

벤볼리오 여보게 머큐쇼, 이제 그만 들어가세. 날씨는 무덥고, 캐풀렛 족속들이 왔다갔다하니, 마주쳤다 하면 싸움질을 면치 못할 거야. 이렇게 무더운 날엔 피도 미친 듯이 끓어오른다니까.

머 큐 쇼   술집에 들어가서 칼을 탁자 위에 내던지고는 '너 같은 건 필요없어!'라고 내뱉고, 두 번째 잔이 돌자마자 팬시리 칼을 뽑아 술집 급사한테 들이대는 자들이 있다더니 자네가 꼭 그 격이로군 그래.

벤볼리오   아니, 내가 그따위 녀석들하고 같단 말인가?

머 큐 쇼   진정하라고, 진정해, 화를 잘 내기로는 이탈리아에서 자넬 따를 자가 없을 걸세. 금세 흥분해서 성을 내는가 하면, 금세 성이 나서 흥분한다니까.

벤볼리오   그게 뭐가 어떻단 말인가?

머 큐 쇼   글쎄, 자네 같은 사람이 둘만 있다면, 우린 곧 둘 다 못 보게 될 거야. 서로 죽여 버릴 테니 말일세. 자넨 말야! 자네보다 턱수염이 한 올 더 났다고 혹은 덜 났다고 해서 다른 사람한테 싸움을 걸 거야. 자넨 자네 눈빛이 호둣빛이라는 이유만 들어 호두 까는 사람한테 시비를 걸 거란 말일세. 자네 같은 눈이 아니고서야 어떤 눈이 그따위 시빗거리를 찾아내겠나? 자네 머리는 달걀 속이 알맹이로 꽉 차 있듯이 싸움질로만 가득 차 있단 말이야. 게다가 자네 머리는 속이 곯아 터진 달걀처럼 싸움질로 얻어터져 있어. 언젠가는 길거리에서 누가 재채기를 하는 바람에 양지 쪽에서 졸고 있던 자네 개를 깨웠다는 이유로 싸우지 않았나. 게다가 부활절도 되기 전에 양복장이가 새 윗도리를 해입었다고 다퉜잖아? 누군가하곤 새 신발에 다 헌 끈을 맸다고 싸웠고 말일세. 그런 자네가 나더러 싸우지 말라고 훈계하다니!

벤볼리오   내가 자네처럼 쉽게 싸움에 말려든다면 내 생명은 무조건 한 시간 십오 분어치도 안 될 걸세.

머 큐 쇼   무조건이라고! 허, 기가 막혀서!

    티볼트와 다른 사람들이 등장.

벤볼리오   저기 진짜 캐풀렛 족속들이 오네.

머 큐 쇼   쳇, 올 테면 오라지 뭐.

티 볼 트   내 뒤를 바짝 따라와. 저들에게 말을 걸어 볼 테니. 신사 양반들, 안녕하슈. 내 댁들 중 한 사람과 몇 마디 나누고 싶소.

머 큐 쇼   아니, 우리들 중 한 사람과 몇 마디 나누고 싶다고? 말에 짝을 좀 채워 보시지 그래. 한 마디에 한바탕이라고 하면 어때?

티 볼 트   그쪽에서 기회만 준다면 그거야 어렵잖지.

머 큐 쇼   그런 기회를 주진 않고 받기만 할 텐가?

티 볼 트   머큐쇼, 넌 로미오와 몰려다니지?

머 큐 쇼   몰려다니다니? 아니, 우리가 떠돌이 딴따라 패거린 줄 알아? 네가 우릴 떠돌이 딴따라 패거리로 쳐준다 해도 와서 들을 건 시끄러운 소리밖에 없을걸. 자, 여기 깡깡이 활이 있다. 어디 춤이라도

	춰 보시지. 뭐, 몰려다닌다고!
벤볼리오	여긴 사람들이 많이 다니는 한길이야. 어디 조용한 데로 가서 서로 불만을 차분히 따져 봄세. 아니면 이대로 헤어지거나. 여긴 보는 눈들이 너무 많아.
머 큐 쇼	사람의 눈은 보라고 있는 거야. 그러니 맘대로 보라지. 남들 좋으라고 움직일 내가 아니야, 아니고 말고.

로미오 등장.

티 볼 트	자, 이쯤 해두지. 저기 녀석이 오고 있으니.
머 큐 쇼	목을 맬 일이군. 아니 로미오가 네 하인 녀석 옷이라도 입었냐? 저 녀석이라게? 흥, 싸움터에나 나가 봐. 그럼 그가 네 뒤를 따를 테니. 그렇게나 되면 그를 하인 녀석이라 부를 수 있을까.
티 볼 트	이봐 로미오, 내가 네게 아첨을 하더라도 이보다 더 좋은 말은 없지 —— 이 악당놈아.
로 미 오	티볼트, 난 자네를 사랑해야만 할 이유가 있으니, 그런 인사말로 끓어오를 분노는 얼마든지 눅일 수 있네. 난 악당이 아닐세. 그러니 좋게 헤어지자고. 자넨 날 모르고 있어.
티 볼 트	이것 봐, 이걸로 네놈이 일전에 내게 준 모욕을 용서할 수 있을 것 같아. 어서 돌아서서 칼이나 뽑으시지.

제3막 93

로 미 오　난 결코 자넬 모욕한 일이 없네. 오히려 자네가 상상도 못할 만큼 자넬 사랑하고 있어. 자넨 그 이유를 아직 모르겠지만 말일세. 그러니 캐풀렛, 진정하게나. 난 그 이름을 내 이름과 마찬가지로 소중히 여긴다네.

머 큐 쇼　오, 철면피 같고, 수치스럽고, 비열한 항복이라니! 일격이면 해치워 버릴걸. (칼을 뽑는다) 티볼트, 이 쥐새끼나 잡는 놈아, 어디 한판 해볼까?

티 볼 트　나와 붙어서 뭘 건져보겠다는 거야?

머 큐 쇼　고양이 족속의 왕놈아, 너희 아홉 마리 중 한 놈에게만 맛을 보여주지. 그리고 차후 네놈 태도에 따라 나머지 여덟 놈도 무사하지 못할 줄 알아. 자, 칼집에서 칼을 뽑지 않으시겠나? 어서! 네놈 칼이 안 나오면 내 칼이 네놈 귀짝을 날려 버릴 테니.

티 볼 트　내가 상대해 주지. (칼을 뽑는다)

로 미 오　머큐쇼, 어서 칼을 집어넣게.

머 큐 쇼　어서 덤벼 봐. 네놈의 찌르기 솜씨로! (둘이 싸운다)

로 미 오　벤볼리오, 칼을 빼 저들의 칼을 쳐서 떨어뜨리게나. 이보게들, 부끄럽지도 않나! 난폭한 짓은 제발 그만둬! 티볼트, 머큐쇼, 영주님께서 베로나의 거리에서 싸우는 건 각별히 금지하셨잖나. 멈춰, 티볼트! 머큐쇼! (티볼트가 로미오의 팔 밑으로 머큐쇼를 찌르고는 그의 패거리와 달아난다)

머 큐 쇼   난 찔렸어, 네놈들 두 집안 모두 천벌을 받아! 난 끝장이야. 그놈은 달아났나? 다친 데도 없이?
벤볼리오   뭐, 자네가 다쳤다고?
머 큐 쇼   음, 음, 좀 긁혔어. 긁힌 것뿐이라구. 그래도 상당한 상처야. 이 녀석은 어디 있나? 이놈아, 어서 의사 선생을 모셔와. (하인 퇴장)
로 미 오   정신 차리게, 이 사람아. 상처가 깊지는 않을 거야.
머 큐 쇼   그래, 우물처럼 깊지는 않아. 교회 문처럼 넓지도 않고. 하지만 상당히 다쳤어. 내일 자네가 날 찾아오면 난 이미 관 속에 있을걸세. 난 정말로 이 세상을 하직할 거라네. 네놈들 두 집안 모두 천벌을 받아! 에잇, 빌어먹을. 사람을 죽게 만들 정도로 상처를 내다니. 개 같은 놈, 쥐새끼, 생쥐, 고양이 같은 놈! 허풍선이에다 건달에다 악당놈 같으니! 산수책이나 들여다보고 싸우는 녀석! 빌어먹을, 자네는 왜 싸우는 데 끼어들었나? 난 자네 팔 밑으로 찔렸다고.
로 미 오   잘하려고 한 것이 그만.
머 큐 쇼   날 아무 집으로나 좀 데려다 주게, 벤볼리오. 안 그럼 난 기절할 것 같네. 네놈들 두 집안 모두 천벌을 받아! 그놈들이 날 구더기 밥으로 만들었단 말야. 난 찔렸어. 이렇게 깊이 푹 찔렸단 말야. 네놈들 두 집안! (벤볼리오가 그를 부축해서 나간다)
로 미 오   영주님의 가까운 친척인 데다 바로 내 친구인 저 사람이 나 때문에 치명적인 상처를 입다니 ——
내 평판도 티볼트의 모략으로 손상되어 버렸어
—— 한 시간 전에 내 친척이 된 티볼트가 아닌
가. 오, 사랑하는 줄리엣, 그대의 아름다움이 날
약하게 만들고, 강철 같은 무사의 성격도 누그러
뜨려 놓았구려!

  벤볼리오 등장.

벤볼리오 오, 로미오, 로미오! 용감한 머큐쇼가 죽었다네!
그 씩씩한 영혼이 너무도 일찍이 이 세상을 등지
고 구름 위로 높이 올라가 버렸어.
로 미 오 오늘의 불행은 두고두고 화근이 될 거야. 이건 재
앙의 시작, 훗날 반드시 결말은 오고 말리니.

  티볼트 등장.

벤볼리오 티볼트가 화가 나서 다시 돌아오네.
로 미 오 그자는 승리감에 차서 살아 있는데, 머큐쇼는 죽
었단 말이지. 관대함 따위는 하늘로 꺼져 버려.
이제부턴 눈에서 불을 뿜는 분노에다 내 행동을
맡길 테다! 자, 티볼트, 조금 전에 내게 붙여 준
'악당'이란 이름은 도로 가져가 버려. 머큐쇼의
영혼이 바로 우리 머리 위에 떠서 네놈의 영혼을
데려가려 기다리고 있단 말이다. 너 아니면 내가,

아니면 둘 다 가야 해.
티 볼 트   불쌍한 녀석아, 그 녀석과 함께 몰려다녔으니 이제 그 녀석과 함께 가게 해주마.
로 미 오   그건 이 칼이 결정을 내릴 문제다. (둘이 싸운다. 티볼트 쓰러진다)
벤볼리오   로미오, 어서 피해, 도망치라고! 시민들이 몰려오고 있어. 게다가 티볼트는 죽었어. 멍청하게 서 있지 말고 어서. 잡히면 영주님은 자넬 사형에 처할 걸세. 그러니 어서 피해, 도망치라니까!
로 미 오   오, 이 무슨 운명의 장난이란 말인가!
벤볼리오   빨리 피하지 못하겠나? (로미오 퇴장)

시민들 등장.

시   민   머큐쇼를 죽인 놈이 어느 길로 도망쳤지? 살인자, 티볼트가 어디로 내뺐어?
벤볼리오   티볼트는 저기 자빠져 있소.
시   민   일어나, 나와 같이 가자. 영주님의 이름으로 널 체포하겠다.

영주가 몬테규, 캐풀렛, 그들의 부인들과 다른 사람들을 거느리고 등장.

영   주   이 싸움을 시작한 못된 패거리가 어디 있느냐?
벤볼리오   오, 고귀하신 영주님. 제가 이 치명적인 불행한 싸움의 전후를 모두 말씀드리겠습니다. 여기 쓰러져 있는자는 로미오라는 청년에게 당했습니다. 그런데 저자는 영주님의 친척인 용감한 머큐쇼를 죽였지요.

캐풀렛 부인   내 조카 티볼트가! 오, 내 오라버니 아들이! 오, 영주님! 오, 여보! 오, 내 소중한 친척이 피를 흘리다니! 영주님, 바른 판단을 내리시어 우리 집안의 핏값으로 몬테규 집안의 피도 흘리게 해주십시오. 오, 내 조카, 내 조카가!

영   주   벤볼리오, 이 피를 부른 싸움을 시작한 자가 누구냐?

벤볼리오   여기 쓰러져 있는 티볼트올시다. 로미오가 그를 죽였지요. 로미오는 그에게 좋게 타이르고, 싸움이 얼마나 하찮은 것인가를 생각해 보라고 하며 영주님의 화를 불러일으키지 말자고 달랬습니다. 로미오는 이 모든 것을 부드러운 얼굴로 겸손하게 무릎을 굽히며 점잖게 말했습니다. 그러나 화해는 귀가 먹어 날뛰는 티볼트의 분노에는 먹혀들지 않았습니다. 티볼트는 용감한 머큐쇼의 가슴팍에다 대고 칼을 빼들었지요. 머큐쇼 역시 격분한 나머지 맹렬하게 칼을 빼들고 마구 욕을 퍼부으며, 한 손으로는 차가운 죽음을 밀쳐내고 다른 손으로는 티볼트에게 죽음의 칼날을 들이댔지요. 티볼트는 빈틈없는 솜씨로 응수했습니다. 이때 로미오는 크게 외쳐댔지요. '멈춰, 이 사람들아! 이 사람들아, 그만두란 말야.' 그렇게 소리치기가 무섭게 재빨리 그들의 필사적인 칼날을 쳐서 막으며 두 사람 사이로 뛰어들었지요. 그런데 그의 팔 밑으로 티볼트가 흉측한 칼날을 휘둘러 건장한 머큐쇼에게 치명적인 일격을 가하고 달아나 버린 겁니다. 하지만 그는 곧 로미오에게로 돌아왔는데, 이제는 로미오도 새로이 복수심에 불타, 두 사람도 번개같이 맞붙었습니다. 제가 그들을 떼어놓으려 칼을 뺄 겨를도 없이 완강한 티볼트가 찔려 버리고 말았죠. 그리고 그가 쓰러지자 로미오는 돌아서서 도망가 버렸습니다. 이상이 사실이며, 그렇지 않다면 벤볼리오를 죽여 주십시오.

캐풀렛 부인 그는 몬테규 집안의 친척이에요. 자기 집안을 두둔해서 거짓을 말하고 있어요. 그가 말한 건 사실이 아닙니다. 그들 중 스무 명이 이 음흉한 싸움에 끼어들어 그 스무 명이 한꺼번에 한 목숨을 죽였어요. 제발 영주님께서는 공정한 판단을 내려 주십시오. 로미오는 티볼트를 죽였으니 그를 살려 두어서는 안 됩니다.

영 주 로미오가 그를 죽였고, 그는 머큐쇼를 죽였구나. 이제 누가 이 귀한 핏값을 치를 텐가?

몬 테 규 로미오는 아니올시다, 영주님. 그는 머큐쇼의 친구였습니다. 그가 잘못한 것이라면 단지 법률이 처단해야 할 티볼트의 목숨을 대신 끝마치게 한

영 주 　그리고 그 죄로 인해 우리는 즉시 그를 여기서 추방한다. 난 너희의 증오에 말려들어 너희의 싸움 때문에 내 혈육의 피마저 흘리게 되었구나. 하지만 너희에게 엄벌을 내려 내 혈육에 대한 칼부림을 뉘우치도록 하겠다. 어떤 탄원도 변명도 듣지 않을 것이며, 아무리 눈물을 흘리고 애원해도 용서받을 수 없을 것이다. 그러니 아무 짓도 소용없다. 로미오를 당장 서둘러 떠나게 해라. 그러지 않고 붙잡힐 때에는 그 즉시 끝장이다. 이제 이 시체를 운반하고, 내 명령을 기다려라. 죽인 자를 용서해 달라고? 살인범을 용서하는 자비 따위는 살인을 조장할 뿐이다. (퇴장)

제2장 캐풀렛가의 정원

줄리엣 혼자 등장.

줄 리 엣 　불타는 발을 가진 말들아, 어서 달려가거라, 태양신의 잠자리로! 파에튼과 같은 마부라면 널 서쪽으로 마구 몰아 얼른 구름 낀 밤을 데려오련만. 사랑을 노래하는 밤아, 빈틈없이 장막을 쳐다오. 그래서 도망치는 자를 눈감아 줄 수도 있으며, 로미오님도 남의 입에 오르내리지 않고 들키지도 않은 채 이 팔로 뛰어들 수 있게 말야. 애인들은 그들의 아름다움을 등불 삼아 그들이 사랑을 나누는 걸 볼 수 있다지. 아니, 사랑이 장님이라면 밤이랑 가장 잘 어울릴 거야. 어서 와, 친절한 밤아. 온통 까만색으로 차분하게 차려 입은 부인아. 순결한 한 쌍의 처녀 총각이 벌이는 멋진 시합에서 어떻게 이기고 지는지를 가르쳐주렴. 내 뺨 위에서 꿈쩍도 않는 순정의 핏빛을 네 검은 옷자락으로 씌워다오. 그러면 서먹서먹한 사랑도 대담해져서, 진실한 사랑의 행동도 정말이지 얌전한 것으로 생각할 수 있지 않겠니. 그러니 밤아, 제발 어서 와 주렴. 어서 오세요, 로미오님. 밤을 대낮같이 밝히시는 당신, 어서 오세요. 당신은 까마귀의 등 위에 새로 쌓인 눈보다도 더 희게 밤의 날개 위로 앉을 테니까요. 어서 오렴, 부드러운 밤아. 어서 와, 검은 이마를 가진 사랑하는 밤아. 내게 나의 로미오님을 다오. 그리고 그이가 죽게 되면, 그이를 데려가 작은 별들로 그이를 조각내 주렴. 그럼 그이가 하늘의 얼굴을 더 훌륭하게 만들어 모든 사람들이 밤과 사랑에 빠질 테고, 번쩍거리는 태양을 숭배하지 않게 될 것 아냐. 오, 난 사랑의 저택을 사긴 했지만 아직 가져 보지는 못하고, 이미 팔린 몸이건만 아직 사랑도 받지 못했어. 그러니 내게는 이 낮이 지루하기만 할 뿐이야. 마치 명절 전날 밤 새 옷을 사두고 입지 못해

안달하는 아이처럼 말야. 오, 저기 유모가 오는 군.

유모가 줄사다리를 가지고 등장.

    유모는 소식을 가져왔겠지. 로미오님의 이름을 말하는 입이라면 그것만으로도 훌륭한 웅변이지. 자, 유모, 무슨 소식이야? 뭘 손에 들고 있지? 로미오님이 가져오라고 한 줄사다리로군?

유 모 네, 네, 줄사다리예요. (줄사다리를 내던져 버린다)
줄 리 엣 아니! 무슨 일이지? 왜 그렇게 양손을 쥐어트는 거야?
유 모 아이구, 세상에! 그가 죽었어, 죽었다고. 그가 죽었다고요! 아가씨, 우린 망쳤구려, 망쳤어! 아이고, 슬퍼! 그가 가버리다니, 그가 죽다니!
줄 리 엣 하늘이 이다지도 무정할 수가?
유 모 로미오 도령은 그럴 수 있어요, 하늘은 그렇지 않다 해도. 오, 로미오, 로미오가! 누가 그걸 생각이나 할 수 있었겠수? 로미오라니!
줄 리 엣 도대체 왜 유모는 날 이토록 괴롭히는 거야? 그런 고통스런 소리는 무시무시한 지옥에서나 할 소리라고. 로미오님이 자살이라도 했단 얘기야? 그렇담 '응'이라고만 말해. '응'이라는 한 마디는 한 번만 노려봐도 사람이 죽어 버린다는 뱀의 눈보다 더 지독할 테니. '응'이라고 말한다면, 아니

저 두 눈이 감겨져 '응'이라는 대답을 뜻하게 된다면, 그땐 난 이미 내가 아니게 된다고. 그이가 죽었거든 '응'이라 말하고, 아니면 '아니'라고 해. 그 한 마디로 내 행, 불행은 결정되는 거니까.

유 모   상처를 봤지요. 이 두 눈으로 똑똑히 —— 오, 하느님! 그의 남자다운 가슴팍에 난 상처를. 불쌍한 시체를, 피를 흘리고 있는 불쌍한 시체를. 잿빛처럼 파리한 데다 온통 피범벅이 된, 온몸이 피로 엉겨 있었지요. 그걸 보고 난 기절을 했다우.

줄리엣   오, 터져라, 내 가슴아! 불쌍한 파산자 같으니, 단번에 터져라! 눈은 감옥으로 가 절대 자유를 보지 마라! 흙덩어리 같은 몸은 땅으로 돌아가 여기서는 그만 살고 로미오님과 함께 무거운 관 속에나 누워 버려!

유 모   오 티볼트, 티볼트님, 가장 훌륭한 친구분! 오, 예의바른 티볼트님! 정직한 신사 양반! 이 늙은이가 살아서 당신이 죽는 꼴을 보게 되다니!

줄리엣   웬 폭풍이 이렇게 거꾸로 몰아치는 거지? 로미오님이 죽었다는 거야, 티볼트 오빠가 죽었다는 거야? 내 사랑하는 사촌 오빠인가, 아니면 그보다 더 소중한 내 낭군인가? 자, 무시무시한 나팔아, 최후의 심판을 울려다오! 만일 두 분 모두 죽어 버렸다면 누가 더 살아 남으려 하겠느냐?

유 모   티볼트는 죽었고, 로미오는 추방되었다우. 로미오는 그를 죽여 추방된 거예요.
줄 리 엣   오, 하느님! 로미오님의 손이 티볼트 오빠의 피를 흘리게 했다는 건가?
유   모   그래요, 그래! 아이고, 참 그렇다니까!
줄 리 엣   오, 뱀과 같은 마음이 꽃 같은 얼굴로 가려져 있었다니! 뱀이 그토록 멋진 동굴에 산 적이 있었을까? 아름다운 폭군 같으니! 천사 같은 악마! 비둘기의 흰 깃털로 가린 까마귀였군! 늑대같이 탐욕스런 양 새끼였어! 외모와는 정반대였어 —— 저 주받은 성자, 고결한 악당! 오, 자연아, 악마의 영혼을 낙원같이 아름다운 육체에다 집어넣느라 얼마나 애를 썼니? 여지껏 그토록 아름다운 장정에다 그토록 사악한 내용을 담은 책이 있었던가? 오, 그런 사기꾼이 그토록 휘황찬란한 궁전 안에 살고 있었다니! 가장 고결한 외관에 천박한 속이라니!
유   모   남자한테는 신용도, 충실함도, 정직함도 없다우. 모두 거짓 맹세를 하고 맹세는 지키지도 않는 데다, 죄다 쓸데없는 사기꾼들이야. 아, 내 하인이 어디 갔지? 술을 좀 줘요. 이런 고통과 비탄과 슬픔 때문에 내가 늙는다니까. 로미오란 놈, 에잇 빌어먹어라!
줄 리 엣   그런 악담을 하는 유모의 혓바닥이나 빌어먹으라지! 그이가 어디 빌어먹을 분이신가? 그이의 이마 위엔 그따위 욕은 부끄러워 앉지도 못할 거야.

그이의 이마야말로 이 세상 최고의 명예를 지닌 제왕으로 군림할 옥좌란 말야. 어쩌다 내가 속없이 그이를 책망했을까!

유　모　아가씨는 사촌 오빠를 죽인 사람을 두둔하는 거요?

줄리엣　그럼 내 남편이신 그이를 헐뜯으란 말인가? 아, 불쌍한 내 님. 세 시간 전에 당신의 아내가 된 내가 당신의 이름을 갈가리 찢어 놓았으니, 무슨 말로 다시 당신의 이름을 되돌려 놓을 수 있을까요? 하지만 악당 같은 사람, 왜 내 오빠를 죽였나요? 아냐, 그 악당 같은 사촌 오빠가 하마터면 내 남편을 죽였을지도 몰라. 미련한 눈물아, 가버려, 네가 흘러나온 샘으로 어서 돌아가. 다시 돌아가 버리란 말야! 기뻐서 흘려야 할 눈물방울이 잘못 알고 슬퍼서 흐르고 있잖니. 티볼트 오빠가 죽이려던 내 남편은 살아 있고, 내 남편을 죽이려던 티볼트 오빠는 죽었어. 이건 죄다 기쁜 일인데 내가 왜 운담? 티볼트 오빠의 죽음보다 더 나쁜 한 마디가 날 죽이는구나. 제발 그 한 마디를 잊어버릴 수 있었으면. 하지만, 오, 그 한 마디, 내 기억을 누르는구나. 흉악한 죄악이 죄인의 마음을 눌러 오듯 말이야! '티볼트는 죽고, 로미오는 —— 추방당했다'고? 그 '추방'이라는, '추방'이라는 한 마디는 만 명이나 되는 티볼트가 죽은 것과 같은걸. 티볼트의 죽음은 그것만으로도 무척 큰 슬

픔이야. 헌데 심술궂은 슬픔이 친구를 좋아해서 꼭 다른 슬픔과 나란히 서 있고 싶어한다면, 유모가 '티볼트가 죽었다' 라고 말했을 때 왜 그 다음에 아버지나 어머니, 아니면 양쪽 다 죽었다는 말이 따라오지 않는 거야? 그런 거라면 흔히 하는 통곡만으로 그칠 수 있을 텐데 말야. 하지만 티볼트의 죽음 뒤에 따라오는 것이 '로미오가 추방당했다' 라니 —— 그건 아버지, 어머니, 티볼트, 로미오, 줄리엣 모두가 살해당했다는 말이나 마찬가지야. '로미오가 추방당했다' 라니 —— 그 한마디가 던지는 죽음에는 밑도, 끝도, 한도, 무게도 없어. 어떤 말로도 그 슬픔을 표현할 순 없다

	고. 헌데 유모, 아버지와 어머니는 어디 계시지?
유 모	티볼트의 시체 곁에서 흐느끼며 통곡하고 계시다우. 거기에 가보겠수? 내 아가씨를 데려다 줄테니.
줄리엣	두 분께서 눈물로 그의 상처를 씻고 계시다고? 내 눈물은 두 분의 눈물이 다 말라 버렸을 때 로미오님의 추방을 슬퍼하며 흘릴 거야. 그 줄사다리를 집어 줘요. 불쌍한 줄사다리 같으니, 넌 속았구나, 너와 나 모두 말야. 로미오님이 귀양가게 되었으니. 그이는 널 내 침대로 들어오는 탄탄대로로 쓰려 했는데, 하지만 처녀인 난 처녀 과부로 죽을 수밖에 없구나. 이리 와, 줄사다리야. 이리 와요, 유모. 난 침실로 가서, 로미오님 대신 죽음한테 내 순결을 바치겠어!
유 모	어서 아가씨 방으로 가우. 내 로미오님을 찾아서 아가씨를 위로해 줄 테니. 난 그분이 어디 계신지 잘 알고 있다우. 들어 봐요, 아가씨의 로미오님이 오늘밤 여기 올 거예요. 난 그분한테 갈게요. 그분은 지금 로렌스 신부님의 방에 숨어 계시니까.
줄리엣	오, 그이를 찾아! 그리고 이 반지를 내 진실한 기사님께 드리고, 마지막 작별 인사를 나누러 오시라고 전해 줘요. (퇴장)

제3장 로렌스 신부의 방

로렌스 신부 등장.

신　　부　로미오, 나오너라. 이리 나오라고, 겁먹지 말고. 재앙이 너에게 홀딱 반했는지 넌 불행과 인연을 맺어 버렸구나.

로미오 등장.

로 미 오　신부님, 무슨 소식이라도? 영주님의 판결은 무엇입니까? 미처 제가 알지 못하는 어떤 슬픔이 내 손을 잡으며 사귀자고 하는지요?

신　　부　애야, 넌 그런 심술궂은 친구들과 너무 가까이 지내는구나. 영주님의 판결 소식을 가져왔다.

로 미 오　영주님의 판결은 사형보다 덜한 것은 아니겠지요?

신　　부　더 관대한 판결이 내려졌어 —— 사형이 아니고 추방이다.

로 미 오　예? 추방이라구요? 제발 자비를 베푸셔서 '사형'이라고 말씀해 주십시오. 추방은 사형보다 훨씬 더 무시무시하니까요. 그러니 저에게 '추방'이라는 말은 말아 주세요.

신　　부　지금 당장 베로나에서 넌 추방되었어. 꾹 참거라, 세상은 크고 넓으니까.

로 미 오 베로나의 담 너머론 어떤 세상도 없어요. 단지 연옥과 고통과 지옥이 있을 뿐입니다. 그러니 추방되었다는 건 이 세상에서 추방되었다는 뜻이고, 이 세상에서의 추방은 곧 죽음인 겁니다. 그러니 '추방'이라는 말은 사형이라는 말이 잘못 붙여진 거예요. 사형을 '추방'이라 부르는 건 마치 신부님이 황금 도끼로 제 목을 치고는 그 솜씨에 만족해 빙그레 미소지으시는 거나 다름없어요.

신   부 오, 그런 무서운 죄될 소리를 하다니! 오, 무례하고 배은망덕하기 짝 없구나! 네 잘못은 우리의 법에 따르자면 사형감이야. 하지만 너그러우신 영주님께서 널 생각해서 법을 제쳐놓으시고, 그 시커먼 사형이란 말을 추방으로 바꾸어 놓으신 게다. 귀하게 베풀어진 자비인데 그걸 모르다니.

로 미 오 그건 고문이지 자비가 아닙니다. 천국은 여기 줄리엣이 사는 곳이에요. 뭇 고양이와 개와 작은 생쥐 그리고 온갖 하찮은 것들도 모두 여기 천국에서 살며 그녀를 바라볼 수 있어요. 하지만 로미오는 그럴 수가 없습니다. 로미오보다도 썩은 고기에 날아드는 파리 떼가 더 가치 있고, 더 명예스러우며, 더 구애할 수 있어요. 그것들은 사랑스러운 줄리엣의 놀라우리만큼 하얀 손 위에 앉을 수도 있고, 그녀의 입술에 몰래 입맞추어 영원한 행복을 훔칠 수도 있어요. 줄리엣은 순결한 처녀의 수줍음 때문에 위아래 입술이 닿는 것조차 죄라

고 생각하는지 늘 얼굴이 발그레하잖아요. 하지만 로미오는 그럴 수가 없습니다 —— 추방당했으니까요. 파리들도 할 수 있는 걸 전 할 수 없게 되다니요. 그것들은 자유로운데, 전 추방이라니요. 이런데도 추방이 사형이 아니란 말씀입니까? 신부님은 독약이나 예리하게 갈아 놓은 칼이나, 어떤 비겁한 방법이든지 돌연히 저를 죽일 수 있는 방법이 없어서, '추방'이란 말로 절 죽이려 하십니까 —— 추방이라고요? 오, 신부님, 지옥으로 떨어진 저주받은 자들이나 그런 말을 쓰는 거예요. 그 말엔 울부짖음이 있어요! 신성한 고해 신부님이시고, 죄를 용서해 주시어 세상이 다 아는

	제 친구이신 신부님께서 어찌 '추방'이라는 말로 저를 갈가리 찢어 놓으십니까?
신 부	그 무슨 분별없는 미치광이 같은 소리냐. 잠시 내 이야기를 들어 보렴.
로 미 오	오, 또 추방이란 소릴 하시려고요!
신 부	그 말을 막아 낼 갑옷을 주마. 역경에는 달콤한 젖이 되고 철학이 되는 거지. 네가 비록 추방당했다 해도 네게 위로가 될 게다.
로 미 오	아니, 또 추방인가요? 철학은 벽에나 매달아 두세요. 철학이 줄리엣을 만들고, 도시를 옮기고, 영주님의 판결을 바꾸는 것이 아니라면, 아무 소용도 효력도 없어요. 더 이상 아무 말씀도 마세요.
신 부	오, 이제야 미치광이에게는 귀가 없다는 걸 알겠구나.
로 미 오	현명한 사람도 눈이 없는데, 어떻게 미치광이한테 귀가 있겠습니까?
신 부	어디 네 입장을 함께 의논해 보자꾸나.
로 미 오	신부님은 느끼지 못하시니 이야기할 수 없으세요. 신부님이 저만큼 젊고, 줄리엣이 신부님의 애인이고, 결혼한 지 한 시간 만에 티볼트를 죽였고, 저처럼 사랑에 빠져 있는 데다, 역시 저처럼 추방당했다면, 그땐 신부님도 이야기할 자격이 있지요. 그땐 신부님도 머리를 쥐어뜯으며, 지금 제가 하듯이 땅바닥에 쓰러져 아직 채 파지도 않은 무덤의 크기를 재어 보려 하실 겁니다. (밖에서 문 두

제3막 111

드리는 소리가 난다)

신　부　일어나거라. 누가 문을 두드리는구나. 얘, 로미오야. 어서 몸을 숨겨.

로 미 오　싫어요. 비통한 신음으로 내뱉는 한숨이 안개처럼 저를 둘러쳐서 사람들이 못 보게 감추어 주지 않는다면 말예요.(문 두드리는 소리가 계속 들린다)

신　부　들어 봐, 누가 문을 두드리잖니! 거기 누가 왔소? 로미오, 어서 일어나. 넌 잡히고 말 거야 —— 잠시만 기다려요! —— 일어나라니까. (문 두드리는 소리가 난다) 내 서재로 뛰어가 —— 곧 가오! —— 아이고, 이게 무슨 어리석은 짓이냐! —— 네, 나갑니다. (문 두드리는 소리가 난다) 누가 그렇게 세게 문을 두드리는 거요? 어디서 왔소? 무슨 일로 온 거요?

유　모　(밖에서) 날 들여보내 줘요. 그럼 무슨 일로 왔는지 알게 될 거예요. 줄리엣 아가씨가 보내서 왔어요.

신　부　그럼 들어오시오.

유모 등장.

유　모　오, 신부님, 말씀해 주세요. 우리 아가씨의 낭군님은 어디 계신가요, 로미오님이 어디 계신가요?

신　부　저기 땅바닥에 엎드려 있구려. 제 눈물에 취해서 말이오.

유   모   오, 내 아가씨랑 똑같군요. 아주 똑같아요!

신   부   오, 애처로운 마음의 일치! 가련한 신세로군!

유   모   아가씨도 저렇게 엎드려 울고불고 난리랍니다. 일어나세요, 일어나시라고요! 사내 대장부라면 말예요. 줄리엣 아가씨를 위해서라도 어서 일어나세요! 왜 그리 깊은 시름에 빠져 있는 거예요?

로 미 오   (일어서며) 유모 …… .

유   모   아이고, 서방님! 아이고, 서방님! 글쎄, 죽으면 모든 게 끝이라니까요.

로 미 오   줄리엣의 얘길 했지요? 그녀는 어떻소? 날 흉측한 살인자로 생각하겠지? 우리의 갓 싹튼 행복이 그녀의 친척의 피로 더럽혀졌으니 말이오. 그녀는 어디 있어요? 뭘 하고 있나요? 그래 비밀에 붙인 내 아내는 뭐라 하던가? 무너져 버린 우리의 사랑에 대해 말이오.

유   모   오, 아가씨는 아무 말도 않고, 그저 울기만 하세요. 침대 위에 쓰러져 있는가 하면, 일어나서는 티볼트를 부르고, 그러다간 로미오를 외쳐 부르고는 다시 쓰러진답니다.

로 미 오   마치 그 이름이 백발백중의 총에서 발사되어 그녀를 죽인 것같이 말이로군. 그 이름을 가진 저주받은 손이 그녀의 친척을 죽였기 때문에 말이오. 오, 말씀해 주세요 신부님, 제발. 이 몸의 어느 흉측한 곳에 제 이름자가 들어 있습니까? 제발 말씀 좀 해주세요. 그 망측한 집을 부숴 버리게 말입니

다. (칼을 뽑아든다)

신　　부　멈추지 못하겠니. 이 무슨 짓이냐, 그래도 네가 사내 대장부냐? 네 외양은 대장부이다만, 네 눈물은 여자 같고, 네 거친 행동 또한 분별 없는 짐승의 포악함과 다를 바 없구나. 남자같이 보이지만 꼴사나운 여자야! 남자 같기도 하고 여자 같기도 한 보기 싫은 짐승이로구나! 넌 날 놀라게 했어. 난 널 그렇게 보지 않았는데. 넌 티볼트를 죽이지 않았느냐? 이제 네 자신도 죽이려 하는 거냐? 그래서 네 자신에게 그토록 지독한 짓을 저질러 널 생명으로 여기며 살고 있는 네 아내마저 죽이려 하는 거냐? 어쩌자고 네 탄생과 하늘과 땅에다 대고 저주를 퍼붓는 거냐? 탄생과 하늘과 땅, 이 모두가 조화를 이루어 너라는 존재를 이루고 있어. 그런데 넌 그것들을 당장 내동댕이치겠단 말이냐? 에잇, 네 얼굴, 네 애정, 네 지혜가 부끄럽지도 않느냐? 마치 구두쇠마냥 그것들을 잔뜩 품고 있기만 하고, 네 얼굴과 애정과 지혜를 빛내 주기 위해 진정으로 써야 할 곳에는 쓰지 않는구나. 대장부의 용맹을 떨쳐 버리면 네 훌륭한 용모는 밀랍으로 만든 것밖에 안 돼. 네 소중한 사랑의 맹세도, 마음속에 간직하기로 언약한 사랑을 죽여 버리면 허울좋은 거짓 맹세에 지나지 않는 거야. 네 얼굴이나 애정을 돋보이게 해주는 네 지혜도, 잘못 다스려지면 서투른 병사의 화약통에 든 화

약처럼 제 무지 때문에 불이 붙어 제 무기로 팔다리가 잘리는 거지. 자, 일어나거라, 사내 대장부답게! 조금 전까지만 해도 줄리엣을 위해서라면 죽으려고까지 하잖았느냐. 그런데 그런 줄리엣이 살아 있으니, 행복한 셈이야. 티볼트가 널 죽이려 했지만, 넌 티볼트를 죽였지. 그러니 역시 넌 행복한 거야. 널 사형에 처하려 했던 법도 네 친구가 되어 사형을 추방으로 바꾸어 놓았으니, 이 또한 행복한 거고. 한보따리의 축복이 네 등을 비추고 있어. 행복이 제일 예쁜 옷을 차려 입고 네게 유혹의 눈길을 보내고 있단 말이다. 헌데 버릇없고 샐쭉하기 잘하는 계집애처럼 넌 네 행운과 사랑에게 토라진 얼굴을 하다니, 아서라, 그러지 마라. 그러다가 비참하게 죽을라. 가서 네 사랑을 얻어라. 정해진 대로 줄리엣의 방으로 올라가 그 아이를 위로해 줘. 하지만 성문이 닫힐 때까지 머무르면 안 된다는 걸 명심해. 그렇게 되면 넌 만투아로 갈 수 없게 될 테니 말이다. 네가 거기서 살게 되면 때를 봐서 너희의 결혼을 발표하고 양가의 화해를 얻고, 영주님께 용서도 구하마. 그땐 네가 비탄에 잠겨 떠나던 때보다 이십만 배나 더 기뻐하며 돌아올 수 있을 거야. 앞장서시오, 유모. 아가씨에게 안부 전해 주오. 그리고 집안 식구들이 모두 잠자리에 들도록 재촉하라고 해요. 모두들 슬픔으로 침울할 테니 쉽게 따라 줄 거요.

	곧 로미오를 보내겠소.
유 모	오, 신부님. 이런 훌륭한 말씀을 듣는 거라면 밤새도록이라도 여기 앉아 있겠어요. 오, 얼마나 많은 배움이 되는지! 서방님, 아가씨한테 서방님이 오실 거라고 얘기하지요.
로미오	그렇게 하구려. 그리고 아가씨에게 날 꾸짖을 준비도 해두라고 하오.
유 모	여기, 아가씨가 서방님께 드리라고 한 반지가 있어요. 어서 서두르세요, 밤이 깊어가니까요.
로미오	아, 이제야 마음이 가라앉는군.
신 부	이제 가봐. 잘 가거라. 그런데 네 운명은 결국 이렇다. 성문이 닫히기 전에 떠나든지, 아니면 새벽에 변장을 하고 몰래 빠져나가든지 둘 중에 하나야. 만투아에 가 있으면, 수시로 사람을 보내 여기서 일어나는 좋은 소식을 모두 전해 주마. 자, 손이나 한번 잡아 보자. 밤이 깊었어. 그럼 잘 가거라.
로미오	기쁨보다 더한 기쁨이 저를 부르니 망정이지, 신부님과 이렇게 섭섭하게 헤어진다면 가슴이 쓰라릴 겁니다. 안녕히 계세요. (퇴장)

제4장 캐풀렛가

캐풀렛과 그의 부인 그리고 파리스 백작 등장.

캐 풀 렛 공교롭게도 일이 터지는 통에 딸애를 설득시켜 볼 시간이 없었소. 당신도 아다시피 그 애는 사촌 티볼트를 무척이나 좋아했다오, 나도 그랬지만. 하기야 태어나서 한 번 죽을 몸이긴 하지만요. 이젠 밤도 꽤 깊었으니 딸애는 내려오지 않을 거요. 나도 당신이 오시지 않았더라면 벌써 한 시간 전에 잠자리에 들었을 거라오.

파 리 스 이렇듯 슬픔에 휩싸여 있으니 청혼할 때도 아니지요. 부인, 안녕히 주무십시오. 따님에게 안부 전해 주시고요.

캐풀렛 부인 그러지요. 내일 아침 일찍 그 애의 마음을 알아보지요. 오늘밤은 슬픔에 지쳐 있으니까요.

캐 풀 렛 파리스 백작, 난 그 애의 사랑에 대해선 철저한 감독자라오. 그 애는 내 말이라면 뭣이든 다 들을 거요. 아니, 그 이상이지요. 의심할 여지도 없어요. 부인, 잠자리에 들기 전에 그 애한테 가서 여기 내 사윗감인 파리스 백작의 사랑을 알리시오. 그리고 그 애더러 이렇게 얘기하오. 오는 수요일에 —— 아, 참! 오늘이 무슨 요일이오?

파 리 스 월요일이지요.

캐 풀 렛 월요일이라! 허어! 그럼 수요일은 너무 빠르군 그래. 음, 목요일로 할까 —— 그 애한테 얘기해요. 목요일에 이 백작님과 결혼하게 될 거라고 말이오. 백작, 그때까지 준비가 되겠소? 이렇게 서둘러도 괜찮을는지요? 큰 잔치를 벌일 건 아니고

―― 가까운 사람들이나 몇 명 부르기로 하지요. 백작도 아시다시피 티볼트가 죽은 지 얼마 되지도 않았는데 떠들썩한 잔치를 벌인다면 친척인 고인을 소홀히 대한다는 비난이 있지 않겠소. 그러니 가까운 사람들이나 대여섯 명 청하는 걸로 그칩시다. 헌데 목요일이 어떻소, 백작?
파 리 스　목요일이 바로 내일이었으면 하고 바랄 정도입니다.
캐 풀 렛　자, 그럼 돌아가 보시오. 목요일로 정하지요. 부인, 잠자리에 들기 전에 줄리엣에게 가서 결혼식 준비를 하라고 해요. 안녕히 가시오, 백작 ―― 여봐라, 내 방으로 가게 불을 밝혀라. 아이쿠, 밤이 너무 깊었군. 곧 날이 밝겠는데. 그럼 안녕히!
　　　(퇴장)

제5장 캐풀렛가의 정원

　창문 높이 로미오와 줄리엣 등장.

줄 리 엣　벌써 가시려고요? 아직 날도 밝지 않았는데. 당신의 귀를 무섭게 울려대는 저 소린 종달새가 아닌 나이팅게일의 소리예요. 밤마다 저기 저 석류나무 위에서 노래를 부르지요. 정말이에요, 저건 나이팅게일이에요.

로 미 오 저건 아침이 왔음을 알려 주는 종달새라오. 나이 팅게일이 아니오. 저길 봐요, 저편 동녘 하늘에 질투심 많은 햇살이 흩어지는 구름에다 줄무늬를 짜넣고 있지 않소. 밤의 촛불은 다 타버리고 명랑한 아침이 안개 낀 산꼭대기에서 발돋움을 하고 있소. 난 여길 떠나 목숨을 부지하거나, 아니면 그냥 여기 있다가 죽는 수밖에 없소.

줄 리 엣 저기 저 빛은 햇빛이 아니에요. 난 알아요, 알아. 저건 태양이 뿜어낸 별똥이라구요. 오늘밤 당신의 횃불이 되어 만투아로 가는 길을 밝혀 줄 거예요. 그러니 조금만 더 계세요. 지금 떠나실 건 없잖아요.

로 미 오 난 붙잡혀도 좋고 죽어도 좋소. 그게 당신의 뜻이라면 난 만족하리다. 저기 저 회색빛은 아침의 눈〔太陽〕이 아니라고 말하리다. 저건 단지 달의 여신의 이마가 파리하게 반사된 것뿐이라고 말이오. 우리 머리 위의 둥근 하늘 높이 울려대는 저 소리도 종달새 소리가 아니라고 말하리다. 사실은 나도 떠나기 싫소. 여기 이대로 있고 싶다오. 오너라, 죽음아! 반가이 맞아 주마. 그게 줄리엣의 소원이란다. 자, 이제 됐소? 얘기나 더 합시다. 날이 밝으려면 아직 멀었잖소.

줄 리 엣 날이 밝았어요. 밝았어! 어서 서두르세요. 떠나세요, 빨리! 저건 종달새가 곡조도 맞지 않게, 듣기도 싫은 소리로 노래하는 거예요. 종달새는 달콤한 노래를 한다던데, 저 새는 그렇지도 않고 우릴 떼어놓기만 하네요. 종달새와 징그러운 두꺼비는 서로 눈들을 바꾼다고 하던데, 아, 정말 그렇다면 소리마저 바꿨으면! 저 소리가 서로 얼싸안고 있는 우릴 떼어놓고, 아침을 몰고 와 당신을 재촉하는군요. 오, 이제 어서 떠나세요! 날이 점점 밝아 와요.

로 미 오　날이 밝아올수록 우리의 슬픔은 점점 더 짙어만 가는구려.

　　유모 등장.

유　　모　아가씨!
줄 리 엣　유모?
유　　모　어머니께서 이리로 오고 계시다우. 날이 밝았어요. 조심하고, 잘 살펴 떠나세요. (퇴장)
줄 리 엣　그럼, 창문아, 생명은 내보내고 빛은 넣어 주렴.
로 미 오　안녕! 안녕! 한 번 더 키스하고 내려가리다. (로미오 내려간다)
줄 리 엣　아! 내 사랑, 내 님, 서방님, 그렇게 가 버리시긴가요? 날마다 시간 시간 꼭 소식 주셔야 해요. 일각이 여삼추 같으니까요. 이렇게 헤아리다가는 내 로미오님을 다시 만나기도 전에 늙어 버리겠네!
로 미 오　안녕! 기회가 닿는 대로 빠뜨리지 않고 소식 전하리다.

줄 리 엣   오, 우린 다시 만날 수 있을까요?
로 미 오   물론이오. 때가 오면 이 모든 슬픔은 달콤한 얘깃거리가 될 거요.
줄 리 엣   오, 전 불길한 예감이 들어요! 아래 서 계신 당신이 마치 무덤 속의 시체처럼 보여요. 제 눈이 이상한 건지, 아니면 당신 안색이 너무 나빠선지.
로 미 오   내 눈에도 당신이 그렇게 보이는구려. 목마른 슬픔이 우리의 피를 마셔 버리는가 보오. 그럼 잘 있어요, 안녕!
줄 리 엣   오, 운명의 여신이여! 모든 사람들이 널 변덕스럽다고 하지. 네가 변덕스럽다 해도 믿음직스럽기로 이름난 그이하고 무슨 상관이 있니? 변덕을 부릴 테면 부려봐. 그럼 넌 그이를 오래 붙들지 않고 돌려보내 주겠지.
캐풀렛 부인   (안에서) 오, 애야. 일어나 있었느냐?
줄 리 엣   누가 부르는 소리지? 어머니시로군. 늦게까지 안 주무신건가, 아니면 이렇게 일찍 일어나신 건가? 무슨 일로 느닷없이 이리로 오신 걸까?

　　캐풀렛 부인 등장.

캐풀렛 부인   그래, 이제 좀 어떠냐, 줄리엣?
줄 리 엣   어머니, 기분이 별로 좋지 않아요.
캐풀렛 부인   언제까지나 사촌 오빠가 죽은 걸 슬퍼하고 있을 테냐? 그래, 넌 눈물로 오빠를 무덤에서 씻어

낼 작정이냐? 설령 오빠를 씻어낸다 해도 다시
살릴 수는 없잖니. 그러니 이제 그치거라. 적당
히 슬퍼하는 건 애정의 표시로 봐주겠지만, 지나
치게 슬퍼하는 건 생각이 좀 모자란 탓이란다.

줄 리 엣 하지만 슬픔이 너무 크니 그냥 울게 놔두세요.

캐풀렛 부인 그래, 잃어버린 슬픔이 크기도 할 거야. 하지
만 네가 운다고 다시 살아나는 것도 아니잖니.

줄 리 엣 잃어버린 게 슬퍼서 울지 않고는 못 배기겠어요.

캐풀렛 부인 글쎄, 얘야. 넌 오빠의 죽음 때문에 운다기보
다는 그를 죽인 악당이 살아 있기 때문에 우는
거지?

줄 리 엣 악당이라뇨, 어머니?

캐풀렛 부인 로미오란 악당 녀석 말이다.

줄 리 엣 (방백으로) 그이가 악당이라니 말도 안 돼. (크게)
하느님, 그를 용서해 주세요! 저도 진심으로 용서
하니까요. 하지만 그이만큼 날 슬프게 하는 사람
도 없어요.

캐풀렛 부인 그 반역자, 살인자가 멀쩡히 살아 있기 때문
이야.

줄 리 엣 그래요, 어머니, 내 손이 안 닿는 곳에 살아 있기
때문이에요. 나 혼자서 오빠의 원수를 갚아 줄 수
만 있다면!

캐풀렛 부인 원수는 꼭 갚게 될 테니 걱정 말거라. 이제 그
만 울어. 그 추방당한 부랑자 녀석이 살고 있는
만투아로 사람을 보내, 그 녀석한테 비상한 독약

    을 먹여야지. 그럼 곧장 티볼트를 따라가게 될 테니. 그땐 네 속도 풀릴 게다.
줄 리 엣 정말이지 그를 볼 때까지는, 그가 죽는 것을 볼 때까지는 —— 풀리지 않을 거예요. 내 여린 마음이 오빠의 죽음 때문에 몹시도 괴로우니까요. 어머니, 독약을 가져갈 사람만 찾아 주신다면, 약은 제가 탈게요. 받아 마시자마자 그 로미오가 조용히 잠들어 버릴 수 있게 말예요. 아, 분해라! 그 이름을 듣고도 갈 수 없다니! 갈 수만 있다면 내 사랑하는 오빠를 위해 그 살인자의 몸에다 대고 실컷 분을 터뜨려 보련만.
캐풀렛 부인 그래, 독약을 타는 건 네가 하거라. 내 사람을 찾아 줄 테니. 그건 그렇고 얘야, 네게 기쁜 소식이 있단다.
줄 리 엣 이렇게 슬플 때 기쁜 소식이라니 잘됐군요. 뭔데요, 어머니? 얼른 말씀해 주세요.

캐풀렛 부인 글쎄, 애야, 네 아버지는 참 자상도 하시지. 슬픔에 젖어 무겁게 가라앉아 있는 널 위해 뜻밖에도 잔칫날을 잡으셨더구나. 너나 나나 생각지도 못한 일을 말이다.

줄 리 엣 아이 좋아! 그게 무슨 날인데요?

캐풀렛 부인 글쎄 오는 목요일 아침 일찍, 저 늠름 하고 젊고 고상한 신사이신 파리스 백작이 성(聖) 피터 성당에서 널 행복한 신부로 맞이하겠다는구나.

줄 리 엣 성 피터 성당과 또한 성 피터를 두고 맹세하지만 그 분은 거기서 날 행복한 신부로 맞이할 수 없어요! 왜 이리들 서두르는지 도무지 이해할 수 없군요. 남편 되실 분이 구혼하러 오기도 전에 결혼해야 하다뇨. 어머니, 제발 아버지와 그 분께 말씀드려 주세요. 전 아직 결혼할 마음이 없다고요. 해야 한다면, 파리스 백작보다는 차라리 어머니도 아시다시피 제가 미워하는 로미오와 하겠어요. 이런 걸 다 기쁜 소식이라고 말씀하시다니!

캐풀렛 부인 저기 아버지가 오시는구나. 네가 그렇게 말씀드리거라. 네 말을 어떻게 받아들이실지 어디 한 번 들어 보자꾸나.

캐풀렛과 유모 등장.

캐 풀 렛 해가 지면 이슬이 맺힌다던데, 조카의 목숨이 지

고 나니 당장 비가 퍼붓는구나. 어떠냐, 이제? 아
니, 아직도 눈물 도랑이냐? 여지껏 울고 있다니.
언제나 비 오듯 눈물만 흘리고 있을 테냐? 그 작
은 몸뚱어리 안에 배와 바다와 바람을 다 겸했단
말이야? 네 눈을 바다라고나 할까. 늘 눈물이 출
렁거리니 말이다. 네 몸은 배가 되어 이 짭짤한
눈물의 홍수 속에서 항해하고 있지. 게다가 네 한
숨은 바람이랄까. 배는 눈물로 뒤흔들리는가 하
면 눈물은 바람 때문에 거칠게 소용돌이치니, 당
장에 바람이 자지 않는 한 폭풍에 시달리는 네 몸
은 여지없이 부서지고 말겠구나. 내 말이 맞지 않
소, 부인? 이 아이에게 우리의 뜻을 전했소?

캐풀렛 부인 그럼요, 하지만 고맙기는 해도 싫다나요. 바보
같으니! 차라리 무덤하고나 살라지요.

캐 풀 렛 잠깐만! 부인, 내가 알아들을 수 있게 말해요. 다
시 말해 봐. 어떻다고? 싫다고? 우리가 고맙지도
않다고? 명예가 아니라고? 변변찮은 것을 그토록
훌륭한 신사와 짝지어 주었는데도 복으로 생각지
도 않아?

줄 리 엣 명예라고 생각지는 않지만, 고맙게 여기고 있어
요. 싫은 걸 명예로 생각할 순 없지만, 싫은 것이
라 해도 절 생각해서 하신 일이니 고맙게는 생각
해요.

캐 풀 렛 저런, 저런, 저런, 저런 궤변이 있나? 그게 뭐냐?
'명예'라고 했다가, '고맙다'고 했다가, '고맙지

않다'고 했다가, 게다가 '명예가 아니라'고? 이 몹쓸 것 같으니, 내 앞에서 고맙다느니 명예라느니 하는 소린 집어치워. 이제 네 미끈한 몸이나 잘 가꾸고 오는 목요일 파리스 백작과 성 피터 성당에서 식을 올릴 준비나 해. 정 싫다면 거적에 싸서라도 끌고 갈 테니. 나가 버려, 병들어 나자빠진 시퍼런 송장 같으니! 나가, 이 무지렁이 같은 것아! 정신 나간 것 같으니라고!

캐풀렛 부인   그만 해요, 그만! 아니, 당신 어떻게 되신 게 아녜요?

줄 리 엣   아버지, 이렇게 무릎을 꿇고 빌게요. 제발 참으시고 제 말 한 마디만 들어 주세요.

캐 풀 렛   목이나 매 죽어, 철없는 것 같으니! 이 몹쓸 것아! 다시 말하마 —— 목요일에 성당에서 결혼식을 올리든지, 아니면 이제부터는 절대 내 앞에 얼씬거리지도 말아! 이젠 무슨 말을 해도 소용없다. 대꾸나 대답 따위는 집어치워! 손이 근질거리는구나. 부인, 하느님이 이 딸년 하나만 주신 걸 우린 복인 줄도 모를 뻔했구려. 헌데 이제 보니 하나도 너무 많아. 게다가 저 딸년 때문에 이렇게 욕을 보게 될 줄이야. 저리 꺼져, 이 빌어먹을 것아!

유 모   가엾기도 해라! 나리, 아가씨에게 그렇게 악담을 하심 안 됩니다.

캐 풀 렛   아니, 이건 또 재치 마님이신가? 입 다물지 못해? 잘난 척하기는. 자넨 가서 수다쟁이들하고나 떠들어!
유 모 제가 어디 해가 될 말을 했나요, 뭐.
캐풀렛 오, 밤새 안녕하시냐고!
유 모 입 가지고 말도 못 하나요?
캐풀렛 시끄러워, 멍청이같이 조잘거리기는! 그따위 쓸데없는 소릴랑은 수다쟁이들하고 술이나 홀짝거리면서 지껄이라고. 여기선 소용없으니까.
캐풀렛 부인 당신 너무 화를 내시는구려.
캐풀렛 빌어먹을! 미치고 환장할 노릇이군. 밤이나 낮이나, 아침이건 저녁이건, 집에서든 밖에서든, 혼자 있으나 친구들하고 있으나, 자나 깨나, 늘 딸년의 혼인을 걱정해 왔는데, 이제 가문 좋고, 재산 있고, 젊고, 교양 있고, 듣자 하니 명예가 대단해 단박에 호감이 가는 신랑감을 물색해 주었더니, 저 빌어먹을 바보 같은 것이 분에 넘치는 복인 줄도 모르고 훌쩍훌쩍 울면서, 결혼하지 않겠다느니, 사랑할 수 없다느니, 너무 어리다느니 하며 용서해 달라고! 흥, 그래 결혼하지 않겠다면 할 수 없지. 허나 내 집에서 살 생각은 말아. 나가서 빌어먹든지 말든지 네 맘대로 해. 내가 한 말을 새겨 듣고 곰곰이 생각해 봐. 절대 농담이 아니니까. 곧 목요일이 올 테니, 가슴에 손을 얹고 잘 생각해. 네가 내 자식이라면 널 내 친구에게 주고 말 테니까. 내 자식이 아니거든 나가서 목을 매 죽든 빌어먹다가 굶어 죽든 마음대로

해. 정말이지 절대로 나도 널 자식으로 안 볼 것이고 재산도 한푼 물려주지 않을 테니. 진담이니 잘 생각해 보란 말이다. 실없는 소리나 지껄일 내가 아니니까. (퇴장)

줄리엣 하늘도 무심하시지. 이 슬픈 마음을 봐주시는 자비의 신은 저 구름 속에도 안 계시단 말인가? 아, 어머니, 절 버리지 마세요! 한 달만 아니 일주일만이라도 결혼을 늦춰 주세요. 정 그러실 수 없다면, 제 신방은 티볼트 오빠가 누워 있는 어두컴컴한 무덤 속에나 차려 주세요.

캐풀렛 부인 듣기 싫다. 너하곤 말도 하기 싫어. 네 맘대로 하렴, 네게는 이제 두손들었다. (퇴장)

제3막 129

줄 리 엣   오, 하느님! ── 오, 유모, 이 일을 어쩌면 좋아? 내 남편은 이 세상에 살아 있고, 내 맹세는 하늘에 가 있는데. 그 남편이 세상을 떠나 하늘로 올라가서 맹세를 도로 보내 주지 않는 한, 어떻게 그 맹세가 이 세상으로 되돌아올 수 있겠어, 날 좀 도와 줘. 좋은 꾀를 좀 내보라고. 아, 하늘도 무심하시지. 연약한 나에게 이토록 모진 시련을 내리다니! 유모, 뭐라고 말 좀 해봐요. 속이 시원해질 말이 없어? 위안이 될 말 좀 해보라고!

유   모   참, 그렇죠. 로미오 서방님은 추방당했지요. 그러니 세상이 무너져도 위험을 무릅쓰고 감히 아가씨를 보러 오지는 못할 거예요. 설사 온다 해도 아무도 몰래 와야 하지요. 그러니 지금 형편으로는 아가씨가 백작님과 결혼하는 게 제일 좋은 일이라우. 오, 그분은 참 멋진 신사시지! 그 분에다 대면 로미오는 부엌에 걸린 행주지 뭐야. 독수리의 눈빛도 그분의 눈빛만큼 푸르고, 민첩하고, 아름답지는 못하다우. 내 맹세컨대, 이 두 번째 결혼으로 아가씨는 정말 행복해질 거야. 첫번째보다는 훨씬 근사하니까 말이우. 설사 그렇지 않다 해도 첫번째 남편은 죽어버린 거나 마찬가지예요. 살아 있다 해도 아가씨에게 아무 소용이 없으니 말이우.

줄 리 엣   유모, 진정으로 하는 소리야?

유   모   그럼요. 거짓이라면 천벌을 받게요.

줄 리 엣 아멘!
유   모 뭐라고요?
줄 리 엣 아무것도 아냐. 유모 말을 들으니 정말 속이 시원하네. 이제 가봐요. 그리고 어머니께 전해. 아버지의 맘을 상하게 한 죄를 참회하고 용서받으러 로렌스 신부님께 갔다고.
유   모 암요, 그렇게 전하지요. 잘 생각했어요. (퇴장)
줄 리 엣 천벌을 받을 할망구! 오, 끔찍하기 이를 데 없는 마귀 같으니! 날 보고 맹세를 어기라고, 게다가 내 낭군님이 제일이라며 입에 침이 마르게 칭찬해 대던 그 입으로 그이를 욕하다니 어찌 죄가 안 될까? 가버려, 지금까진 믿어 왔지만 이제부터 유모에게는 내 마음을 털어놓지 않겠어. 신부님한테 가서 도움을 청해야지. 달리 길이 없더라도 죽을 힘만은 남아 있어. (퇴장)

제4막

제1장 로렌스 신부의 방

로렌스 신부와 파리스 백작 등장.

신　　부　목요일이라고요? 시일이 꽤 촉박하군요.
파 리 스　캐풀렛 장인 어른이 그렇게 하시겠다는군요. 그리고 나로서는 그 어른이 서두르시는 걸 미룰 만한 이유가 있는 것도 아니고요.
신　　부　헌데 신부감의 마음을 모른다고 했지요. 거 심상치 않군요. 좀 걱정이 됩니다.
파 리 스　티볼트의 죽음으로 인해 너무나도 슬퍼하고 있어 사랑의 얘기는 별로 나누어 보질 못했지요. 비너스 여신도 슬픔에 잠긴 집에서는 웃지 않는다잖아요. 장인 어른께서는 아가씨가 그렇게까지 슬픔에 빠져 있는 게 위험하다고 생각하고 또한 딸의 홍수 같은 눈물을 그치게 하려는 뜻에서 우리의 결혼을 서두르는 것이 좋겠다고 판단하신 겁니다. 혼자서 너무 상심해 있는 것보다 동무라도 생기면 눈물이 거두어질지도 모르잖습니까. 이제 이렇게 서두르는 이유를 아시겠죠?
신 부 (방백으로) 차라리 결혼이 늦추어져야 하는 이유를 몰랐더라면 좋았을 걸 —— 저길 보오. 아가씨가 오고 있소이다.

줄리엣 등장.

파 리 스 마침 잘 만났소, 아가씨. 내 아내여!
줄 리 엣 아마 내가 아내가 될 때나 그렇게 부를 수 있을 거예요.
파 리 스 그 아마가 오는 목요일이면 꼭 그렇게 되고말 거요.
줄 리 엣 꼭 그렇게 된다니까 되겠지요.
신 부 거 멋진 대답이군.
파 리 스 신부님께 고해하러 오셨소?
줄 리 엣 그 말에 대답하면 당신한테 고해해야 되게요?
파 리 스 날 사랑한다는 걸 신부님께 숨기지 말아요.
줄 리 엣 당신께 고백하지만 난 신부님을 사랑해요.
파 리 스 그럼 날 사랑한다는 고백도 틀림없이 할 수 있을 게요.
줄 리 엣 한다 하더라도 당신 면전에서보다 당신 몰래 하는게 더 값질 거예요.
파 리 스 가엾게도 당신의 얼굴은 온통 눈물로 얼룩져 있구려.

줄 리 엣   눈물 때문이라고만은 할 수 없지요. 눈물이 심술을 부리기 전에도 여간 못난 얼굴이 아니었으니까요.

파 리 스   그건 눈물 이상으로 당신의 얼굴을 모욕하는 말이오.

줄 리 엣   그건 모욕하는 말이 아니라 사실이에요. 그리고 난 내 얼굴에다 대고 말했어요.

파 리 스   당신의 얼굴은 내 것이오. 그런데 당신은 그 얼굴을 모욕했소.

줄 리 엣   그럴지도 모르지요. 이 얼굴은 내 것이 아니니까요. 신부님, 지금 시간이 있으신가요? 아니면 저녁 미사 때 뵐까요?

신   부   아니 지금도 괜찮다, 얘야. 백작, 우린 좀 실례해야겠소.

파 리 스   아, 그러십시오. 제가 신부님의 일을 방해했군요! 줄리엣, 목요일 아침 일찍 당신을 깨우러 가겠소. 그때까지 안녕히. 이 성스러운 입맞춤을 간직해 주오. (퇴장)

줄 리 엣   아, 문을 닫아 주세요! 닫으시거든 이리 오셔서 저와 함께 울어 주세요. 희망도 없고, 도움도 없고, 도무지 어쩔 도리가 없군요!

신   부   아, 줄리엣, 난 네 슬픔을 다 알고 있단다. 내 머리로서도 어쩔 수 없으리만큼 긴박한 일이로구나. 내가 듣기로 넌 오는 목요일에 백작과 결혼해야 하고 연기할 도리도 없다지.

줄 리 엣   신부님, 이 일을 막을 방법을 알려 주시지 못할 것 같으면, 그 얘기를 들었다는 말일랑은 제발 하지 마세요. 신부님의 지혜로도 방도가 없다면, 다만 제 결심이 대견하다고만 말씀해 주세요. 이 칼로 당장 모든 일을 끝내 버릴 테니까요. 하느님은 제 마음과 로미오님의 마음을, 신부님은 저희의 손을 맺어 주셨어요. 그런데 신부님에 의해 로미오님께 바쳐진 이 손이 다른 짓을 한다든지, 아니면 제 순정이 믿을 수 없게 변해 버려 다른 사람에게로 돌아서려 한다면, 그땐 이 칼로 손과 마음을 모두 없애 버리겠어요. 그러니 신부님의 오랜 경험을 빌어 제게 어서 좋은 방법을 알려 주세요. 안 그러시겠다면, 자 보세요, 신부님의 연륜과 지혜를 빌고도 진정 적당한 해결책을 찾지 못한다면, 이 잔인한 칼로 제 곤경과 저와의 싸움에 담판을 내버리고 말겠어요. 어서 말씀해 주세요. 신부님의 말씀으로도 해결할 수 없다면, 전 빨리 죽어 버리고 싶으니까요.

신   부   그만 해 둬, 얘야. 나한테 한 가지 희망이 떠오르기는 했는데 말이다. 그건 우리가 이 일을 필사적으로 막아야 하는 만큼 그 실행에도 필사적인 결심이 필요하다. 파리스 백작과 결혼하느니 차라리 죽어 버리겠다는 용기와 힘이 있을 정도라면, 넌 이번 수치를 쫓아 버리기 위해 죽음 비슷한 것도 줄리엣   마다하지 않을 테지. 치욕을 면하는 일이라면 죽음과도 맞서 보겠다는 너니까 말이다. 그러니 네가 그만한 용기만 있다면 그 해결책을 말해 주마.

줄리엣   오, 파리스 백작과 결혼하느니 차라리 저기 보이는 탑의 난간에서 뛰어내리라고 하세요. 아니면 도둑 소굴로 걸어 들어가라든지, 뱀들이 있는 곳에 숨으라든지, 으르렁거리는 곰한테 절 묶어 두든지, 아니면 덜거덕거리는 송장 뼈다귀랑 썩은 정강이랑 턱도 없고 누렇게 된 해골로 잔뜩 뒤덮인 납골당 안에 밤마다 절 가둬 버리세요. 아니면 갓 만든 무덤으로 들어가서 죽은 사람의 수의 안에 숨어 있으라고 하든지요. 전에는 이런 소릴 듣기만 해도 벌벌 떨었지만, 이제는 아무런 의심이나 두려움 없이 이 일을 해내겠어요. 사랑하는 그이 앞에 더럽혀지지 않은 아내로서 설 수만 있다면 말예요.

신　부   그럼 됐다. 이제 집에 가서 밝은 얼굴로 파리스 백작과 결혼하겠다고 얘기해라. 내일은 수요일, 내일 밤엔 혼자 자거라. 유모와 같이 자선 안 된다. 이 약병을 가지고 가서, 잠자리에 들거든 약물을 따라 마시거라. 그러면 당장 네 모든 혈관 속으로 차갑고도 졸리운 기운이 퍼져 항상 뛰던 맥이 멈추게 될 게다. 하지만 잠시 멈추는 것뿐이지. 체온과 숨결도 산 사람 같지 않을 테고, 붉은 입술과 볼도 시들어 희멀건 잿빛으로 변해 버리고, 죽음이 생명의 빛을 닫아 버리듯 두 눈도 닫혀 버릴 거야. 사지는 생기를 잃어 굳어지고 차가워져서 정말 죽은 것처럼 보이게 되지. 그렇게 위축된 가사(假死) 상태로 마흔두 시간을 지낸 다음 상쾌한 잠에서 깨듯 일어나게 될 거야. 그러니 신랑이 아침에 널 깨우러 와서 보면, 넌 죽어 있는 거지. 그때는 우리의 관습대로 가장 좋은 옷을 입혀 뚜껑 없는 관에 넣어 캐풀렛 조상들이 묻혀 있는 지하 납골당으로 널 운반하게 되지. 그 동안 네가 깨어날 시간에 대비해서 로미오에게 편지로 이 사실을 알려 이리로 오게 해서, 나와 함께 네가 깨어나길 기다렸다가 바로 그날 밤으로 만투아로 떠날 수 있게 해주마. 그러면 넌 지금 당하는 치욕에서 벗어날 수 있게 되지. 이 일을 실행하는 데 변덕이라든지 여자의 불안 따위로 그 용기가 꺾이지만 않는다면 말이다.

줄 리 엣   그럼 어서 그 약을 주세요, 어서요! 오, 제 앞에서 무섭다는 소릴랑은 꺼내지도 마세요.

신   부   그래 좋다! 그렇다면 가지고 가는데, 마음을 단단히 먹어야 한다. 난 재빨리 신부 한 분을 만투아로 보내 네 낭군한테 편지를 전하도록 할 테니.

줄 리 엣   사랑아, 내게 힘을 다오! 힘만 있으면 충분히 해낼 수 있으니 말야. 그럼, 안녕히 계세요, 신부님.
(퇴장)

제2장 캐풀렛가

캐풀렛, 캐풀렛 부인, 유모 그리고 두세 명의 하인 등장.

캐 풀 렛 여기 적혀 있는 손님들을 초대하거라. (하인 퇴장) 여봐라, 너는 가서 솜씨 좋은 요리사를 스무 명쯤 구해 오너라.
하   인 서투른 놈은 한 놈도 데려오지 않겠습니다요, 나리, 손가락을 빨 줄 아는지 시험해 보고 데려 옵죠.
캐 풀 렛 그 걸로 어떻게 알 수 있다는 거냐?
하   인 글쎄올시다, 나리. 제 손가락도 못 빠는 놈이라면 솜씨가 형편없는 놈이지요.
캐 풀 렛 좋다, 다녀오너라. (하인 퇴장) 이번에는 어째 준비가 엉성한 것 같군. 그래 딸애가 로렌스 신부님께 갔다구?
유   모 예, 그렇습니다.
캐 풀 렛 글쎄, 신부님이 무슨 좋은 소릴 해줄지도 모르지. 고집불통인 데다 불효막심한 것 같으니!

줄리엣 등장.

유   모 저기 좀 보세요. 아가씨가 고해를 마치고 기쁜 얼굴로 돌아오잖아요.

캐풀렛   이제 좀 어떠냐, 이 고집쟁이야. 어딜 쏘다니다 오는 거냐?

줄리엣   아버님의 분부를 거역한 죄를 뉘우치고 이렇게 엎드려 용서를 빌라는 로렌스 신부님의 말씀을 듣고 왔어요. 제발 절 용서해 주세요! (무릎을 꿇으며) 이제부터는 아버님의 분부대로 따르겠어요.

캐풀렛   백작에게 사람을 보내 이 사실을 알리도록 해. 내일 아침이라도 식을 올려야겠다.

줄리엣   로렌스 신부님의 방에서 백작님을 만나 뵈었어요. 그래서 그 분께 정숙한 정도를 벗어나지 않을 만큼 적당히 애정을 표시했어요.

캐풀렛   그래? 거 참 잘했다, 잘했어. 일어나거라. 그게 도리고말고. 곧 백작을 만나 봐야겠군. 아, 저런, 어서 가서 그 분을 여기로 모셔 오라니까. 정말이지, 우리 모두가 그 성스러운 신부님으로부터 얼마나 많은 은혜를 입고 있는지 몰라.

줄리엣   유모, 함께 내 방에 가서 내일 내게 가장 잘 어울릴 차림새를 골라 주지 않겠어?

캐풀렛 부인   아니야, 그건 목요일에 해도 돼. 시간은 넉넉하니까.

캐풀렛   가봐요, 유모, 그 애와 같이. 내일 교회에 가야 할 테니까. (줄리엣과 유모 퇴장)

캐풀렛 부인   준비가 제대로 되지 않을까 걱정이에요. 벌써 밤이 다 됐는데.

캐 풀 렛   걱정 말아요, 내가 서두르니 모든 게 다 잘될 거요. 당신은 줄리엣한테나 가서 치장하는 걸 거들어요. 난 오늘밤은 안 잘 거요. 난 상관하지 말고. 이번만은 내가 주부 노릇을 해볼 테니까. 여봐라! 아니 모두들 나갔구먼. 그럼 내가 직접 파리스 백작한테 가서 내일 일을 준비해 놓으라고 해야겠군. 기가 막히게 기분이 좋구려. 외고집쟁이 딸년이 이렇게 마음을 돌리다니 말이오. (퇴장)

제3장 줄리엣의 방

줄리엣과 유모 등장.

줄 리 엣   아, 그 옷이 제일 괜찮군. 헌데 유모, 오늘밤은 나 혼자 있게 해줘. 유모도 알다시피 까다로운 성미에 죄가 많은 몸이니, 하느님의 용서를 받으려면 기도를 많이 올려야 하잖아.

캐풀렛 부인 등장.

캐풀렛 부인   오, 그래, 바쁘지? 내가 좀 거들어 주련?
줄 리 엣   아네요, 어머니. 내일 필요한 건 다 골라 놨어요. 그러니 안심하시고, 이제 절 혼자 있게 해주세요. 그리고 오늘밤엔 유모를 어머니가 데리고 계세요. 일이 원체 급해서 거들 일손이 많이 필요할 테니까요.

캐퓰렛 부인　그래, 그럼 잘 자거라. 자리에 누워 쉬도록 하렴. 푹 쉬어야 한다. (캐퓰렛 부인과 유모 퇴장)

줄 리 엣　안녕! 언제나 다시 만날는지. 차디찬 두려움이 내 혈관 속까지 떨리게 하네. 마치 생명의 열기를 얼어붙게 할 것 같아. 날 위로해 달라고 어머니와 유모를 다시 부를까. 유모 —— 유모가 지금 무슨 소용이 있어? 이 무시무시한 장면은 나 혼자서 해내야 하는 거야. 자 이리 오렴, 유리병아. 헌데 이 약이 제대로 효력을 나타내지 않으면 어쩌지? 그럼 내일 아침 결혼을 해야 된단 말인가? 안 돼, 안 되고말고! 그땐 이게 막아 줄 거야. 넌 여기 있거라. (단도를 내려놓는다) 혹시 이 약이 신부님께서 날 죽이려고 몰래 제조한 독약이라면 어쩐담? 신부님이 이미 날 로미오와 결혼시켰으니, 이번 결혼으로 인해 욕을 보지 않으려는 속셈으로 말야. 걱정인데, 하지만 설마 그럴 리야. 오늘날까지 성직자로 살아오신 분인데. 이따위 나쁜 생각일랑은 말아야지. 하지만 내가 무덤 속에 누워 있는데, 로미오님이 날 구하러 오기도 전에 깨어나면 어쩐담? 아이고 무서워라! 그럼 납골당 속에서 질식해 죽는 것은 아닐까? 그 음산한 입구로는 신선한 공기도 통하지 않는다던데, 로미오님도 오기 전에 숨이 막혀 죽어 버린다면? 아니, 살아

난다 해도 그곳은 그 무시무시한 장소와 어울리는 소름끼치는 죽음의 분위기가 아닐까 —— 죽어서 묻힌 조상들의 뼈가 수백 년간이나 가득 쌓여 있는 납골당 속이니 말야. 거기엔 아직 죽은 지 얼마 되지도 않은 피투성이의 티볼트가 수의 안에서 썩고 있고, 게다가 밤에는 종종 귀신들이 흐느낀다지 않은가 —— 아, 무서워라. 내가 너무 일찍 깨어나면 —— 역겨운 냄새랑, 살아 있는 사람이 그 소리만 들어도 미치게 된다는, 저 흰 독말풀이 땅에서 뽑힐 때 나는 외마디소리 같은 비명 때문에 말야 —— 오, 그래서 내가 깨어나게 된다면, 이런 모든 무시무시한 공포에 휩싸여 미쳐 버리는 거나 아닐까. 그래서 조상님들의 뼈를 들고 미친 듯이 뛰놀며, 토막난 티볼트를 덮어 놓은 수의를 잡아당기기도 하고, 광란에 사로잡혀 어느 먼 조상님의 뼈를 방망이로 여겨 절망에 빠진 내 머리를 막 두들겨 패지나 않을는지? 아, 저것 좀 봐! 로미오님의 칼끝에 찔린 사촌 오빠의 유령이 그이를 찾고 있나 봐. 그만둬요, 티볼트. 그만두란 말예요! 로미오님, 제가 곧 갈게요. 이걸로 당신께 축배를. (줄리엣이 약물을 마시고 커튼으로 가려진 침대 위에 쓰러진다)

제4장 캐풀렛가의 홀

캐풀렛 부인과 유모 등장.

캐풀렛 부인 잠깐만! 유모, 이 열쇠를 가져가서 양념을 더 꺼내 오게나.
유   모 부엌에선 대추랑 은행을 가져오라는데요.

캐풀렛 등장.

캐 풀 렛 자, 어서 어서 서두르라고! 두 번째 닭도 울었고, 새벽종도 울렸어. 벌써 세 시라고. 이봐 안젤리카, 구운 고기 좀 잘 봐. 비용 걱정일랑 말고.
유   모 나리는 아무 참견 마시고 어서 가셔서 좀 주무시라고요! 정말이지 이렇게 밤을 새우시면 내일은 몸살이 나고 말 거예요.
캐 풀 렛 천만에, 그렇잖아. 뭐, 이보다 덜한 일이긴 했지만 전에도 밤샘을 했어도 끄떡없었다고.
캐풀렛 부인 그래요, 당신도 한창 때는 예쁜 계집 꽁무니깨나 쫓아다녔지요. 하지만 이제 그런 밤샘이라면 내가 밤새 지킬걸요. (캐풀렛 부인과 유모 퇴장)
캐 풀 렛 원, 저런 질투심 많은 여편네 좀 보게나!

하인 서너 명이 쇠꼬챙이와 장작 그리고 바구니를 들

고 등장.

　　　　　　이봐, 그건 뭐지?
하 인 1　요리사가 쓸 것들이라는데 뭔지는 잘 모릅니다요.
캐 풀 렛　어서 서둘러, 어서. (하인1 퇴장) ── 여봐라, 바싹 마른 장작을 가져와. 피터를 불러라. 장작이 있는 데를 그 놈이 알고 있으니까.
하 인 2　저한테도 장작을 찾아낼 만한 머리는 있습지요. 이런 일로 피터를 부를 것까진 없잖습니까, 나리.
캐 풀 렛　오, 말 한번 잘했다. 웃기는 녀석 같으니라고, 허허! 이런 통나무 대가리 같은 놈 좀 보겠나. (하인 2 퇴장) 이제 정말 날이 밝았군. 백작이 악대를 이

끌고 온다고 했으니 곧 올 것 아닌가. (음악이 울린다) 아니, 벌써 오는 모양인데. 유모! 여보, 부인! 여봐라! 아니, 유모는 어디 있는 거야! (유모 등장) 가서 줄리엣을 깨워요. 그 애를 단장시키라고. 난 가서 파리스 백작을 맞을 테니까. 어서, 빨리 서둘라고, 어서 어서! 신랑이 벌써 당도했군. 어서 서둘라니까, 원 참. (퇴장)

제5장 줄리엣의 방

유모 등장.

유　　모　아가씨! 저, 줄리엣 아가씨! 잠이 깊이도 들었군. 자, 우리 착한 아가씨! 아가씨! 쳇, 요 잠꾸러기 처녀야! 내 말이 들리지도 않아? 아가씨! 예쁜이! 자, 새색시님! 아니, 한 마디도 안 하긴가요? 오, 이제 한푼어치라도 더 자 두자는 게로군! 일주일치를 몽땅 자 두구려. 내일 밤에 파리스 백작이 단단히 결심하고 아가씨를 한잠도 못 자게 하면 아가씨는 쉴 틈이 없을 테니. 하느님, 제 입담을 용서하소서! 건 그렇고, 저런, 잠이 아주 깊이 들었구먼! 그래도 깨워야 되겠어. 아가씨, 아가씨, 아가씨! 에이, 백작님더러 아가씨를 침대에서 안아 가라구 할까요? 그럼 틀림없이 깜짝 놀라 일어날 거야. 그렇지 않수? (커튼을 젖힌다) 아니, 새 옷을 입고 있잖아. 다 차려 입고 다시 드러누운 건가? 하지만 깨워야겠어. 아가씨! 이봐요, 아가씨! 아이구머니나! 사람 살려, 게 누구 없어요? 아가씨가 죽었다우! 원 세상에! 아, 생명수를! 나으리! 마님!

캐풀렛 부인 등장.

캐풀렛 부인 웬 소란인가?
유   모 아이고, 애통해라.
캐풀렛 부인 무슨 일이야?
유   모 저것 좀 보세요, 저것 좀! 아이고, 이 무슨 변이람!
캐풀렛 부인 아니, 아니! 내 자식이, 이럴 수가! 깨어나거라, 얘야 눈을 떠! 안 그러면 너랑 같이 죽어 버리겠다! 사람 살려, 사람 살려요! 어서 사람을 불러와.

캐풀렛 등장.

캐 풀 렛 원 창피도 이만저만 해야지. 어서 줄리엣이나 데려와요. 신랑이 벌써 와 있다고.
유   모 아가씨가 죽었어요, 아가씨가 죽었어. 죽었단 말예요!

캐 풀 렛   뭐라고? 어디 좀 보자. 아이고, 이 일을 어째! 차
         디차군!
캐풀렛 부인   아이고! 우리 딸이 죽었어요. 죽었다고요! 피
         도 멈추고 사지가 빳빳해. 입술도 생기를 잃은 지
         오래야. 온 들판에서 가장 향기로운 꽃 한 송이가
         때아닌 서리를 맞은 것같이 죽음이 얘를 덮쳤어.
유   모   아이고, 애통해라.
캐풀렛 부인   내 딸을 죽이고 날 비탄에 빠뜨린 죽음이 내
         혀마저 묶어 말을 막아 버리는구나.

         로렌스 신부와 파리스 백작 그리고 악사들이 등장.

신   부   자, 색시가 교회로 떠날 준비는 다 되었소?
캐 풀 렛   갈 준비는 다 되었지만, 다시는 못 돌아오게 되었
         소이다. 오, 사위! 결혼식 전날 밤 죽음의 신이 와
         서 자네 아내하고 동침했네그려. 저길 보게, 그
         애가 누워 있잖은가. 꽃 같은 우리 딸애를 죽음이
         망쳐 놓았네. 죽음이란 놈이 내 사위라네. 죽음이
         란 놈이 내 상속잘세, 내 딸년은 그 놈과 결혼했
         으니까. 나도 죽어 버려 모든 걸 놈한테 물려 주
         려네. 목숨이건, 재산이건, 모두 죽음이란 놈 차
         지란 말일세.
파 리 스   그토록 애태우며 오늘 아침을 기다렸건만, 이런
         꼴을 보게 되다니요.
캐풀렛 부인   저주받은 불행한 날이야, 비참하고 흉측한 날

같으니! 흐르고 흐르는 세월 중 가장 쓰라린 순간이로구나! 가엾은 것, 사랑스럽기 그지없는 단 하나뿐인 자식, 단 하나의 위안거리를 잔인한 죽음이 내 눈앞에서 빼앗아가다니!

유 모   아이고, 서러워라! 아이고, 애통해. 슬프기 짝없는 날이야! 비통하기 이를 데 없는 날이자, 제일 원통한 날이야! 내 생전 이런 꼴을 보게 되다니. 오, 흉측스러운 날이야! 오늘같이 흉한 날은 난생 처음이야. 아이고, 슬프고 서러워라. 정말이지 애통해!

파 리 스   속고, 버림받고, 수모받고, 미움받아 죽었구려! 세상에 둘도 없이 밉살스런 죽음아! 네게 속았어, 잔인하기 이를 데 없는 네놈 때문에 폭삭 망해 버렸어! 오, 생명 같은 내 사랑! 생명 없이 죽어 있는 내 사랑이여!

캐 풀 렛   멸시받고, 고통받고, 미움받고, 박해받아 죽었구나! 인정머리 하나 없는 이 시간놈아, 하필이면 왜 지금 찾아와서 잔치를 망쳐 놓는 거냐? 아이고, 내 자식아! 내 자식아! 널 낙으로 여기며 살았는데, 이젠 내 자식이 아니란 말이냐! 넌 죽었구나, 죽었어! 아이고, 내 자식이 죽었어, 내 자식과 함께 내 기쁨도 묻혀 버리는군.

신   부   이제 그만 그치시오. 보기 흉하잖소. 이렇게 소란을 피운다고 해서 일이 바로 되는 것도 아니잖소. 이 아름다운 처녀는 하느님과 당신 것이었다오.

그런데 이제 모두 하느님의 것이 되었으니, 처녀에게는 오히려 더 잘된 일이라오. 이 아이한테 있던 당신의 몫은 죽음에게 뺏길 수밖에 없어요. 하지만 하느님의 몫은 영원한 생명 속에 살아있답니다. 당신은 따님이 잘되길 얼마나 바랐소. 말하자면 이 아이가 잘되는 게 당신의 천국이었지요. 그런데 이제 따님이 구름 위로, 하느님이 계신 그곳까지 높이 올라간 걸 보고도 당신은 울고 있단 말이오? 따님이 잘된 걸 보고도 울고불고 날뛰다니, 자식에 대한 당신의 사랑이 비뚤어진 게요. 오, 그걸 사랑이라 하시겠소? 결혼해서 오래 사는 여자가 결혼을 잘한 것이 아니라, 결혼하고 젊어서 죽는 여자가 결혼을 제일 잘한 거라오. 이제 눈물을 거두고 이 고운 시체에다 로즈메리를 꽂아요. 그리고 관습대로 제일 좋은 옷을 입혀서 교회로 옮기시오. 분별없는 감정으로 인해 우리 모두 슬픔에 젖어 있지만, 감정의 눈물은 이성의 웃음거리가 되는 거라오.

캐 풀 렛   잔치에 쓰려고 준비해 둔 것이 계획과는 정반대로 죄다 암울한 장례식에 쓸 것이 되었구려. 흥겨운 음악 소리는 서글픈 종소리로, 혼인 잔치는 구슬픈 장례식으로, 결혼 축가는 음울한 장송곡으로, 혼례 때 쓸 꽃은 매장할 시체에다 뿌리게 되다니, 모든 것이 정반대로 바뀌는구려.

신 부   자, 안으로 들어가시오. 마님도 함께. 파리스 백작도 들어가시오. 모두 이 고운 시체를 따라 무덤으로 갈 준비를 하오. 필경 뭔가 잘못했기에 하느님께서 노하신 겁니다. 더 이상 하느님의 뜻을 어겨선 안 되지요. (악사들과 유모를 남겨 놓고 모두 퇴장)

악 사 1 그럼 우린 피리를 집어넣고 그만 가야겠소.
유   모 아이고, 이 양반들아. 집어넣어요, 집어넣어! 당신네들도 잘 알다시피 이렇게 딱한 입장이 되어 버렸으니 말이오.
악 사 2 글쎄, 입장쯤이야 바꿀 수 있는 거 아니겠소?

　　　피터 등장.

피   터 오, 여보게, 〈마음 편히〉라는 곡 좀 들려주게나. 거 왜 〈마음 편히〉라는 곡 있잖나. 날 살리는 셈 치고 〈마음 편히〉를 좀 들려달라고.
악 사 2 왜 하필 〈마음 편히〉라는 곡인가?
피   터 글쎄, 지금 내 심정으론 〈내 마음은 슬픔으로 가득하네〉를 연주하고 싶단 말일세. 오, 그러니 뭐 신나는 걸로 해서 날 좀 위로해 달라고.
악 사 1 아무것도 해줄 수가 없소. 지금은 연주할 계제가 아니란 말야.
피   터 그럼 안 해 주겠다는 건가?
악 사 1 안 하겠어.
피   터 그럼 실컷 먹여 줄 게 있지.
악 사 1 뭘 먹여 주겠다는 거야?

피 터	돈은 절대 아니고, 실은 조롱 말이다. 이 떠돌이 딴따라 패거리들아.
악사 1	아니, 이 빌어먹을 머슴놈 좀 보게나.
피 터	좋다, 그럼 네 대갈통에다가 머슴놈의 칼을 들이대 주지. 내겐 악보는 없지만, 이 칼로 네놈 대가리에다 대고 뚱땅 소리가 나게 쳐 주마. 알겠냐?
악사 1	네놈이 뚱땅 소리나게 치면, 네놈은 우릴 알아보겠지.
악사 2	이봐, 칼일랑 저리 치우고 말솜씨로나 붙어 보시지 그래.
피 터	그럼, 말솜씨로 해보자! 쇠칼은 집어넣고, 쇠막대기 같은 말솜씨로 널 흠씬 갈겨 주지. 대장부답게 받아 보라고.

　　　쥐어짜는 슬픔으로 가슴은 쓰라리고
　　　구슬픈 설움은 마음을 누르는데
　　　은방울 소리 같은 음악은 ──

왜 하필 '은방울 소리'지? 왜 '은방울 소리 같은 음악' 이냐고? 말해 보시지, 이 깡깡이 양반아?

악사 1	그야, 은(銀)이 멋진 소릴 내니까 그렇지.
피 터	제법이군! 그럼, 삼현금 선생, 자네는?
악사 2	악사들이 연주하면 은전을 받으니까 '은방울 소리'겠지.
피 터	역시 제법이야! 그럼 나팔 선생은 뭐라 말할 텐가?

악 사 3   글쎄, 난 할 말이 없는데.
피   터   아이구, 이거 미안하게 됐는걸. 자넨 참, 소리쟁이지. 내 자네 대신 말해 주지. 왜 '은방울 소리 같은 음악'인고 하니, 그건 말야, 악사들이 암만 연주해도 금화를 못 얻으니까 그렇지. 은방울 소리 같은 음악에 단박에 풀리는 분통이라. (퇴장)
악 사 1   아니, 저런 염병할 놈 같으니!
악 사 2   이봐, 저런 놈은 죽여 버려야 해. 자, 우리도 안으로 들어가세. 그래 조문객들이 올 때까지 빈둥거리다 한상 얻어먹고 가자고. (퇴장)

제5막

제1장 만투아의 거리

로미오 등장.

로 미 오 달콤한 꿈을 믿어도 좋다면, 내 꿈은 분명 반가운 소식을 가져다 줄 거라는 예감이 드는구나. 이 가슴의 주인인 사랑의 신이 옥좌에 사뿐히 앉았지. 그래 하루 종일 묘한 느낌에 사로잡혀 들떠 있으니 둥실둥실 떠다니는 기분이야. 꿈에 내 아내가 와서 내가 죽어 있는 걸 보고 —— 죽은 사람한테 생각할 여유를 주다니 꿈도 참 이상하지! —— 내 입술에 키스해 생명을 불어넣어 주겠지. 그랬더니 내가 다시 살아나 황제가 되는 꿈이었어. 아! 사랑의 그림자만으로도 이렇게 즐거운데, 사랑하는 사람을 만나면 얼마나 달콤할까! (로미오의 하인 밸서자가 승마화를 신고 등장) 베로나에서 소식이 왔군! 어쩐 일이냐 밸서자? 신부님의 편지는 안 가져왔느냐? 내 아내는 어떻더냐? 아버님은 안녕하시고? 내 줄리엣은 어떻게 지내고 있지? 다시 묻지 않느냐? 아가씨만 잘 있다면 잘못될 게 뭐가 있겠어.

밸 서 자   예, 아가씨만 잘 계시다면 나쁠 일이 하나도 없지요. 아가씨의 몸은 캐풀렛 선산에 잠들어 있고, 영혼은 천사들과 함께 계시죠. 전 아가씨가 조상의 묘소에 고이 안치되는 걸 보고는, 서방님께 알리려 당장 역마(驛馬)로 부랴부랴 달려왔습니다요. 이렇게 불길한 소식을 가져와 죄송스럽기 짝이 없습니다만 이게 다 서방님께서 제게 맡기신 일이니 어쩌겠습니까요.

로 미 오   그게 정말이냐? 운명의 별들아, 어디 덤빌 테면 덤벼 봐! 너 내 숙소를 알고 있지. 가서 잉크와 종이를 가져와라. 그리고 역마도 몇 마리 구해 놓고. 오늘밤 안으로 떠나야겠다.

하   인   서방님, 제발 참으시지요. 안색이 창백하고 흥분해 계시니 무슨 불길한 일이 생길 것 같습니다요.

로 미 오   쳇, 잘못 봤다. 가서 내가 시킨 대로나 해. 신부님의 편지는 없단 말이지?

하   인   없습니다, 서방님.

로 미 오   됐다. 어서 가서 말이나 구해 놓거라. 나도 곧 따라가마. (밸서자 퇴장) 그럼 줄리엣, 오늘밤 나도 당신 곁에 누우리다. 어디 방도를 구해 봅시다.

오, 짓궂은 악마란 놈, 재빨리도 절망한 사람의 머리 속으로 들어오는구나! 약방 영감이 이 근처에 살고 있나 본데, 누더기 옷에다 불쑥 나온 이마에 약초를 캐고 있는 걸 본 적이 있지. 몸은 앙상하게 마른 데다, 헤아릴 수 없는 고통이 늙은이 뼛속까지 녹여 버린 것 같았지. 가게는 궁상맞게도 거북이 등껍질이 벽에 널려 있고, 박제한 악어랑 보기 흉한 생선 껍질들이 널려 있었어. 그리고 선반 위에는 궁상맞아 보이는 빈 상자들이랑 푸른 흙단지들, 물고기 부레, 곰팡이 핀 씨앗, 포장 끈 나부랭이, 오래 되어 바싹 마른 장미 꽃잎들이 여기저기 흩어져 있어, 겨우 약방 행색은 갖추고 있었지. 그렇게 궁상맞은 꼴을 보고 난 이렇게 생각했지. '만투아에서는 독약을 팔면 곧 사형에 처한다지만, 만약 지금 누가 독약을 사야 할 경우라면 저 가난뱅이 영감은 그걸 팔 거다' 라고 말이야. 아, 그러고 보니 곧 내가 필요로 할 걸 예언한 격이 아닌가. 어쨌든 그 가난뱅이 늙은이보고 꼭 팔라고 해야겠군. 이 집일 거야. 휴일이라고 이런 거지 같은 가게도 닫혀 있군 그래. 이봐요! 약방 영감!

약방 영감 등장.

약방 영감 거 누구요? 그렇게 큰소리로 불러대는 이가?

로 미 오   이리 좀 나와 보시오, 영감. 내 보기에 영감은 좀 궁색한 것 같은데, 자, 여기 사십 두카도(1400년 이후 이탈리아에서 주조한 금화로 유럽 제국에서 통용되었음)를 줄 테니 독약을 좀 주오. 먹기만 하면 금세 온 혈관에 퍼져, 마치 불 당긴 화약이 백발백중하는 대포 뱃속에서 맹렬히 터져나오듯 당장에 온몸의 호흡을 걷어가 버려서, 사는 데 지친 자가 즉시 쓰러져 죽는 걸로 말이오.

약방 영감   그렇게 치명적인 독약이 있기는 하오만, 만투아의 법에 의해 그걸 판 사람은 사형에 처해진다오.

로 미 오   영감은 그토록 헐벗고 더할 나위 없이 천하게 살면서도 죽는 걸 두려워한단 말이오? 영감의 양볼에는 굶주림이 서려 있고, 두 눈에는 궁상과 고난이 배고파 허덕이는 데다, 등짝에는 모욕과 가난이 매달려 있소. 세상은 당신의 편이 아니오. 세상의 법 또한 그렇다오. 이 세상에는 당신을 부자로 만들어 줄 법이 없지 않소. 그러니 가난하게 살 것 없이, 법 따위는 무시하고 이걸 받도록 해요.

약방 영감   받기는 하겠소만, 가난 탓이지 내 뜻은 아니라오.

로 미 오   나 역시 당신의 가난한테 돈을 치르는 거지, 당신의 뜻한테 치르는 건 아니오.

약방 영감   이걸 물에 타서 마셔요. 그럼 당신이 장정 스무 명을 당해 낼 장사라 해도 그 즉시 쓰러져 버릴 거요.

로 미 오   자, 돈을 받으시오 —— 사실 돈이란 사람의 영혼엔 더할 나위 없는 독이오. 이 더러운 세상에서, 당신이 파는 이 하찮은 독약보다도 더 많은 살인을 저지르니 말이오. 내가 당신한테 독약을 판 것이오. 당신은 내게 아무것도 팔지 않았다오. 잘 있으시오. 음식을 사서 몸에 살도 좀 찌우구려. 자, 감로주야, 넌 독약이 아니다. 나와 같이 줄리엣의 무덤으로 가자꾸나. 거기 가서 널 써야 할 테니까. (퇴장)

제2장 베로나 —— 로렌스 신부의 방

존 신부가 등장해서 로렌스 신부를 찾는다.

존 신부 프란체스코 수도회의 형제 신부님, 어디 계시오!

로렌스 신부 등장.

로렌스 신부 이건 존 신부님의 목소린데, 만투아까지 수고 많으셨소. 그래 로미오는 뭐라 하던가요? 아니 그의 마음을 편지로 알렸으면, 이리 주오.
존 신부 실은 같은 수도회에 속하는 맨발 벗은 신부 한 분과 동행할까 해서 찾아 나섰는데, 마침 그 분을 시내의 어느 환자를 문병 온 자리에서 만났지요. 헌데 때마침 시의 검역관이 우리 둘 다 역병이 퍼진 집안에 있었다고 문을 봉해 버리고는 우릴 내보내 주지 않지 뭡니까. 그래서 만투아는 가지도 못했지요.

로렌스 신부 그럼 로미오에게 전해 줄 편지는 누가 가지고 갔소?

존 신부 편지를 보낼 수도 없어 여기 도로 가져왔지요. 이걸 신부님께 전해 줄 만한 심부름꾼도 못 구했지 뭡니까. 병에 전염될까 무서워하는 통에 누가 가려 해야 말이죠.

로렌스 신부 이 일을 어쩌면 좋은가! 그 편지는 사소한 게 아니라 아주 중대한 내용이 돼놔서, 소홀히 해선 굉장히 위험한 일이 벌어질지도 모른다오. 존 신부, 어서 가서 쇠지레 하나를 구해 곧장 내 방으로 갖다 주오.

존 신부 예, 곧 구해다 드리지요. (퇴장)

로렌스 신부 그럼 이제 나 혼자서라도 무덤으로 가봐야겠구나. 이제 세 시간만 지나면 줄리엣이 깨어날 텐데. 로미오한테 이 사실을 알리지 못했다는 걸 알면 줄리엣은 날 무척 원망할 거야. 아무튼 만투아엔 다시 편지를 보내기로 하고 로미오가 올 때까지 줄리엣을 내 방에다 숨겨 놓아야겠어. 가엾은 산송장이로구나, 진짜로 죽은 송장들의 무덤 속에 갇혀 있다니! (퇴장)

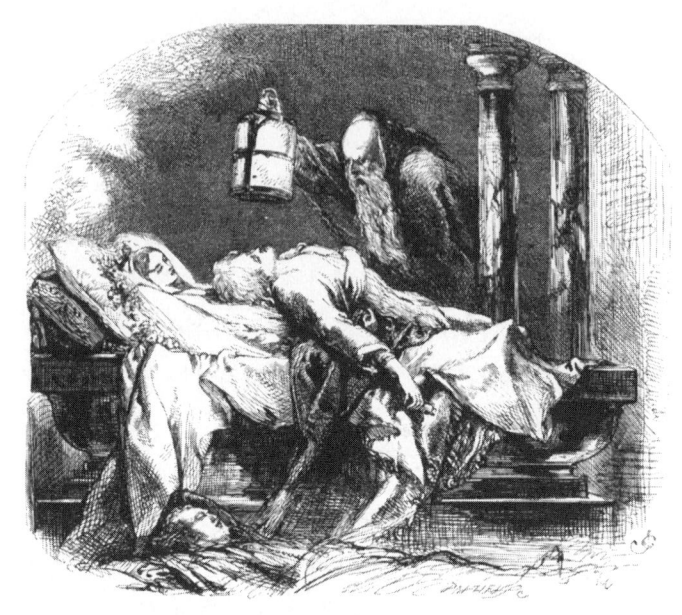

제3장 캐풀렛가의 묘지

파리스 백작과 그의 시종이 꽃다발과 햇불을 들고 등장.

파 리 스   애야, 햇불은 날 주고 너는 저만치 떨어져 있거라. 아니, 햇불은 꺼버려. 사람들 눈에 띄고 싶지 않으니, 저기 저 상록수 아래 엎드려 움푹 꺼진 땅바닥에다 귀를 바싹 대고 있거라. 그러면 무덤을 판 뒤라 땅이 푸석푸석하고 단단치 않아서 묘지를 밟는 발자국 소리를 들을 수 있을 게다. 무슨 소리가 들리면 즉시 휘파람을 불어 신호를 보내라. 그 꽃다발을 이리 다오. 내가 시킨 대로 하시　종　(방백으로) 이런 묘지에서 혼자 있어야 하다니 겁이 더럭 나는데. 하지만 어디 한번 해보자. (퇴장)

파 리 스　향기로운 꽃 같은 아가씨, 당신의 신방에다 꽃을 뿌려 드리리다 —— 오, 슬프구려! 이건 흙과 돌의 천장이 아닌가. 내 밤마다 와서 그대 위에 향수를 뿌려 드리리다. 아니, 그것도 모자라면 한숨으로 뿜어 낸 눈물이라도 말이오. 내 그대를 위한 장례식으로 이렇게 밤마다 찾아와 꽃을 뿌리며 눈물을 흘리리라. (시종이 휘파람을 분다) 휘파람을 부는 걸 보니, 누가 오는가 보군. 웬 빌어먹을 놈의 발목이람? 오늘밤 이 근처를 어슬렁거려 내 진실한 사랑에 찬 장례식을 방해하다니. 아니, 횃불까지 들고 있잖아? 밤의 장막이여, 잠시만 나를 숨겨다오. (퇴장)

로미오와 밸서자가 횃불, 곡괭이, 쇠지레를 들고 등장.

로 미 오　그 곡괭이와 쇠지레는 날 주고, 이 편지를 가지고 가 내일 아침 일찍 아버님께 전하거라. 자, 횃불을 다오. 신신당부하지만, 네가 뭘 보고 듣든 내가 하는 일에 참견 말고 멀리 떨어져 있거라. 왜 내가 이 죽음의 침상으로 내려가는고 하니, 그건 내 아가씨의 얼굴을 보자는 이유도 있지만, 실은 아가씨의 손가락에서 보석 반지를 빼내려는 거야

── 그걸 요긴하게 써야 할 데가 있거든. 그러니 년 이제 물러가 있어. 하지만 만일 네가 자꾸 마음이 쓰여서, 내가 뭘 하나 하고 엿보러 돌아오는 날엔 맹세코 네놈을 갈기갈기 찢어, 이 굶주린 묘지 일대에다 흩어 놓고 말겠다. 때마침 캄캄한 밤중인 데다 내 맘도 잔인하기 이를 데 없는 굶주린 호랑이나 뒤끓는 바다보다 더 냉혹하고 포악하니 말이다.

밸 서 자 예, 저는 이만 물러갑지요. 방해는 않겠습니다요.

로 미 오 음, 그래야지. (돈주머니를 주며) 받아. 가서 잘 살거라. 자, 그럼 가봐.

밸 서 자 (방백으로) 말씀은 저렇게 하시지만, 이 근처에 숨어 있어야겠어. 얼굴빛도 염려스럽고, 어쩐지 행동도 수상해. (퇴장)

로 미 오 너, 이 밉살스러운 목구멍아, 이 죽음의 배때기 같은 놈아. 세상에서 제일 가는 진미를 집어삼키다니. 하지만 네놈의 썩어빠진 아가리를 억지로라도 벌려서 원한으로 더 많은 음식을 처넣어 주마. (로미오가 무덤 뚜껑을 연다)

파 리 스 아니, 저놈은 불손하기 이를 데 없는 추방당한 몬테규 자식 아닌가. 내 애인의 사촌을 죽여서, 그 슬픔을 못이겨 아름다운 아가씨가 죽게 된 거란 말야. 그런데 여기까지 찾아와서 시체에다 대고 못된 욕을 보이려 들다니, 저놈을 붙잡아야지. 멈춰라, 이 죄많고 악독한 몬테규놈아! 시체에까지 복수할 셈이냐? 천벌을 받을 이 악당놈아, 널 체포하겠다. 순순히 따라와, 이 죽일 놈아.

로 미 오   그렇소, 사실 죽어야 할 몸이기에 여기 온 거라오. 이보오, 점잖은 양반. 댁도 신사니 사람일랑 건드리지 말고 어서 날 피해 가 주구려. 이 송장들을 봐요. 무섭지도 않소? 제발 부탁이니, 젊은이, 날 노하게 해서 내 머리에다 또 한 가지 죄를 더 얹지 않게 해주오. 오, 어서 가란 말이오! 맹세코, 난 내 몸보다 당신을 더 아낀다오. 내 몸을 죽이러 여기 온 나란 말이오. 망설이지 말고 어서 가시오. 살아서 나간 뒤에 말하구려. 미치광이가 베푼 자비 덕택에 무사히 피해 나왔다고 말이오.

파 리 스   그따위 주문 같은 소릴랑 집어치워. 널 중죄인으로 당장에 체포하겠다.

로 미 오   그래도 내 화를 돋울 셈인가? 그럼, 자 받아라, 이놈아! (둘이서 싸운다)

시   종   아이구, 싸움이 벌어졌네! 가서 야경꾼을 불러와야겠군. (시종 퇴장. 파리스가 쓰러진다)

파 리 스   어이구, 내가 당했구나! 네놈에게도 인정머리가 있거든, 무덤 뚜껑을 열고 날 줄리엣 곁에다 눕혀다오. (죽는다)

로 미 오   오냐, 그렇게 해주지. 헌데 어디 낯짝 좀 보자. 아, 이건 머큐쇼네 일가 파리스 백작이 아닌가! 아까 말을 타고 오면서 내 하인놈이 뭐라고 했더라? 마음이 산란해 하인놈이 하는 말을 귀담아듣지 않았는데. 아마 파리스 백작이 줄리엣과 결혼한다고 그랬던가? 아니면 내가 그렇게 꿈을 꾸고 있는 건가? 혹 내가 미쳐서, 줄리엣 얘기를 듣고 그렇게 생각한 건가? 오, 여보시오, 나와 악수합시다. 당신도 나처럼 심술궂은 불행의 명부에 올라 있는 사람이구려! 영광의 무덤에다 묻어 드리리다. 무덤이라고? 오, 아니지, 빛나는 탑이라오, 쓰러진 젊은 양반. 여기 줄리엣이 누워 있으니, 그녀의 아름다움이 이 무덤을 그 빛도 찬란한 향연의 대궐로 만들어 놓고 있잖소. 고인이시여, 곧 죽을 사람이 당신을 묻어 주는구려. 자, 고이 잠드시오. (무덤 안에 그를 눕힌다) 사람들은 죽기 직전에는 흔히들 명랑해진다고 하지 않던가! 그래서 임종을 맞은 사람들은 그런 걸 죽음 직전의 섬광이라 부른다지. 오, 내 어찌 이걸 섬광이라 부를 수 있단 말인가? 오, 내 사랑! 내 아내여! 당신의 달콤한 숨결을 빨아먹은 죽음의 신도 아직 당신의 아름다움에는 힘을 쓰지 못하고 있구려. 당신은 정복당하지 않았소. 아직도 당신의 입술과 뺨 위에는 붉은 미의 깃발이 펄럭이고, 죽음의 파리한 깃발도 그곳엔 오르지 않았다오. 티볼트, 자넨 피 묻은 수의에 싸여 거기 누워 있는가? 자네의 젊음을 두 동강 낸 바로 이 손으로 자네의 원수인 이 몸도 찢어 죽이겠네. 내가 자네에게 베풀어 줄 수 있는 호의로 이보다 더한 게 어디 있겠나? 용서해

주게, 티볼트! 아, 내 사랑 줄리엣, 당신은 아직도
왜 이리 아름답소? 혹 저 망령 같은 죽음의 귀신
까지 당신에게 빠져서, 그 앙상하고 소름끼치는
괴물이 당신을 여기 컴컴한 데다 두고 정부로 삼
자는 건 아니오? 그럴까봐 걱정되니 늘 당신 곁에
머물러, 절대로 다시는 이 어두운 밤의 궁전을 떠
나지 않으리다. 난 당신의 시녀들인 구더기들과
여기 이 자리에 남아 있겠소. 오, 난 이곳을 영원
한 안식처로 자리잡아, 세상살이에 지친 이 몸에
서 불운한 별들의 멍에를 떨어 버리겠소, 자, 눈
아, 마지막으로 봐라! 팔아, 마지막 포옹이다! 그
리고 오, 생명의 문인 입술아, 당당한 입맞춤으로
도장을 찍어 생명을 앗아 가는 죽음과 영원한 계
약을 맺어라! 자, 이리 오렴, 씁쓸한 안내자야. 이
리 와, 악취의 길잡이야! 절망에 빠진 항해사야,
이제 항해에 지친 네 배를 돌진해 오는 암석에 당
장 부딪쳐 보란 말야! 자, 내 사랑에 축배를! (마
신다) 오, 정직한 약방 영감이로군! 즉효로구나.
이렇게 키스하며 죽으리라. (쓰러진다)

로렌스 신부가 등불, 쇠지레, 삽을 들고 등장.

신　　부　프렌시스 성자님, 제게 속력을 주옵소서! 오늘밤
　　　　　따라 내 늙은 발목이 왜 이리 자주 무덤에 걸려
　　　　　넘어지는고! 게 누구요?

밸 서 자 신부님을 잘 아는 사람이죠.

신   부 오, 너로구나. 헌데 저쪽에 쓸데없이 구더기랑 눈알 빠진 해골을 비추는 횃불은? 내가 보기엔 캐퓰렛 집안의 무덤에서 타는 불빛 같은데.

밸 서 자 그렇습니다요, 신부님. 신부님께서 아끼시는 저희 댁 도련님이 거기 계시지요.

신   부 누구라고?

밸 서 자 로미오님 말입니다요.

신   부 로미오가 거기 있은 지 얼마나 되었느냐?

밸 서 자 톡톡히 반 시간은 되었습죠.

신   부 나랑 같이 저 무덤으로 가보자.

밸 서 자 전 감히 갈 수가 없습니다요. 도련님은 제가 가버린 걸로 알고 계시니까요. 만일 제가 가지 않고 서방님의 거동을 엿보는 날엔 절 죽여 버리겠다고 으름장을 놓으셨습니다요.

신   부 그럼, 넌 여기 있거라. 나 혼자서 가마. 헌데 왠지 불안한데. 아, 무슨 불상사가 일어났을 것만 같아.

밸 서 자 제가 이 상록수 아래서 졸다가 꿈결에 들었는데, 누가 우리 도련님과 싸우다가 도련님이 그 자를 죽이는 것 같았습니다요.

신   부 로미오! 아이고, 이게 웬 피지? 무덤 입구에 이렇게 얼룩져 있는 피가? 아니, 이건 또 뭔가? 주인도 없이 피어런 이 칼들이 이 안식처에 내팽개쳐져 있다니. (무덤으로 들어간다) 로미오! 오, 창백하구나! 이건 또 누구야? 아니 파리스도? 게다가 피투성이 아냐? 아이고, 이 무슨 몹쓸 시간이란 말인가. 이다지도 통탄할 짓을 저질러 놓다니! 줄리엣이 깨어나는구나. (줄리엣이 눈을 뜬다)

줄 리 엣 아, 고마우신 신부님! 제 낭군님은? 제가 지금 어디 있는지 잘 알고 있어요. 여기가 그곳이지요. 내 로미오님은 어디 있나요?

신　　부 무슨 소리가 들리는구나. 얘야, 마춰된 부자연스런 죽음의 잠자리에서 어서 일어나거라. 우리 힘으론 막을 수 없는 엄청난 힘이 우리의 계획을 망쳐 놓고 말았다. 자 나가자, 어서. 네 낭군은 네 가슴 위에 쓰러져 있고, 파리스도 죽었다. 나가자, 네 일은 수녀원에 부탁하마. 뭘 묻고 어쩌고 할 시간이 없어. 야경꾼이 오는가 보다. 어서 나가자, 착한 줄리엣. 더 이상 망설이고 있을 수 없어.

줄 리 엣 신부님이나 가세요. 전 안 가겠어요. (신부 퇴장) 이게 뭘까? 아니, 잔이 그이의 손에 쥐여져 있네. 오, 알았어, 독약을 마신 게야. 오, 무정한 사람! 뒤에 남은 날 생각지도 않고 한 방울도 남기지 않고 몽땅 마셔 버렸네. 당신의 입술에 키스할 테야. 혹시나 입술에 독약이 조금이라도 묻어 있다면 생명의 묘약같이 날 천국으로 보내 줄지도 몰라. (로미오에게 키스한다) 당신의 입술은 따뜻도 하군요!

제5막

야경대장 (밖에서) 앞장서라. 어느 쪽이냐?

줄 리 엣 아니, 사람 소리가? 그럼 어서 끝장을 내야지. 아, 다행히도 단도가 있었구나. (로미오의 단도를 잡아챈다) 자, 이 가슴이 네 칼집이니, 거기 박혀 날 죽여다오. (줄리엣이 자기의 몸을 찌르고는 로미오의 몸 위로 쓰러진다)

파리스 백작의 시종과 야경꾼들이 등장.

시   종 여깁니다. 횃불이 저렇게 타고 있잖습니까.

야경대장 바닥이 온통 피투성이로군. 한패는 가서 묘지 일대를 수색하고 눈에 띄는 놈은 무조건 체포하도록. (몇 명의 야경꾼들이 퇴장) 차마 눈뜨곤 볼 수 없는 광경이로군! 백작이 죽어 쓰러져 있다니. 그리고 이틀 전에 묻은 줄리엣 아가씨는 금방 죽은 것처럼 따뜻한데 피를 흘리고 있잖아. 가서 영주님께 아뢰거라. 캐풀렛가에도 달려가 알리고, 몬테규가 사람들도 깨워라. 나머지는 이 근방을 수색해. (다른 몇 명의 야경꾼들이 퇴장) 이 비극이 일어난 장소는 알았지만, 비참한 일의 진상은 자세히 조사해 보지 않고서야 어디 알 수 있겠나.

몇 명의 야경꾼이 로미오의 하인 밸서자를 데리고 등장.

야경군 1 여기 로미오의 하인놈을 데리고 왔습니다. 묘지 근처에서 잡았지요.
야경대장 영주님께서 오실 때까지 잘 잡아 둬.

로렌스 신부와 다른 야경꾼이 등장.

야경군 2 여기 이 자는 신부인가 본데 덜덜 떨다가 한숨을 짓고 울기도 하는군요. 이 자가 묘지 쪽에서 나오는 걸 잡아, 이 곡괭이와 삽을 압수했습니다.
야경대장 대단히 수상쩍군! 신부도 잡아 둬.

영주와 수행원들이 등장.

영　　주 새벽부터 무슨 변이 생겼길래 아침 잠도 못 자게 사람을 불러내는 거냐?

캐풀렛과 그의 부인이 다른 사람들과 함께 등장.

캐 풀 렛 무슨 일이 터졌기에 밖에서 저리들 소리를 질러 대는 거지?
캐풀렛 부인 사람들이 한길에서 '로미오', '줄리엣', '파리스'를 목이 터져라 외치며 모두 고함을 지르면서 우리 묘지 쪽으로 달려가는군요.
영　　주 사람들의 귀를 깜짝 놀라게 하는 저 소리는?
야경대장 영주님, 여기 파리스 백작이 칼에 맞아 쓰러져 있고 로미오도 죽었습니다. 그리고 전에 죽은 줄리엣조차 조금 전에 죽은 듯합니다. 아직 몸이 따뜻한 걸 보니 죽은 지 얼마 안 된 것이 분명해요.

영 주 빈틈없이 수색을 하고 조사하여, 어째서 이런 참혹한 살인이 일어났는지 밝혀 내거라.

야경대장 여기 신부 한 사람과 죽은 로미오의 하인을 붙잡아 두었는데, 이 자들은 무덤을 파기에 알맞은 연장들을 지니고 있었습니다.

캐 풀 렛 아이쿠, 오, 여보! 우리 아이가 피를 흘리고 있는 것을 좀 보구려! 아니 이놈의 단도가 미쳤나. 저것 좀 봐. 몬테규 놈의 칼집은 비어 있고, 엉뚱하게 내 딸의 가슴팍에 꽂혀 있다니!

캐풀렛 부인 오, 이 무슨 변이람! 주검의 꼬락서니라니, 조종(弔鐘)소리처럼 이 늙은이를 무덤으로 불러들이는 듯하네.

몬테규와 다른 사람들 등장.

영 주 어서 오게, 몬테규. 대를 이을 자네의 아들을 보러 참 일찍 일어났지만 아들은 벌써 잠들었소.

몬 테 규 아아, 영주님, 제 처도 간밤에 죽었지요! 아들이 추방당한 슬픔에 못 이겨 결국 죽고 말았습니다. 헌데 이 이상 어떤 슬픔이 또 이 늙은이를 괴롭히려 한단 말씀입니까?

영 주 저걸 보라, 그럼 알게 될 게다.

몬 테 규 오, 이 배은망덕한 녀석! 이게 무슨 꼴이냐? 네

아비보다도 먼저 무덤으로 기어들어가다니.

영 주 잠시만 분노를 눌러 두라. 우선 이 사건의 의혹들을 풀어, 그 동기와 발단과 진상을 캐내야겠다. 그런 다음이라면 자네가 슬픔을 터뜨리건 슬픔으로 죽을 지경이 되건 상관치 않겠다. 그 동안만 참아 주게, 불행이 인내의 노예가 되도록 말이다. 자, 혐의자들을 데리고 오너라.

신 부 내가 제일 유력한 혐의자라오. 아무것도 할 줄 모르는 내가 때와 장소를 잘못 맞추어 이 무시무시한 살인의 가장 수상한 자가 되고 말았소. 그러니 이 자리에 서서 나 자신 비난받을 점은 지탄도 하고 용서받을 점은 해명도 해 보겠소이다.

영 주 그럼 어서 이 사건에 대해 아는 바를 말하시오.

신 부 간단히 말씀드리지요. 짧은 여생이라 장황한 이야기를 늘어놓을 만큼 여유도 없으니까요. 저기 죽어 있는 로미오는 줄리엣의 남편, 그리고 그 옆에 죽어 있는 줄리엣은 로미오의 정숙한 아내였소. 내가 이들을 맺어 주었지요. 이들이 은밀히 결혼한 날은 바로 티볼트가 죽은 날이었소. 헌데 불의의 사고 때문에 새 신랑 로미오는 여기서 추방당하고 말았지요. 티볼트 때문이 아니라 바로 로미오 때문에 줄리엣이 그리도 슬퍼했던 거라오. 그런데 캐풀렛 당신은 슬픔에 휩싸여 있는 따님을 위로하려 파리스 백작과 약혼시키고 억지로 결혼시키려 했었소. 그러자 따님이 내게 달려와

험한 낮으로 두 번째 결혼을 모면할 수 있는 무슨 방도를 알려 달라는 것이었소. 안 그러면 그 즉시 내 방에서 자살해 버리겠다고 하지 않겠소. 그래서 머리를 짜낸 끝에 따님에게 수면제를 준 것인데, 그게 제대로 효력을 발휘해서 줄리엣을 죽은 듯이 만들어 놓은 거라오. 그 동안 나는 로미오에게 편지를 보내 오늘밤 여기 와서 약 기운이 떨어질 때를 기다려 나와 같이 줄리엣을 무덤 밖으로 데리고 나가자고 일러두었지요. 하지만 내 편지를 전하러 보냈던 존 신부가 사고로 길이 막히는 바람에 어젯밤 내 편지는 되돌아오고야 말았소. 그래서 할 수 없이 나 혼자 줄리엣이 깨어나길 기다렸다가 무덤에서 데리고 나오려 여기 온 것이오. 로미오한테 안전하게 보낼 때까지는 아무도 모르게 내 방에 있게 하고 말이오. 헌데 와서 보니, 엉뚱하게도 파리스 백작과 로미오가 죽어 있더란 말이오. 마침 줄리엣이 깨어나기에 어서 나가자고 권하며 이 일은 하늘의 뜻이니 참는 수밖에 없다고 타일렀지요. 헌데 그때 사람 소리가 들려 난 놀라서 무덤 밖으로 나왔지만, 줄리엣은 너무도 절망적이 된 나머지 따라나오지 않더니, 결국 보다시피 자살하고 말았구려. 이게 내가 알고 있는 전부요. 결혼에 대해서는 유모도 관련되어 있다오. 이 일에 조금이라도 내 잘못이 있다면, 어차피 얼마 남지 않은 이 늙은 목숨, 가장 가혹한 법에 비추어 응분의 벌을 내려 주시오.

영　주　우린 여지껏 당신을 고귀한 성직자로 알아 왔었소. 로미오의 하인은 어디 있느냐? 이 일에 대해 할 말은 없나?

밸 서 자　제가 도련님께 줄리엣 아가씨가 죽었다는 소식을 전했습죠. 그랬더니 도련님은 말을 타고 만투아에서 곧장 여기 이 무덤까지 달려왔지요. 이 편지를 아침 일찍 아버님께 전하라고 명하구선, 무덤 안으로 들어가면서, 만일 제가 서방님을 거기에 남겨 두고 떠나지 않을 시에는 절 죽여 버리겠다고 으름장을 놓았지요.

영　주　그 편지를 이리 내 봐라. 어디 한번 읽어 보자. 야경꾼을 불러온 백작의 시종은 어디 있느냐? 그래, 네 주인은 여기서 뭘 했느냐?

시　종　나리께선 아가씨의 무덤에다 뿌릴 꽃을 갖고 가시며, 저더러 멀찌감치 떨어져 있으라 해서 전 분부대로 했지요. 헌데 곧 횃불을 든 자가 나타나서 무덤 뚜껑을 열었습지요. 그리고 잠시 후에 제 주인께서 대뜸 그 자한테 칼을 빼들기에 전 그 길로 달려가 야경꾼을 불렀습니다.

영　주　이 편지를 읽어 보니 이들이 사랑하게 된 경위라든지, 줄리엣이 죽었다는 소식을 듣게 된 것이나, 신부의 말이 모두 틀림없다. 그리고 로미오가 가난한 약방 영감한테서 독약을 구해, 그걸 무덤으로 갖고 와서 마신 다음, 줄리엣 곁에서 죽겠다는 것이 여기 적혀 있다. 두 집안의 원수들은 어디 있나? 캐풀렛, 몬테규, 그대들의 증오 때문에 어떤 천벌이 내렸는지를 좀 보라. 하늘은 그대들의 기쁨인 자식들을 서로 사랑하게 해서 그 사랑으로 인해 도리어 파멸하도록 만들어 놓았다. 나 또한 그대들의 불화를 등한시한 죄로, 친척을 두 사람이나 잃고 말았다. 우리 모두 천벌을 받은 것이다.

캐풀렛 오, 몬테규 사돈 어른, 악수를 나눕시다. 내 딸의 혼수로 이보다 더한 걸 어찌 바랄 수 있겠소.

몬테규 하지만 더한 걸 드리리다. 순금으로 된 줄리엣의 동상을 세워, 베로나가 그 이름으로 남아 있는 한 정숙하고 지조 있는 줄리엣의 동상을 세상에서 제일 찬양받는 것으로 만들어 놓겠소.

캐풀렛 그럼 그에 못지 않게 훌륭한 로미오의 동상도 그 아내 곁에 세우리다 —— 우리의 불화 때문에 희생당한 불쌍한 것들!

영주 구슬픈 평화를 가져오는 아침이다. 태양도 슬퍼서인지 차마 고개를 들지 못하는구나. 이제 가서 이 슬픈 이야기나 더 나누도록 하자. 용서받아야 할 사람은 용서하고, 벌받아야 할 사람은 벌하겠다. 이 세상 수많은 이야기 중에 줄리엣과 로미오의 이야기보다 더 슬픈 이야기가 어디 있겠느냐. (모두 퇴장) *

한여름 밤의 꿈
A Midsummer Night's Dream

등장 인물

시시어스 아테네의 공작
히폴리타 아마존의 여왕, 시시어스의 약혼녀
이지어스 노인, 허미아의 아버지
라이센더 ⎫
디미트리어스 ⎭ 허미아를 사랑하는 사람들
허미아 이지어스의 딸, 라이센더를 사랑하고 있다.
헬레나 디미트리어스를 사랑하는 처녀
필러스트레이트 시시어스의 축제준비위원장
오베론 요정의 왕
타이테니아 요정의 여왕
요 정 타이테니아의 시녀
퍽 로빈 굿펠로라고도 불리는 작은 요정

콩꽃 / 거미줄 / 부나비 / 겨자씨 요정들
피터 퀸스 목수
니크 보톰 직조공(織造工)
프란시스 플루트 오르간 수리공
톰 스너우트 땜장이
스너그 접합공
로빈 스타블링 재봉사
요정의 왕과 왕비의 시중을 드는 다른 요정들
시시어스와 히폴리타의 시중을 드는 시종들

장소 아테네, 아든 숲

제1막

제1장 아테네. 시시어스의 궁전

시시어스, 히폴리타, 필러스트레이트 및 시종들 등장.

시시어스　아름다운 히폴리타, 우리들의 결혼날이 차츰 다 가오고 있소. 즐거운 나날이 나흘만 지나면 초승달이 뜰 것이오. 하지만 세월의 흐름은 황소걸음이어서 나의 소원성취가 더디기만 하오! 마치 계모나 미망인이 마냥 살아남아서 아들에게 양도할 유산을 야금야금 축내는 것과 같이 무료한 시간만 보내고 있소.

히폴리타　나흘 동안의 한낮은 이윽고 밤의 어둠 속에 녹아들 것이며 나흘 동안의 밤은 순식간에 꿈이 되어 사라질 거예요. 그렇게 되면 초승달이 은빛 활처럼 팽팽히 당겨져 높이 밤하늘에 걸려 우리들 혼례의 밤을 지켜주겠죠.

시시어스　가거라, 필러스트레이트, 아테네 젊은이들의 마음을 즐겁게 들뜨게 해서 생생한 쾌락의 정신을 일깨워주고 오너라. 울적한 마음은 장례식에 맡기면 된다. 창백한 얼굴은 행복한 우리들의 축제에 어울리지 않아. (필러스트레이트 퇴장)
히폴리타, 나는 이 칼로써 당신의 사랑을 구했으며, 사내다운 행동으로 당신의 마음을 사로잡았소. 하지만 결혼 예식만은 취향을 달리해서 화려하게, 성대하게 치러 즐거운 잔치기분을 내고 싶소.

　　이지어스, 허미아, 라이센더, 디미트리어스 등장.

이지어스　고명하신 시시어스 공작 각하, 축하드립니다!
시시어스　고맙소. 무슨 일이라도 있었소?

이지어스   큰일났습니다. 실은 제 딸 허미아가 속을 썩이기에 공작님께 호소하러 왔습니다. 디미트리어스, 앞으로 나서게. 각하, 이 사람은 제가 딸을 주기로 동의한 사람입니다. 라이센더, 이리 나서. 각하, 이 사람은 제 딸자식의 마음을 사로잡은 사람입니다. 라이센더, 자네는 내 딸에게 사랑의 시와 사랑의 기념품을 안겨줬지. 달밤이면 내 딸의 창가에 몰래 와서, 꾸민 목소리로 거짓사랑을 늘어놨지. 딸의 가슴속에 네 모습을 새겨두기 위해 네 머리카락으로 짠 팔찌라든가 반지, 싸구려 물건, 장식품, 장난감, 꽃다발, 과자부스러기로 순진한 내 딸의 마음을 송두리째 앗아갔어. 연약한 내 딸의 마음을 사로잡기 위해 계속해서 심부름꾼을 보냈지. 너는 그토록 엉큼한 수작을 부려 딸의 마음을 훔치고, 이 어버이를 극진히 섬기던 유순한 내 딸을 배은망덕한 불효자식으로 만들어 놓았단 말이야. 각하, 만약 제 딸이 공작님 앞에서 제가 선택한 디미트리어스와의 결혼에 동의하지 않는다면 예로부터 전해오는 아테네 시민으로서의 특권을 저에게 허락해 주십시오. 제 딸은 제 살붙이기에 제가 마음대로 처리하도록 허락해 주십시오. 즉, 이같은 경우에 명백히 적용될 수 있는 아테네의 법에 따라 제 딸이 이 젊은이를 택할 것인가, 아니면 죽음을 택할 것인가 양자택일하도록 내버려 두었으면 합니다.

시시어스　어떤가, 허미아, 잘 생각해 보아라. 너에게 어버이는 하느님과 같다. 네 아름다움을 만들어 주었으니까. 그렇다, 그 어버이 하느님에 비하면 너는 밀랍 인형에 지나지 않아. 오늘의 네 모습을 만들어 주신 분이 바로 그 어버이 하느님이기에 네 모습을 그대로 두거나 부수는 일도 그분에게 달려 있다. 디미트리어스는 훌륭한 신사가 아니냐.

허 미 아　라이센더도 그러하옵니다.

시시어스　그 사람도 그 사람 나름대로 훌륭하다. 그러나 부친의 결혼 동의를 얻을 수 없기 때문에 디미트리어스가 더 훌륭하다.

허 미 아　아버지께서 제 눈으로 그분을 보아 주셨으면 합니다.

시시어스　아니다. 너야말로 부친의 영민한 분별심으로 세상을 보아야 한다.

허 미 아　공작 각하, 용서해 주십시오. 저에게 어떤 힘이 용솟음쳐 저를 이토록 대담하게 만들었는지 모르겠습니다. 또한 여러 어른들 앞에서 제 소견을 토로하는 일이 처녀로서 예의에 어긋나는 일인지도 모릅니다. 하지만 부탁입니다. 공작 각하, 가르쳐 주십시오, 만약 제가 디미트리어스와의 결혼을 거부한다면 얼마나 무거운 벌을 받게 되는지요?

시시어스　둘 중에 하나일 뿐이다. 사형을 받든가, 영원히 세상 사람들과 단절되든가. 그러니 허미아, 네 가슴에 물어보고 네 젊음에, 정열에 물어보렴. 부친이 선택한 남자와 결혼하지 않을 땐, 너는 수녀의 옷을 걸치고 어둠침침한 수녀원 속에 영원히 갇혀, 싸늘하고 외로운 달의 여신에게 부질없이 기도의 노래를 읊조리며 불임녀(不姙女)의 일생을 마쳐야 한다. 이 일을 견딜 수 있겠는가. 너의 욕정을 누르며 처녀의 일생을 살아갈 수 있다면 하늘의 축복을 받은 셈이다. 하지만 장미꽃은 향수가 되어 그 향기를 남겨놓을 때, 지상에서의 행복을 누릴 수 있는 것이다. 장미 가시로 보호받으며 독신의 축복 속에서 자라나 살아가다가 시들어 죽어버리는 일은 더욱 불행한 일이 아니겠는가.

허미아 차라리 그렇게 자라며, 살다가 죽어 버리겠습니다. 처녀로서의 특권을 싫어하는 남편에게 바치고, 달갑지 않은 결혼에 저의 영혼을 바치며 평생을 사는 것보다는 그게 한결 나은 일입니다.

시시어스 신중히 생각해 보아라. 초승달이 뜨면 사랑하는 히폴리타와 나는 영원한 동반자의 언약을 맺게 된다. 그날이 오면, 너도 결심을 해야 해. 부친을 배반하여 불효의 죄로 죽든가, 아버지의 명을 받들어 디미트리어스와 결혼하든가, 아니면 처녀신 다이애나의 제단에 무릎을 꿇고 평생 독신으로 살아가든가 선택해야 한다.

디미트리어스 허미아, 고집을 버려요. 라이센더, 단념해. 나의 정당한 권리를 인정해 다오.

라이센더 너는 저 어른의 사랑을 받고 있어. 디미트리어스,

이지어스	허미아는 내게 맡겨두고 저 어른하고나 결혼해라. 라이센더, 괘씸한 놈. 옳은 얘기다. 나는 디미트리어스를 좋아해. 내 것은 내가 좋아하는 사람에게 주고 싶다. 허미아는 내 것이다. 따라서 딸에 대한 나의 권리를 나는 디미트리어스에게 양도하겠다.
라이센더	각하, 저의 가문이나 재산이 이 남자보다 못합니까? 허미아를 사랑하는 마음이 이 남자보다 못합니까? 저의 신분이 디미트리어스보다 낫지 않다 하더라도 적어도 동등하다고는 생각합니다. 그리고 무엇보다도 자랑스러운 일은 제가 아름다운 허미아의 사랑을 차지하고 있다는 사실입니다. 이 때문에 저는 사랑의 권리를 주장하는 바입니다. 저는 디미트리어스의 면전에서 단언할 수 있습니다. 디미트리어스는 네다의 딸 헬레나와 사랑에 빠져 있습니다. 가련한 헬레나는 더럽고 변덕스러운 이 남자에 흠뻑 빠져 헌신적으로 디미트리어스를 숭배하고 있습니다.
시시어스	실은 나도 그 얘기를 들은 적이 있다. 그래서 디미트리어스와 그 일에 관해서 얘기를 해야겠다고 생각했다. 하지만 요즘 내 마음은 내 자신의 일로 바쁘기만 해서 여의치 않았다. 디미트리어스, 그리고 이지어스, 함께 나를 따라오게. 두 사람에게 은밀히 할 얘기가 있다. 그리고 허미아, 너는 부친을 애태우게 하지 말고 부친의 뜻에 따르도록

하라. 그러지 않으면 아테네의 법에 따라 이 일만은 나도 적당히 얼버무릴 수 없는 일이므로 사형이냐, 독신이냐를 판가름해야 한다. 갑시다, 히폴리타. 어찌된 일이오, 아름다운 얼굴에 먹구름이 끼었으니? 디미트리어스, 이지어스, 따라오너라. 나와 히폴라타의 결혼식 준비로 너희들에게 부탁할 일도 있고, 너희들 일로 상의할 것도 있다.

이지어스 분부대로 따르겠습니다. (라이센더와 허미아만 남겨두고 일동 퇴장.)

라이센더 어찌된 일이오, 허미아. 뺨이 창백해졌네? 장미꽃이 이토록 금세 퇴색할 수 있소?

허 미 아 비가 내리지 않았기 때문이죠. 그 비를 내 눈에서 폭풍우처럼 왈칵 쏟겠어요.

라이센더 당치않은 소리! 지금까지 숱한 책을 읽어봤지만, 진정한 사랑이 평온무사하게 진행된 경우는 없소. 반드시 장애물이 있게 마련이오. 예컨대 신분에 차이가 난다든가.

허 미 아 불행한 일이네요! 신분의 차이로 사랑을 못한다니.

라이센더 아니면 연령의 차이가 난다든가.

허 미 아 괴로운 일이네요! 연령 차이로 사랑을 못한다니.

라이센더 그렇잖으면 집안 식구들로부터 선택을 강요당한다든가.

허 미 아 고약한 일이네요! 타인 눈으로 연인을 택한다니.

라이센더 아니면 마음대로 선택해서 결합하더라도, 전쟁이나 죽음이나 질병 때문에 사랑은 흔적도 없이 사라져 버리는 거요——소리처럼 하염없이, 그림자처럼 빠르게, 꿈결처럼 짧게. 일순간 하늘과 땅을 밝게 비추더니, '저것 봐!' 하는 말이 떨어지기도 전에 번쩍이는 번개는 어둠의 아가리 속으로 빨려 들어가, 아름다움은 순식간에 멸망하는 법이지.

허 미 아   진정한 사랑이 끊임없이 방해를 받는다면 그것은 요지부동한 운명주의 법칙이죠. 그렇다면 고민하는 우리 마음에 인내를 가르쳐요. 방해받는 일이 사랑의 일상사라면, 고통은 사랑과 함께 있는 법. 그리움도 꿈도 한숨도 희망이나 눈물마저도 가련한 사랑의 동반자들이군요.

라이센더   좋은 생각이오. 그러니 허미아, 내 얘기를 들어보오. 내게는 미망인이지만 재산도 있고 아이들은 없어 아테네로부터 칠 마일 떨어진 시골에 숙모 한 분이 살고 있는데, 나를 마치 외아들처럼 아껴주시지. 그곳에만 가면, 허미아, 나는 당신과 결혼할 수 있을 게요. 가혹한 아테네의 법률도 그곳까지는 우리들을 쫓아오지 못할 테니까 만약 나를 사랑한다면, 내일 밤 아버지 집을 몰래 빠져나와 마을에서 일 마일 떨어진 숲에서, 오월제 아침 우리들이 헬레나와 만났던 그 숲속에서 만나도록 합시다.

허 미 아   라이센더, 가겠어요. 맹세하겠어요. 큐피드의 가장 억센 활을 두고, 금촉이 달린 제일 좋은 화살을 두고, 비너스의 청순한 비둘기를 두고, 영혼과 영혼을 결합해서 사랑을 성취시키는 신을 두고, 배신한 트로이 사람 이니어스가 배를 타고 가버리자 카르타고의 여왕 다이도가 몸을 던진 그 불길을 두고, 여자들이 맹세하고 깨뜨린 숫자보다 더 많은 남자들이 맹세하고 깨뜨린 모든 맹세를 두고, 방금 당신이 말한 그 장소에서 내일 밤 틀림없이 만날 것을 맹세하겠어요.

라이센더 허미아, 약속을 지켜줘. 아, 헬레나가 오는군.

헬레나 등장

허 미 아 어여쁜 헬레나, 잘 있었니? 어디로 가?
헬 레 나 너 나보고 예쁘다고 했니? 다시는 그런 소리 하지 마라! 디미트리어스가 사랑하는 사람은 어여쁜 당신이지. 아아, 행복하고 아름다운 당신이지! 너의 눈은 저 하늘의 북극성, 너의 혀는 황홀한 음악, 보리잎이 푸를 때, 아가위꽃 봉우리 시들어버릴 때, 양치기 귀에 들려오는 종달새 소리보다도 더 아름다운 음악. 옮기 쉬운 질병처럼 너의 아름다움을 옮을 수 있다면, 나의 귀에 목소리를, 나의 눈에 너의 아름다운 눈을, 나의 혀에 너의 혀가 울리는 달콤한 멜로디를 옮겨다오. 이 세상이 나의 것이라면, 디미트리어스만 빼놓고 나머지는 몽땅 네게 줄 테니. 오, 나에게 가르쳐다오. 너는 어떤 눈짓으로, 어떤 수단으로 디미트리어스의 마음을 사로잡았는지.
허 미 아 오만상을 찌푸려도 그이는 나를 좋아한단다.
헬 레 나 아, 찌푸리는 네 얼굴이 나의 웃는 얼굴에 있었으면 좋으련만!
허 미 아 온갖 악담을 다 해도 그이는 나를 좋아한단다.
헬 레 나 아, 나의 기도가 너의 악담처럼 사랑을 불러일으켰으면 좋으련만!
허 미 아 싫어하면 싫어할수록 그이는 나를 쫓아다니지.
헬 레 나 사랑하면 할수록 그이는 나를 미워해.
허 미 아 헬레나, 그의 못난 짓은 내 책임이 아니야.
헬 레 나 네 아름다움 때문이지. 그것이 내 탓이었다면 얼마나 좋을까!
허 미 아 걱정하지 않아도 돼, 두 번 다시 내 얼굴을 보지 못할 테니. 라이센더와 나는 이곳에서 도망갈 거야. 라이센더를 만나기 전에 이곳 아테네는 나에게 낙원이었어. 하지만 이 사람에게 어떤 마력이 있어서인지 천국 같았던 이곳이 지옥으로 돌변했어!
라이센더 헬레나, 당신에게는 우리 마음을 몽땅 털어놓으리다. 내일 밤 달의 여신 피비가 하얀 은빛 얼굴을 물 위에 비출 때, 그리고 풀잎이 진주 이슬로 치장할 때, 연인들이 사랑의 도피를 해도 아무도 모르는 그 시간에, 우리는 아테네 성문을 빠져나가 도망갈 작정이오.
허 미 아 그런 다음 너와 내가 간혹 앵초꽃 꽃밭에 누워 속맘을 털어놓고 속삭이던 그 숲속에서, 우리는 만날 예정이야. 그 이후에는 두 번 다시 아테네에 돌아오지 않고, 낯선 친구들을 찾아 정처없는 나그네길을 떠날 작정이야. 잘 있어, 헬레나. 우리 둘을 위해 기도해줘. 너도 디미트리어스와 행복하게 맺어지길 바래. 약속을 지키세요, 라이센더. 내일 밤까지 우리들은 서로 사랑하는 님을 볼 수 없겠군요. (허미아 퇴장)

라이센더 물론이지 허미아. 헬레나, 잘 있어요. 디미트리어스가 그대를 사랑하도록 기원하겠소. (라이센더 퇴장)

헬 레 나 사람에 따라 이토록 다르게 행복을 느낄 수 있다니! 아테네에서는 나의 미모도 그녀에게 떨어지지 않은데, 디미트리어스만 그렇게 생각해주지 않아. 온 세상 사람들이 알고 있는 사실을 그 사람만 믿지 않고 있어. 그는 허미아에 넋을 잃고, 실수를 저지르고 있어. 내가 그에게 끌리는 것도 마찬가지지만. 천박하고 추악하고 균형이 없는 것도 사랑은 아름답고 훌륭한 것으로 바꿔놓는단 말이야. 사랑은 눈으로 사물을 보는 것이 아니라 마음으로 보는거야. 그래서 날개 단 큐피드는 장님으로 그려져 있어. 또 사랑하는 마음에는 분별심이 깃들 수 없지. 그래서 큐피드는 무분별을 표시하기 위해 날개가 있지만 눈은 없어. 그리고 연인을 선택하는 일은 속기 쉬운 일이기 때문에 사랑의 신 큐피드는 어린아이인 거야. 익살맞은 어린이는 장난삼아 함부로 거짓말을 늘어놓지. 그래서 사랑의 신은 항상 거짓 맹세를 하는 거야. 디미트리어스도 허미아를 보기 전에는 내게 사랑의 맹세를 우박처럼 퍼부어댔어. 하지만 그 우박도 허미아의 열을 받은 후에는 사랑도 녹아버리고, 우박 같은 맹세도 녹아버렸지. 그래, 그이에게 허미아의 사랑의 도피를 알리자. 틀림없이 그는 허미아를 잡으려고 내일 밤 그 숲속으로 뛰어갈 거야. 하지만 이 일을 알려주면 그는 내게 고마워하겠지만, 나는 큰 상처를 입을 뿐이야. 그 일로 오가는 그의 모습을 볼 수는 있지만, 사랑으로 애타는 나의 고통은 더욱 심해질 텐데

제2장 퀸스의 집

퀸스, 스너그, 보톰, 플루트, 스나우트, 스타블링 등장.

퀸 스 다들 모였나?
보 톰 대본을 보고 일괄해서 한 사람 한 사람 이름을 부르는 것이 좋을걸세.
퀸 스 이 대본에는, 공작 각하의 결혼식날 두 분 앞에서 우리들이 한마당 펼칠 연극 속에 등장할 만한 사람들의 이름을 아테네를 통틀어 골라잡아 적어놨어.
보 톰 피터 퀸스, 우선 줄거리가 무엇인지 들려주게. 그

퀸   스 러고 나서 배역을 말하고, 핵심으로 들어가자고.
퀸   스 좋아. 이 연극은 가장 슬픈 희극으로서, 피라므스
         와 시스비의 처참한 죽음을 다룰걸세.
보   톰 그거 신바람나는 연극인데. 내가 보증하지. 자,
         피터 퀸스, 대본을 보고 배우 이름을 불러봐. 자,
         모두들 널찍이 흩어져.
퀸   스 부르는 대로 대답해. 직조공 닉크 보톰?
보   톰 피라므스가 뭔데? 애인인가? 폭군인가?
퀸   스 애인이야. 사랑 때문에 용감하게 죽지.
보   톰 그 역을 제대로 하면 온통 울음바다가 되겠군. 내
         가 연기하면 관객들은 눈알을 조심해야 돼. 그러
         잖으면 소낙비 같은 눈물을 쏟게 될 테니. 아무튼
         슬픔 속에 흠뻑 빠져보자. 그건 그렇고, 다음
         은——헌데 내 장기는 폭군역인데 아쉽군. 특히
         헤라클레스 역은 천하일품이지, 아니면 고양이를
         찢어 죽이는 난폭한 역도 기막히게 해낼 수 있는
         데 말야.

         우람한 암석이 요란하게 터져
         지옥문의 자물쇠를 박살내니
         피버스 태양신의 수레 멀리서 비치면
         어리석은 운명의 여신들
         여지없이 우롱당하리

         어때, 장엄하지? 자, 다음은 나머지 배역의 이름이

다. 이것은 헤라클레스식 어조지. 폭군의 어조지. 연인역은 애상조(哀傷調)로 연극해야 할거야.

퀸 스 풀무장이 프란시스 플루트!

플 루 트 여기요, 피터 퀸스.

퀸 스 플루트, 너는 시스비 역을 해 줘.

플 루 트 시스비는 누군데? 방황하는 기사인가?

퀸 스 피라므스가 사랑하는 여인이야.

플 루 트 맙소사, 여자역은 질색이다. 나는 요즘 턱수염이 나고 있다고.

퀸 스 상관없어, 가면을 쓰니깐. 목소리만 가늘게 뽑으라고.

보 톰 얼굴을 숨기고 한다면 시스비역을 내가 할래. 무섭게 가느다란 목소리를 내볼 테니. 들어봐 이렇게 해낼 테다.

'   아, 피라므스, 나의 사랑, 나의 님이여! 당신의 사랑스런 시스비, 당신의 연인!'

퀸 스 안 돼, 너는 피라므스를 해야 돼. 플루트, 네가 시스비역을 맡아.

보 톰 그렇다면, 계속 진행하거라.

퀸 스 재봉사 로빈 스타블링!

스타블링 여기 있네.

퀸 스 로빈 스타블링, 자네는 시스비의 어머니 역할을 해주게. 톰 스너우트, 땜장이!

스너우트 여기다, 핀타 퀸스.

퀸 스 너는 피라므스의 아버지역이다. 나는 시스비의 아버지역을 맡겠네. 접합공, 스너그, 너는 라이온역이다. 이것으로 배역 설명은 끝났다.

스너그   그런데 라이온의 대사는 준비됐나? 돼 있으면 이리 주게. 나는 아둔해서 외우는 일이 더디.

퀸 스   너는 즉흥적으로 연극하면 돼. 으르렁대는 일밖에 없으니까.

보 톰   아, 나도 라이온을 하고 싶다. 나는 무섭게 으르렁댈 수 있어. 들으면 오싹해지도록 짖어댈 수 있다니까. 내가 으르렁거리며 짖어대면 공작 각하는 이렇게 말할 거다. '한번만 더 짖어봐라, 한 번만 더!'

퀸 스   네가 너무 무섭게 짖어대면 공작 부인이나 귀부인들이 비명을 지를거야. 그렇게 되면 우리 목이 댕강 날라가.

일 동   맞다 맞아. 모두가 교수형감이야.

보 톰   하긴 귀부인들이 놀라 자빠지면, 제정신을 잃고 우리 목을 날릴거야. 그럼 아주 부드럽게 짖어서 귀여운 비둘기나 사랑스런 꾀꼬리 같은 소리를 낼게.

퀸 스   자네는 피라므스를 해야 돼. 피라므스는 미남인데다 신사이고 멋쟁이란 말이야. 그러니 자네밖에 할 사람이 없네.

보 톰   좋아. 내가 할게. 그런데 어떤 수염을 달까?

퀸 스   그건 자네 멋대로 하게나.

보 톰   밀짚 빛깔로 할까, 주황빛으로 할까. 아니면 보랏빛 물감을 들인 수염으로 할까. 샛노란 프랑스 금 횃빛 수염은 어떨까?

퀸 스 프랑스 금화엔 매독 때문에 털이 없네. 수염 없이 하는거야. 그건 그렇고, 모든 역의 대사를 여기 써 놓았어. 여러분에게 간청하고 요망하고 탄원하는데, 내일 밤까지 대사를 모두 암기해 주게. 그리고 내일 밤 마을에서 일 마일 거리에 있는 궁전의 숲에서 만나자. 달빛을 받으며 그곳에서 연습을 하는거야. 마을 한복판에서 하면 사람 등쌀에 치여 모처럼 준비한 계획이 탄로나기 쉬울 테니까. 내일까지 나는 연극에 필요한 소도구 일람표를 만들어 두겠다. 알겠지? 잊지 말고 꼭 와야 돼.

보 톰 물론이지. 그곳이라면 용기를 내서 실컷 음탕하게 연습할 수 있어. 자, 힘들 내자. 철저하게 해내자고. 안녕, 안녕!

퀸 스 만나는 장소는 공작 각하네 떡갈나무 아래다.

보 톰 알았어. 꼭 가겠네.

제2막

제1장 아테네 근교의 숲

요정과 퍽, 각각 반대편에서 등장.

퍽   이봐, 요정아! 어디로 가니 ?
요   정 (노래한다)
          산 너머, 계곡 너머
          덤불 뚫고 가시밭 지나
          동산을 지나 담을 넘고
          시냇물 헤치고 불길을 지나
          나는 가요, 나는 가요
          달보다 빠른 나래를 타고
          요정여왕님의 분부 받들어
          풀밭에 그리는 이슬의 원(圓)
          키다리 앵초꽃은 여왕님의 시종들
          금빛 코트에 고마우신 은혜로
          루비 보석의 장식이 붙었네
          그곳에 넘실대는 향기로움이여

          나는 이곳에서 싱그러운 이슬방울 찾아야 해. 앵초꽃 귓바퀴 하나 하나에 이슬방울 진주를 매달아야지. 안녕히 가세요, 장난꾸러기 요정들. 나도 갈 거예요, 여왕님 시중드는 요정들이 곧 이곳에 올 거예요.
퍽   오베론 임금님께서 오늘밤 이곳에서 잔치를 베푸실 테니까, 여왕님이 우리 주인 눈에 띄지 않도록 조심해야 돼. 왕께서는 요즘 심기가 사나우셔. 여왕님이 인도 왕으로부터 귀여운 소년을 훔쳐와서 시종으로 삼았거든. 여왕님은 그토록 귀여운 소

	년을 지금까지 만나 본 일이 없어. 시기심 많은 왕은 그 소년이 탐이 나서 사냥갈 때 시종으로 부리고 싶어했지. 하지만 여왕님은 그 소년을 내놓고 싶지 않아서 화관을 머리에 씌우고 귀여워했지. 그래서 요즘 두 분은 얼굴을 맞대기만 하면 숲속이든 들판이든, 아름다운 샘터건, 별이 빛나는 밤이든 툭하면 싸움질이지. 덕분에 요정들은 겁에 질려 도토리 속에 몸을 숨기고 있고 말이야.
요 정	내가 잘못 보지 않았다면 너는 꾀많은 장난꾸러기 요정 로빈 굿펠로로구나 마을 처녀들을 놀라게 하고, 아낙네들이 휘젓는 우유를 엎질러서 허탕치게 하며 고생시키는 요정이지. 또 때로는 맥주거품을 일지 않게 만들고, 밤길가는 나그네를 헤매게 하며, 어리둥절 난처해하는 사람을 보고 좋아라 웃어대기도 하지. 너를 보고 홉고블린이라든가, 귀여운 퍽이라고 불러주는 사람에게 너는 도움을 주어 행운을 몰아다주기도 한다고 들었는데, 너는 틀림없이 퍽이지?
퍽	네 말이 맞다. 내가 바로 밤을 헤매는 유쾌한 방랑자, 오베론의 어릿광대다. 남을 웃기는 일을 맡고 있지. 어린 암말로 둔갑하여 히힝 울면서 콩밥으로 살찐 정력적인 수말을 속이기도 하고, 때로는 구운 사과로 변해서 떠버리할망구의 약주 속에 스며들어, 술잔을 기울일 때 입술을 쥐어박아 시든 목덜미 군살에 술을 엎지르게도 한다네. 때

로는 영리한 할망구가 구슬픈 얘기를 할 때, 나를 삼각의자로 착각하여 앉으려 하면, 재빨리 몸을 피해 비켜서지. 그러면 할망구는 털썩 주저앉으며 '에이 빌어먹을' 하고 외마디 고함소리를 지르고 쿨럭쿨럭 기침소리를 내지. 이것을 보고 주위 사람들은 우스워서 허리를 잡고 웃어대다가, 재채기를 하며 그렇게 재미있는 일은 처음이라고들 한다네. 어서들 비켜라, 오베론 왕께서 오신다.

요　　정　여왕님도 오시네. 임금님이 안 계시면 좋을 텐데.

　　　오베론이 한편에서 시종들과 함께 등장하며, 다른 편에서는 타이테니아가 시중드는 요정들과 함께 등장.

오베론　거만한 타이테니아, 재수없게 달밤에 만났군.
타이테니아　뭐라고요? 질투심 많은 양반 같으니라고. 요정들아, 서둘러 가자. 저 양반과 함께 잠자리에 들지도 않을 테다. 앞으로는 저 양반 가까이에 얼씬도 하지 않을 테다.
오베론　잠깐만 기다려, 성급한 사람아. 나는 당신의 남편이 아니오?
타이테니아　그럼 나는 당신의 아낸가요? 하지만 나는 알고 있어요. 당신이 요정의 나라로부터 몰래 도망나와 양치기 코린이 되어 하루종일 보리피리 불며 불며 바람난 필리다에게 사랑을 호소한다는 것을. 어째서 당신은 아득한 인도땅 산허리로부터 돌아오셨죠? 틀림없이 가죽장화를 신은 말괄량이 아마존 여왕을 시시어스와 결혼시키기 위해 돌아오신 거예요. 두 사람의 신혼을 축복해주기 위해서죠?

오베론　타이테니아, 창피한 줄 아시오. 당신이 시시어스와 좋아한 것을 내가 아는데, 나와 히폴리타의 관계를 비방하다니. 달밝은 밤에 당신이 그 사람을 꾀어내어, 그가 겁탈한 페리게니아를 단념케 한 것도 당신이 한 짓이요, 그가 이글즈와의 관계를 끊은 것도, 아리아드니, 안티오피와와 헤어진 것도 모두 당신 때문이 아니오?

타이테니아　그건 모두 당신의 질투심이 조작해낸 터무니없는 얘기죠. 초여름 때부터 언덕 위, 계곡 밑, 숲 속, 목장 변두리, 자갈이 깔린 샘터, 잡초 우거진 냇가, 바닷가 모래밭에서 만날 때마다 싸움을 걸어와서, 바람의 피리소리에 맞춰 놀이하려는 우리의 즐거움을 앗아갔죠. 그 때문에 피리소리 내봤자 헛된 일임을 알게 된 바람은 울화가 치밀어 바다로부터 독기 품은 안개를 빨아올려 육지에 끊임없이 쏟아놓았죠. 그래서 강물은 둑을 넘쳐 범람해서 육지는 물바다가 됐죠. 그리고 이 때문에 소들은 헛되이 멍에를 메고, 농부들은 헛되이 땀을 흘리고, 보리나 밀은 싹도 트기 전에 썩어버리고, 양(羊)우리는 물에 잠겨 형체도 없어지고, 까마귀는 양(羊)들의 시체 위를 날며 살찌고, 모리스 놀이잔디 이랑마다 진흙이 덮이고, 미로(迷路)놀이로 다져진 풀밭도 밟는 이 없어 분간하기 힘들게 되고, 사람들은 한여름인데도 겨울옷을 찾게 되고, 밤을 즐기는 축제의 노래도 사라져 버렸죠. 이 때문에 썰물 밀물을 지배할 달의 여신도 노여움에 얼굴을 찌푸리며 습기찬 바람을 일게 해서, 감기 신경통이 온 땅을 들끓었죠. 이 같은 날씨 이변으로 계절도 뒤죽박죽, 흰 서리가 싱싱한 붉은 장미 무릎에 내리는가 하면, 동장군(冬將軍) 대머리 얼음 대가리 위에 비웃듯이 초여름 향그러운 꽃봉우리가 씌워지고, 봄, 여름, 결실의 가을, 성난 겨울은 제각기 늘상 걸치던 의복을 바꿔 입었기에, 당황해진 세상 사람들은 겉모양만 보고는 지금이 어떤 계절인지 알 수 없게 됐죠. 이 같은 재앙이 일어난 것도 우리들 싸움 때문이요, 우리들 불화 때문이에요. 우리들이 만들어낸 것, 우리들이 화근이었어요.

오베론   그렇다면, 당신이 고치시오. 당신 때문에 모든 일이 뒤죽박죽이 된 게요. 뭣 때문에 당신은 나와 맞서려고 하는 거요? 나는 다만 당신이 훔쳐온 그 소년을 몸종으로 달라고 했을 뿐인데.

타이테니아   단념하세요. 비록 요정 나라를 몽땅 준다 해도 그 아이만은 내놓을 수 없으니까요. 그 아이의 어미는 나의 신봉자였어요. 향기로운 인도 바람을 쐬며, 밤마다 그녀는 내 곁에 와서 소곤소곤 얘기를 했죠. 때로는 바닷가 노란 모래밭에 앉아 썰물을 타고 나가는 상선을 보고는, 돛이 거만하고 방정맞은 바람을 품고 배가 둥글게 부푸는 것을 보고 웃곤 했지요. 그녀는 배 뒤를 좇는 듯 헤엄치듯이 귀여운 걸음걸이로——그 당시엔 바로 그 소년을 잉태해서 배가 둥그스름했죠——범선을 흉내내며, 해변을 미끄러지듯 오가면서 온갖 물건을 주어와서 내게 주곤 했죠. 그런데 그녀는 인간인지라 소년을 낳고 죽고 말았어요. 소년을 내 줄 수 없는 이유가 바로 그 어머니 때문이에요.

오베론 이 숲에는 언제까지 있을 작정이오?

타이테니아 시시어스의 결혼식이 끝날 때까지 있겠어요. 당신이 얌전하게 우리들의 윤무(輪舞)에 가담해서 달밤의 놀이를 보시겠다면 오셔도 좋아요. 하지만 그럴 의향이 없으시다면 그만 헤어지도록 해요. 서로 방해가 되지 않도록 말예요.

오 베 론 그 소년을 내게 준다면 함께 가리다.

타이테니아 아뇨. 절대로 줄 수 없어요. 요정들아, 가자! 더 이상 지체하면 또 싸움이 벌어져. (타이테니아와 그의 요정들 퇴장)

오베론 갈 테면 가시오. 하지만 오늘 당한 모욕에 대해서, 내가 앙갚음할 때까지는 이 숲에서 한걸음도 나갈 수 없소. 퍽, 이리 와. 너는 기억하고 있을 것이다. 언젠가 내가 바닷가 바위에 있을 때 인어(人魚)가 돌고래 등에 업혀서 달콤하고도 아름다

	운 목소리로 노래하는 것을 들은 적이 있지. 그 아름다운 노랫소리에 사납게 날뛰던 파도가 잠잠해지고, 별들도 인어의 노래에 매혹되어 미친 듯이 바다 위로 흘러내렸었지.
퍽	기억하고 말고요.
오베론	그때 나는 보았어. 너는 알지 못하겠지만. 싸늘한 달과 지구 사이에서 활을 손에 든 큐피드의 모습을. 백발백중의 큐피드의 화살이 노리는 것은 서쪽 왕좌에 자리잡고 있는 베스타 별 처녀왕이었다. 힘차게 활을 떠난 사랑의 화살은, 천만의 가슴을 단숨에 뚫을 것이라 생각했지만, 젊은 큐피드의 사랑에 불타는 화살도, 맑은 달의 청순한 빛 속에서 꺼져버려, 처녀왕은 순결한 명상 속에서 사랑을 등지고 독신을 맹세하며 사라져 버렸다. 그때 나는 큐피드의 화살이 떨어진 장소를 눈여겨두었지. 그 화살은 서방의 작은 꽃 위에 떨어져, 하이얀 꽃잎은 사랑의 상처로 지금 붉게 물들었다. 그 꽃을 처녀들은 사랑의 비올라꽃이라 부른다. 지금 당장 그 꽃을 따오너라. 그 꽃물을 잠자는 남자나 여자의 눈에 떨어뜨리면, 잠을 깨는 순간 최초로 본 사람을 미친 듯이 사랑하게 되지. 당장 가서 그 꽃을 따오너라. 고래가 십리를 헤엄쳐 가기 전에 급히 다녀와야 한다.
퍽	지구를 한 바퀴 도는 데 사십 분 걸립죠. 냉큼 다녀옵죠.

오베론   그 꽃을 따오면, 타이테니아가 잠들자마자 양쪽 눈에 떨어뜨려야겠다. 그렇게 되면, 그녀는 눈뜨자마자 최초로 보는 것——라이온이건, 곰이건, 늑대건, 황소건, 장난꾸러기 원숭이건, 수선스런 잔나비든——에 상사병에 걸려 무턱대고 뒤쫓을 것이다. 이 마술을 그녀의 눈에서 풀어주기 전에——또다른 꽃물을 사용하면 되는 일이니——어떤 일이 있어도 그 소년을 내가 차지해야 한다. 아, 누가 오고 있다. 내 모습은 안 보일 것이니 그들의 얘기를 엿듣자.

디미트리어스, 그 뒤를 쫓아 헬레나 등장.

디미트리어스   나는 너를 사랑하지 않으니, 쫓아오지 마. 라이센더와 아름다운 허미아는 어디 있소? 한 놈은 내가 죽일 테지만, 님은 나를 죽이네. 두 사람이 이 숲속으로 몰래 도망쳐 왔다는 네 말을 믿고 이 숲으로 왔지만 숲은 숲에 가려 내 사랑 허미아를 찾을 수 없어. 가거라, 나를 뒤쫓지 말고 돌아가.
헬 레 나   당신이 나를 끌어당기고 있어요. 당신의 심장은 딱딱한 자석이에요. 하지만 당신이 끌어들이는 것은 단순한 쇠붙이가 아니라 강철같이 충실한 마음이에요. 당신의 인력이 소멸하면 뒤쫓는 힘도 사라지죠.
디미트리어스   내가 당신을 유혹한 적이 있어? 사랑한다고 했냐고? 나는 딱 잘라 말했을 뿐야. 사랑하지 않는다고, 사랑할 수 없다고.

헬 레 나 아아, 그래도 당신을 사랑해요. 나는 당신의 스파니엘이에요. 그러니 디미트리어스, 당신이 나를 때리면 때릴수록 나는 꼬리를 세차게 흔들어요. 제발 당신의 스파니엘이 되게 해 주세요. 때려도 좋아요, 걷어차도 좋아요, 무시하고 묵살해도 좋아요. 보잘것없는 나를 당신 곁에 있게만 해 주세요. 당신 마음속에 있는 가장 후미진 장소도 내게는 그지없이 고귀한 장소이기에, 나는 당신의 개가 되어도 좋아요. 개처럼 다루세요.

디미트리어스 헬레나, 너무 귀찮게 굴면 정말이지 너를 미워하게 돼. 너를 쳐다보면 난 속상해 죽고 싶을 지경이야.

헬 레 나 그대를 못보면 나도 속상하단 말예요.

디미트리어스 이젠 처녀의 염치마저 잃었군. 멀리 마을을 떠나 사랑해 주지도 않은 남자에게 몸을 맡기려 하다니. 지금은 어떤 일이 일어날지 모르는 캄캄한 밤이야. 여기는 흑심(黑心)이 솟구치는 한적한 장소인데, 귀중한 정조를 내동댕이쳐서 좋을 리 있나.

헬 레 나 당신의 덕망이 저의 보배를 지켜 주시겠죠. 당신의 얼굴을 볼 수 있는 동안은 캄캄한 밤이 아니에요. 그러니까 지금은 밤이 아니죠. 그리고 지금이 숲은 한적한 장소가 아닙니다. 제게는 당신이 이 세상 전부거든요. 이 세상에 나 혼자 있다는 말은 당치도 않아요. 이곳에선 온 세상이 나만 쳐다보고 있잖아요?

디미트리어스　나는 도망가서 풀섶에 숨겠다. 너는 야수들한테 맡겨둘 테다.

헬 레 나　어떤 야수도 당신만큼 무정하지 않을 거예요. 달아나세요, 제발. 얘기는 정반대가 될 테니. 아폴론이 도망가고 다프네가 뒤쫓게 되죠. 비둘기가 독수리를 추격하고, 얌전한 암사슴이 호랑이를 덮치려고 뛰는 셈이네요. 아무리 뛰어도 소용없죠. 겁쟁이가 뒤쫓으면 용기는 줄행랑치는 법이니까요.

디미트리어스　일일이 들을 틈이 없다. 나는 간다. 네가 끝까지 따라올 작정이면 단단히 각오해. 숲속에서 혼쭐나게 골려줄 테니.

헬 레 나　좋아요. 신전에서, 마을에서, 들판에서, 당신은 나를 실컷 골탕먹였죠. 에잇, 디미트리어스, 당신의 행패는 여성 전체에 대한 모독이에요. 남자들은 사랑 때문에 싸울 수 있어도 여자들은 할 수 없죠. 여자들은 사랑을 받을 수 있을 뿐이지, 사랑을 구할 수는 없어요. (디미트리어스 퇴장)
　　　　 뒤따라가자. 나에겐 지옥의 고통도 천국도 기쁨이다. 사랑하는 이의 손에 죽을 수 있다면　행운이지.

오베론　행운을 빈다, 숲의 정(精)이여. 그가 이 숲을 떠나

기 전에 그대가 도망다니고, 그 사람이 그대 뒤를 쫓도록 해줄 테다.

퍽 등장.

          수고했네, 방랑자여. 꽃을 따왔느냐?
퍽   네, 여기 있습니다.
오베론   이리 주어라. 백리향(百里香) 흐드러지게 피어 있고, 노란꽃 앵초꽃과 고개를 끄덕이는 오랑캐꽃이 바람에 나부끼고, 사향장미와 무성한 인동덩굴이 하늘을 덮으며 달콤한 향기를 뿜어대고 있는 언덕을 나는 알고 있다. 타이테니아는 때때로 밤이면 그곳으로 가지. 그리하여 춤과 환희에 취해 지치면 꽃이불 속에 잠든다. 그리고 그곳에서는 뱀이 에나멜 껍질을 벗고 그 껍질은 요정의 몸에 꼭 알맞는 의복이 된다. 나는 이 꽃물을 그녀의 눈에 떨어뜨리겠다. 그러면 그녀는 무시무시한 환상에 사로잡힐 것이다. 너도 조금 가지고 가서, 숲속을 뒤져 사랑에 빠진 귀여운 아테네 여인을 찾아라. 그리고 그 여인을 싫어하는 남자의 눈에 꽃물을 발라주어라. 그런 다음 그가 눈을 떴을 때, 그 여인을 최초로 보도록 하라. 너는 그 남자를 금세 알아볼 수 있다. 아테네 복장이 표시가 된다. 이 일을 잘 처리해야 한다. 여자가 남자를 사랑하는 것 이상으로 남자가 여자를 사랑하도록 만들어야 한다. 일이 끝나면 첫닭이 울기 전에 돌아오너라. (모두 퇴장)

제2장 숲의 다른 곳

타이테니아 시종들과 등장.

타이테니아 자, 다들 윤무를 추고 요정의 노래를 불러라. 그러고 나서 이십 초쯤 저쪽으로 가거라. 가서 누구는 꽃봉오리 속의 자벌레를 죽이고, 누구는 박쥐와 싸워 그 날개를 떼어 난쟁이 요정들의 윗옷을 만들어 주어라. 그리고 밤이면 우리들 요정을 보고 눈을 크게 뜨고 괴상한 소리를 내며 시끄럽게 울어대는 부엉이를 쫓아라. 자, 먼저 자장가를 불러 나를 잠재워 다오. 그리고 나서 너희들의 볼 일을 보아라. 나는 쉬어야겠다. (요정들, 노래한다)

요 정 1 쌍 혓바닥 얼룩뱀들
가시 돋친 고슴도치, 물러가라
도롱뇽이나 도마뱀도 잠자코 있어라
여왕님 곁에 얼씬도 마라
코 러 스 나이팅게일이여, 부드러운 목소리로
자장가를 불러다오
자장자장 잘 주무세요
자장자장 잘 주무세요
해치지 마라, 마법도 걸지 말고 주문도 외지 마라
사랑스런 여왕님께 얼씬도 마라
자장 노래 들으며 안녕히 주무세요
요 정 2 집짓는 거미야, 가까이 오지 마라
다리 긴 왕거미는 저리 가거라
딱정벌레, 너도 오지 말아라
달팽이나 벌레들도 물러가거라
코 러 스 나이팅게일이여, 부드러운 목소리로……(반복)
(타이테니아, 잠든다)

요   정 자, 물러가자. 잘 주무신다. 한 사람은 저기서 망

을 봐야 해. (요정들 퇴장)

오베론 등장.

오 베 론   눈 뜨고 보는 것이 무엇이 되건 (타이테니아의 눈에 꽃즙을 떨어뜨린다) 진정으로 사랑하여라. 산돼지건, 살쾡이건, 곰이건, 표범이건, 털난 수퇘지건, 깨어날 때 네 눈앞에 나타나는 것이 무엇이건 정신을 잃고 사랑하여라. 흉칙한 것이 가까이에 오면 깨어나라. (퇴장)

라이센더와 허미아 입장.

라이센더   허미아, 숲속을 헤매느라 당신은 지친 모양이구려. 솔직히 말해서 길을 잃었소. 괜찮다면 허미아, 여기서 쉽시다. 그리고 즐거운 아침이 오는 것을 기다립시다.
허 미 아   그렇게 해요, 라이센더. 당신은 잠자리를 찾으세요, 나는 이 언덕을 베개삼아 잘 게요.
라이센더   뗏장 하나면 두 사람 베개로 충분하오. 한 마음에 한 침대, 두 가슴에 한 가지 맹세 어떻소?
허 미 아   안 돼요, 라이센더. 부탁이에요, 가까이 오지 마세요. 떨어져 있어요.
라이센더   깨끗한 이내 마음 그대로 받아 줘요! 사랑의 말은 사랑의 마음에서 의미를 찾는 법이오. 내 마음은 당신의 마음과 결합되어 있기 때문에, 우리 마음은 이미 하나나 마찬가지요. 두 가슴은 또한 한 가지 맹세를 주고받기에, 가슴은 두 개지만 사랑의 맹세는 하나요. 그러니 당신 곁에 나를 잠재워 주오. 당신 곁에 누운들, 허미아, 설마 내가 누추한 짓을 하겠소?

허 미 아   말은 아주 능숙하시군요, 라이센더. 당신이 추한 짓을 하는 남자라면, 저도 무례하고 건방진 여자겠죠. 하지만 라이센더여, 사랑과 예절을 위해, 정숙한 처녀와 수줍은 신사에 알맞는 미혼자의 신중한 거리를 유지해요. 그러니 멀리 떨어지세요. 안녕히 주무세요, 사랑하는 친구여. 당신의 달콤한 인생이 끝날 때까지 사랑이여, 변하지 마세요.

라이센더   아멘, 당신의 아름다운 기도여. 사랑의 충성심이 끝날 때, 내 인생도 끝난다오! 나는 여기서 잠들겠소. 잠이여, 그녀를 평안히 잠들게 하라.

허 미 아   그 소원의 절반은 당신이 가지세요. (그들은 조용히 잠든다)

퍽 등장.

퍽   숲속을 훑어보았지만 아테네 사람은 볼 수가 없네. 사랑을 일깨우기 위해 누구의 눈꺼풀에 이 꽃의 마력을 시험해 볼까나. 밤이여, 고요함이여——누가 오고 있네? 옳거니, 아테네 사람의 복장을 했군. 주인나리가 지시한 사람이 틀림없어. 이 사람이 아테네 여인을 경멸했겠다. 여기 그 여인이 눅눅하고 누추한 땅 위에 누워 잠들어 있네. 이녀석 피와 눈물도 없나, 여인을 제 곁에 눕히지도 않고. 요녀석, 단단히 혼 좀 나봐라, 네 눈에 마술의 꽃물을 발라주마. 네놈이 깨어나면 그때부터 두 번 다시 잘 수 없는 상사병에 휩싸일게다. 그때까지는 잠들게 두자. 내가 가면 깨어나라. 나리한테 가서 알려야지.

디미트리어스와 헬레나, 뛰어서 등장.

헬 레 나 기다려요. 죽여도 좋아요, 디미트리어스!
디머트리어스 돌아가. 귀찮게 따라다니지 마.
헬 레 나 지독한 사람, 나를 캄캄한 어둠 속에 내버려 둘 거예요? 그러지 마세요.
디머트리어스 따라오면 혼날 줄 알아. 난 혼자 갈 테니 제발 따라오지 마. (퇴장)
헬 레 나 아아, 숨이 끊어질 것만 같아. 죽으라고 뒤쫓기만 했으니! 어떻게 된 일인지 기도하면 할수록 은혜는 줄어드네. 행복한 허미아, 그녀는 어디에 있을까. 그녀는 축복받는 매혹적인 눈을 지녔어. 어째서 그녀의 눈은 그토록 빛나고 있을까? 눈물 때문은 아닐텐데. 그렇다면 내 눈은 더 많은 눈물을 흘리고 있잖아. 아니야, 아니야, 나는 곰처럼 추악해. 나를 보면 짐승들도 겁에 질려 도망갈 거야. 그러니 디미트리어스가 귀신 만난 것처럼 나를 피해 도망치는 것도 이상할 건 없어. 나의 눈을 허미아의 별 같은 눈과 비교하다니, 나의 거울은 얼마나 악독하고 위선적이냐? 여기 누가 있네? 라이센더가 땅 위에 누워 있구나. 죽었나, 아니면 잠들어 있나? 피도 흘리지 않고 상처도 없어. 라이센더, 살아 있으면, 제발 깨어나요!

라이센더 (깨어나며) 당신을 위해서라면, 불 속이라도 뛰어들겠소! 투명한 헬레나! 이것은 자연의 오묘한 마술이다. 너의 가슴을 통해 너의 마음을 볼 수 있구나. 디미트리어스는 어디 있소? 아, 얼마나 더러운 이름인가, 그 이름은. 언젠가는 내 칼에 멸망할 것이다!

헬 레 나 라이센더, 그런 말 마세요, 그런 말 마세요. 그가 당신의 허미아를 사랑한다 해도 상관없잖아요? 허미아는 여전히 당신을 사랑해요. 그러니 만족하세요.

라이센더 허미아에게 만족하라고? 안 돼. 지금 나는 후회하고 있어. 그녀와 함께 지냈던 지루했던 그 세월을. 내가 사랑하는 여인은 허미아가 아니라 당신이오. 검은 까마귀를 흰 비둘기와 바꾸는 것은 당연하지 않소? 남자의 의지는 이성(理性)에 의해 좌우되는 거요. 그런데 지금 내 이성은 당신이 허미아보다 낫다고 말하고 있어. 모든 것은 때가 와야 무르익는 법. 나도 그랬었소. 젊은 탓으로 이성을 제어할 만큼 무르익지 않았거든. 하지만 지금은 인간으로서의 분별력을 지니고 있기 때문에, 이제 겨우 이성이 내 의사를 지배하게 되었지. 그리고 그 이성이 나를 그대의 눈으로 인도하고 있소. 아름다운 사랑의 책 속에 담긴 사랑의 얘기를 이젠 읽을 수 있단 말이오.

헬레나 어쩌자고 나는 이토록 놀림감이 되고 있죠? 당신의 모욕을 받을 만한 일도 하지 않았는데? 너무해! 너무해! 여보세요, 디미트리어스에게 따뜻한 눈길 한번 받지 못했다고 당신까지 나를 멸시하는 건가요? 정말이지 당신은 너무해요. 멸시하는 태도로 나를 다시 설득하고 있으니. 좋아요, 나는 갈래요. 나는 당신을 정말로 멋진 신사라고 생각했는데 착각이었군요. 아, 슬픈 여인의 운명이여. 한 남자로부터 버림받고, 또다른 남자로부터 놀림받다니!

라이센더 그녀는 허미아를 보지 못했구나. 허미아, 거기서 계속 자고 있거라. 두번 다시 내 곁에 올 필요는 없어! 달콤한 것을 너무 먹으면 질려버리지. 질리면 위장이 거부반응을 일으키지. 이단(異端)의 가르침은 사람들에게 버림받고, 속은 사람들로부터 미움을 산다. 당신은 나의 포만이요 이단이다. 모든 사람으로부터 미움을 사지만, 너를 향한 나의 미움은 가장 크다. 나의 사랑이여, 온 힘을 기울여 헬레나를 사랑하고 그녀의 기사가 되자!

허 미 아 (눈을 뜨고) 살려줘요, 라이센더. 도와 줘요! 뱀이 가슴 위에 기어가고 있어요, 잡아 줘요! 아아, 무서워! 악몽을 꾸었군! 라이센더, 무서워서 벌벌 떨고 있어요. 뱀이 제 심장을 파먹으려고 했어요. 그런데도 당신은 뱀의 먹이가 된 가엾은 저를 보고 웃고 있네요. 라이센더! 아니, 어디로 갔을까? 라이센더! 내 말이 안 들리나? 가버렸나? 소리도 없이, 말도 없이? 아, 어디로 갔을까? 대답해요, 안 들리세요? 제발 말해 줘요! 겁이 나서 미칠 것 같아요. 아무 대꾸도 없네? 근처에 없는 모양이다. 좋아, 내가 죽든가 당신을 곧 찾아내든가, 둘 중의 하나다. (퇴장)

제3막

제1장 숲 속

타이테니아가 잠들어 있다. 퀸스, 보톰, 스너그, 플루트, 스너우트, 그리고 스타블링 등장.

보 톰   다들 모였나?

퀸 스   모두 모였네. 연습장으로는 제격이군. 이 푸른 잔디가 우리들의 무대이고, 이 아가위나무 덤불은 분장실이다. 자, 지금부터 연습을 시작하자. 공작 각하 앞에서 하는 것과 똑같이 해볼 테다.

보 톰   피터 퀸스!

퀸 스   뭔가, 보톰 나으리?

보 톰   피라므스와 시스비 희극에는 신바람나지 않은 곳이 몇 군데 있어. 첫째, 피라므스가 칼을 뽑고 자살하는 장면이 있는데 부인네들은 이 광경을 보면 침울해할거야. 자네들 생각은 어떤가?

스너우트 그렇긴 해.

스타블링 죽는 장면은 빼는 것이 좋겠어.

보 톰 그럴 필요는 없어. 내게 잘 처리할 수 있는 좋은 생각이 있어. 서사(序詞)를 써서 말하면 돼. 그 서사에서 이렇게 말하는 거야. '칼은 뽑지만 피는 흘리지 않겠다. 피라므스도 실제로 죽는 것은 아니다' 아니면 이렇게 말하면 돼. '나 피라므스는 실제로 피라므스가 아니다. 사실 직조공 보톰이다.' 이렇게 말해두면 부인네들이 무서워하지 않을거야.

퀸 스 좋아, 서사를 삽입하자. 발라드풍(風)의 팔육조 서사를 써넣도록 하자.

스너우트 부인네들은 라이온을 두려워하지 않을까?

스타블링 두려워하지, 틀림없이.

보 톰 모두 들어 봐. 모두 이 일만은 깊이 생각해 봐야 돼. 부인네들 앞에 라이온을 끌어내는 것은 위험한 일이야. 이 세상에 라이온만큼 무서운 들새는 없기 때문이야. 이 일만은 우리가 조심해야 돼.

스타블링 그러면 또 하나의 서사를 통해 그것은 실제로 라이온이 아니라고 말하면 되지 않겠어?

보 톰 그보다는 이름을 대면 좋겠어. 라이온의 목에서 얼굴을 반쯤 내밀고 말이야. 그러고 나서 지껄여 대면 돼. 예컨대, 이렇게 말이야 —— '부인네들이여', 아니면 '아름다운 부인네들이여, 여러분께 부탁합니다', 아니 '여러분께 요망하는 바입니다만', 아니 '여러분께 간청합니다만, 제발 두려워하지 마시고 부들부들 떨지도 마십시오. 하나뿐인 제 목숨을 걸고 보증하겠습니다. 만일 여러분이 이곳에 출현한 저를 라이온이라고 생각하신다면, 제가 목숨을 걸고 통탄할 일입니다. 저는 결코 라이온이 아니라 인간입니다. 다른 인간들과 티끌만큼도 다르지 않은 인간입니다' 라고 말하는 거야. 그러고 나서 이름을 밝히는거지. 명백하게 나는 '접합공 스너그입니다' 라고 말야.

퀸   스   그렇게 하기로 하자. 그래도 어려운 문제가 아직도 두 가지 남아 있어. 그 중의 한 가지는 궁전의 홀에 어떻게 달을 설치하는가 하는 일이야. 피라므스와 시스비는 달밤에 만나거든.

스너우트   우리들이 연극을 하는 밤에 달은 뜰까?

보   톰   달력, 달력! 일년 달력을 보고, 달이 뜨는지 여부를 조사해 보자. 달을 찾아라, 달을 찾아라!

퀸   스   그날 밤 달은 뜬다. 그렇다면 연극을 하는 홀의 창문을 활짝 열어 놓으면 돼. 달빛이 창문을 통해 흘러들어 올 테니까.

퀸   스   그렇잖으면, 누가 덤불가지 다발과 등잔을 들고 들어오면 돼. 그러고 나서 '나는 달님으로 분장한 배우입니다' 라고 말하면 안성맞춤이지. 그리고 또 한 가지 문제가 있어. 홀 안에 담이 있어야 해. 대본에 의하면 피라므스와 시스비는 갈라진 담의

		틈새를 통해 얘기를 나누거든. 담을 어떻게 들고 들어오지? 어떡하면 좋지, 보톰?
보	톰	누가 담으로 분장할 수밖에 없겠어. 회벽칠을 하든지, 담에 바르는 옥토나 진흙덩이를 들고 담을 나타낼 수밖에 없어. 그런 다음 손가락을 이렇게 벌리고 서 있으면 피라므스와 시스비가 거길 통해서 얘기를 할 수 있지.
퀸	스	좋아, 그렇게 하자. 이젠 만사형통이다. 자, 그러면 모두 자리에 앉아주게. 연습을 시작하겠다. 피라므스, 너부터다. 대사가 끝나면 저 덤불 속으로 몸을 숨겨라. 모두 자기 역할을 잊지 말도록.

퍽 등장.

퍽		요정의 여왕께서 주무시는 곁에서, 게딱지 같은 시골뜨기들이 왜들 이리 부산하지? 뭐야, 연극이 시작되나? 구경거리가 생겼네. 경우에 따라 나도 한 역할 맡아도 좋겠는걸.
퀸	스	피라므스, 대사를 시작해. 시스비, 앞으로 나와.
보	톰	시스비, 꽃향기 추악한 달콤함이여 …….
퀸	스	'향긋한', '향긋한!'
보	톰	향긋한 달콤함이여. 사랑하는 시스비여, 당신의 입김은 달콤하여라. 들리는가, 사람의 목소리! 잠시 여기서 기다려다오. 잠시 후 당신 앞에 다시 나타나리다. (퇴장)

퍽 이토록 괴상망측한 피라므스는 처음 봤군! (퇴장)
플루트 내가 할 차렌가?
퀸스 그래, 네 차례야, 알겠나? 피라므스는 소리를 듣고 잠시 나갔는데, 곧 돌아온다.
플루트 찬란히 빛나는 피라므스여, 백합 같은 살결이여, 눈부신 들장미처럼 붉게 타오르는 두 뺨, 활달한 젊은이같이, 지극히 사랑스런 유태인같이, 지칠 줄 모르는 말처럼 충성스런 당신, 피라므스여. 당신을 만나리다, 니니의 무덤에서
퀸스 니니가 아니라 '나이나스'야, 이 사람아! 그리고 그 대사는 아직 해서는 안 돼. 그 대사는 피라므스의 말에 대한 답변이야. 그런데 너는 대사를 한

꺼번에 연속적으로 다 해버렸어. 큐도 없이 다짜고짜로 말이야. 피라므스가 등장한다 —— 너의 대사는 거기서 일단 중단된다. 알겠나. '지칠 줄 모르는' —— 그 대목에서 다시 시작해.

플 루 트   알겠어. 지칠 줄 모르는 말처럼 충성스런 당신.

퍽 등장. 그 뒤로 당나귀 탈을 쓰고 보톰이 등장.

보   톰   내가 아름답다면, 시스비, 나의 아름다움은 당신의 것.

퀸   스   귀신이다! 이상한 일이야! 귀신에 홀렸어! 이봐들, 빨리 도망쳐! 사람 살려! (퀸스, 스너그, 플루트, 스너우트, 스타블링 퇴장)

퍽   저놈들 뒤를 쫓아가서 뺑뺑이 돌려야겠다! 늪과 숲을 지나, 덤불을 뚫고 들장미 사이로. 때로는 말이 되기도 하고, 때로는 개가 되기도 하자. 돼지가 되어도 좋고 목잘린 곰, 불꽃이 되어도 좋다. 말처럼, 개처럼, 돼지처럼, 곰처럼, 불꽃처럼 되어, 히힝, 멍멍, 꿀꿀, 으르렁 으르렁, 활활 덤벼들 테다.

보   톰   모두들 왜 도망을 갈까? 요것들, 나를 놀려먹을 심산이구나.

스너우트 등장.

스너우트   오, 보톰, 너는 변했어! 웬일이냐, 머리 위에 있는 것은 뭐야!
보   톰   그게 뭔데? 너 같은 얼간이 당나귀 대가린데? (스너우트 퇴장)

퀸스 등장.

퀸   스   아, 보톰, 자네 모습이 깡그리 변했어!
보   톰   네놈들 수작을 다 알고 있어. 나를 얼간이 당나귀로 만들어 골려주려고 작당들 했지? 하지만 나는 끄떡도 않겠다. 여기서 이렇게 거닐면서 한바탕 노래나 하련다. 내가 두렵지 않다는 것을 보여주겠어.(노래한다)

   황갈색 주둥이에
   검정빛 검은 새
   노래 잘부르는 티티새
   작은 날개
   지닌 굴뚝새 ─
   (타이테니아, 노랫소리에 깨어난다)

타이테니아   꽃이불 잠자리에서 나를 깨우는 천사는 도대체 누구냐?
보   톰   (노래한다)

참새, 종달새
단조로운 노래의 잿빛 뻐꾹새
여편네 서방질 소리 들려도
그래도 남편은 찍 소리 없네——

어리석은 새에 어리석은 일을 비교해 본들 무슨 소용이 있겠나. '여편네 서방질 소리 들려도'라고 떠들어본들, 뻐꾹새 보고 거짓말 집어치우라고 말할 사람 누가 있겠어?

타이테니아   부탁이에요. 점잖은 사람이여, 한번 더 노랠 불러 줘요. 내 귀는 당신 노래에 홀딱 반했어요, 내 눈은 당신 모습에 홀딱 반했어요. 당신의 아름다움이 나를 감동시켜 첫눈에 사랑의 말을, 사랑의 맹세를 하지 않을 수 없네요.

보 톰   부인이여, 이성이 있다면 그런 말을 할 수 없을 것입니다. 하지만 솔직히 말해 요즘에는 이성과 사랑의 관계가 썩 좋지 못한 듯합니다. 성실한 이웃사람들이 이성과 사랑을 결합시키지 않은 것은 참으로 딱한 노릇이죠. 하하하, 나도 때에 따라서는 이 정도의 농담은 지껄일 수 있죠.

타이테니아   당신은 아름답고 현명해요.

보 톰   천만의 말씀. 그러나 나에게 숲에서 벗어날 수 있는 지혜가 있다면, 내 나름대로 쓸모있는 행세는 할 수 있답니다.

타이테니아   이 숲에서 나갈 생각일랑 아예 하지 마세요. 가

고 싶든 말든, 당신은 이곳에 있어야 해요. 나는
보통 요정이 아니에요. 여름이 나에게 굽실대며
복종하고 있어요. 나는 당신을 사랑해요. 내 곁에
있어줘요. 요정들에게 당신을 정성껏 돌보라고
일러 두겠어요. 바다로부터 진주를 따서 갖다 드
리죠. 꽃방석에 누워 잠들면 노래를 불러 드릴 게
요. 죽어야 하는 당신의 육체를 정화시키고, 당신
을 공기의 요정처럼 깨끗하게 만들어 드릴 게요.
콩꽃, 거미줄, 부나비, 겨자씨!

콩꽃, 거미줄, 부나비, 겨자씨, 네 요정들 등장.

콩   꽃   네, 대령했습니다.
거 미 줄   네, 대령했습니다.
부 나 비   네, 대령했습니다.
겨 자 씨   네, 대령했습니다.
일   동   어디로 모실까요?
타이테니아   이 분을 친절하고 정중하게 모시도록 하라. 그
리고 너희들은 이분이 가는 곳마다 춤을 추어라,
이분 앞에서 뛰며 놀아라. 살구, 나무딸기, 자줏
빛 포도, 녹색 무화과, 그리고 뽕나무 열매를 잡
숫게 하라. 벌집에서 꿀을 따다 드려라. 꿀벌 넓
적다리의 촛농을 따서, 개똥벌레 눈에서 옮긴 불
을 당겨 침실의 등을 밝히도록 하라. 또 이분이
주무시는 동안 얼굴에 비치는 달빛을 지우기 위

해 오색나비 날개로 부채질하라. 요정들아, 이분에게 절을 하며, 인사 드려라.

콩　　꽃　안녕하세요?
거 미 줄　안녕하세요?
부 나 비　안녕하세요?
겨 자 씨　안녕하세요?
보　　톰　실례하겠습니다. 이름이 무엇이죠?
거 미 줄　거미줄입니다.
보　　톰　거미줄 요정님, 잘 부탁드립니다. 내가 손가락을 베거든 잘 봐 주세요. 당신 이름은 무엇이죠?
콩　　꽃　콩꽃입니다.
보　　톰　잘 부탁드립니다. 콩깍지 양친에게도 제 인사 부탁드립니다. 콩꽃 요정님, 앞으로 잘 사귀어 봅시다. 당신 이름은 뭐죠?
겨 자 씨　겨자씨예요.
보　　톰　겨자씨 요정이여, 당신은 참을성이 많지요. 겁많은 황소고기가 당신 집 식구들을 많이 잡아먹었더군요. 당신 집안식구들 덕분에 나도 눈물을 많이 흘렸습니다. 잘 사귀어 봅시다, 겨자씨 양반.
타이테니아　잘 모셔라, 이 분을 나의 침실로 안내하라. 달이 눈물을 흘릴 듯이 슬픈 표정이로구나. 달이 울면 온갖 꽃들도 함께 눈물을 흘린다. 더럽혀진 처녀의 순결을 슬퍼하는 거지. 이분의 혀를 잡아매고, 조용히 모시고 가거라. (퇴장)

제 2 장

오베론 등장.

오 베 론   타이테니아는 눈을 떴을까. 그녀의 눈에 맨처음 보인 것은 무엇이었을까. 지금쯤 홀려서 미칠 지경일 텐데.

퍽 등장.

내 심부름꾼이 이제야 돌아왔군. 장난꾸러기야, 어떻게 되었느냐? 이 숲속에 무슨 일이라도 일어나지 않았느냐?

퍽   나리, 큰일났습니다. 여왕님이 괴물과 사랑에 빠졌습니다. 인기척 드문 거룩한 여왕님 침실에서, 여왕님이 단잠에 빠져 주무실 동안, 아테네 거리 노점에서 막일하며 호구지책에 여념이 없는 한패거리의 어릿광대들, 버릇없는 직공들이 모여들었습니다. 시시어스 결혼식날에 연극을 보여준답시고 연습하러 모인 거죠. 이들 어리석은 녀석들 중에서도 가장 멍청한 얼간이가 피라므스역을 한답시고 법석을 떨다가 연습중에 퇴장하더니 분장실로 쓰는 덤불 속으로 들어갔습니다. 소생은 이때다 싶어 뛰어들어 그놈의 머리에 당나귀 머리를

제3막   225

씌워줬죠. 이윽고 시스비와 대사를 주고받기 위해 이 허풍선이는 연습장에 등장하게 된 거죠. 그의 모습을 힐끗 쳐다본 녀석들은 몰래 접근한 사냥꾼을 눈치챈 들거위처럼, 또는 총소리에 놀란 팥빛깔머리 까마귀떼들처럼 치솟고 까악까악 울며, 흐트러져 사방 팔방으로 도망치며 미친 듯이 하늘에서 빙글빙글 돌 듯이, 이들 멍텅구리들도 그를 보고 걸음아 나 살려라 하며, 나무 그루터기에 부딪혀 거꾸로 내동댕이쳐지기도 하고, 사람 살려 하면서 아테네에 도움을 청하기도 했지요. 이런 얼빠진 놈들이니 공포심에 창자가 쑥 빠진 탓으로 산천초목이 이들을 업신여기는 판국이었죠. 가시나무 덤불에 옷이 찢기고, 어떤 놈은 저고리 소매를, 어떤 놈은 모자를 찢기고 걸리고 야단법석이었죠. 소생은 공포에 질려 실성한 이놈들을 뒤쫓았습니다. 하지만 가련한 피라므스는 당나귀 머리를 씌운 채 남겨두었지요. 그런데 하필이면 그 순간, 타이테니아가 잠에서 깨어나 당나귀를 보고 죽자살자 사랑에 빠진 겁니다.

오 베 론 흐음, 오히려 내가 의도한 것보다 더 잘되었다. 하지만 사랑의 묘약을 아테네 사람 눈에 바르라는 나의 또다른 심부름은 잘 수행했느냐? 잘됐겠지?

퍽 그 사람이 잠들고 있는 장면을 포착해서, 잘 해냈습니다. 아테네 여인이 그의 곁에 누워 있었죠, 그가 깨어났을 때, 그 여인을 안 볼 수 없었겠죠.

디미트리어스와 허미아 등장.

오베론   모습을 감추어라. 저것들이 아테네 사람이다.
퍽   여자는 틀림없는데, 남자는 다른데요?
디미트리어스   당신이 사랑하는 분에게 그런 악담을 하다니? 그런 험담은 험악한 원수놈들에게나 하시오.
허미아   지금은 입으로만 할퀴지만, 앞으로는 당신을 더 미워할 거예요. 당신은 저주받을 만한 일을 했죠. 잠자는 라이센더를 죽였다면 선혈이 흐르는 강물에 내디딘 발이니, 더욱 깊숙이 빠져들어 저도 죽이세요. 태양이 충실하게 한낮을 따라다니듯이 그 사람은 나에게 충실했어요. 그렇기 때문에 그 사람은 잠들어 있는 허미아를 버려두진 않았을 거예요. 그 얘기를 믿느니 차라리 굳어버린 이 대지 위에 구멍이 뚫려 달이 그 속을 통과해서 지구 반대편으로 빠져나와 태양 형님을 노하게 만들었다는 얘기를 믿는 것이 차라리 낫겠어요. 나는 당신이 그 사람을 죽였다고 생각해요. 살인자는 언제나 죽은 사람처럼 음산한 표정이죠.
디미트리어스   죽은 사람은 당연히 그렇게 보일 것이고, 내 마음도 죽었으니 그렇게 보일 것이다. 당신의 냉혹한 눈에 나의 심장이 찔렸으니까. 그런데도 살인자인 그대의 얼굴은 저 하늘의 비너스처럼 맑고 찬란하게 빛나고 있군.
허미아   그 일이 나의 사랑 라이센더와 무슨 관계죠? 그분은 어디 계시죠? 착한 디미트리어스, 그이를 돌려 주세요.

디미트리어스   당신은 차라리 그녀석의 시체를 사냥개에게 던져주겠다.

허 미 아   꺼져버려! 개 같은 놈! 똥개! 얌전한 처녀의 인내심도 한계가 있다. 네가 그 사람을 죽였지? 너는 인간의 탈을 쓴 늑대야! 꼭 한번이라도 좋다. 나를 위해서라도 제발 진실을 말해다오! 깨어 있었다면 그의 얼굴을 마주볼 수 없었을 테니, 자고 있을 때 죽였을 테지? 참으로 장하시군요! 벌레나 독사라면 그럴 수 있지. 그래, 독사가 한 짓이야. 너는 독사, 두 겹 혓바닥을 날름대는 살무사도 너만큼 지독하지는 않아.

디미트리어스   나에게 분노의 독기를 뿜어대지만, 그것은 근거없는 오해요. 나는 라이센더의 피를 흘리게 하지 않았어. 그리고 라이센더는 죽지 않았어. 나는 알고 있어.

허 미 아   부탁이에요, 말해주세요. 그분은 무사하죠?

디미트리어스   말해준다면, 내가 받을 답례는 뭐요? .

허 미 아   나를 만나지 않아도 되는 특권을 보상으로 드리죠. 나는 지긋지긋한 당신과는 이별하겠어요. 두 번 다시 나를 찾지 마세요. 그분이 살았든 죽었든. (퇴장)

디미트리어스   저토록 화를 내고 있으니 쫓아가도 소용없겠지. 그렇다면 잠시 동안 여기서 쉬자. 슬픔의 무게가 가중되는 것은 잠이 모자라는 탓이야. 파산한 잠이 슬픔에게 빚더미를 떠맡기기 때문이지. 지금 여기서 잘 수 있으면 잠시라도 좋다. 그의 정분에 기대 슬픔의 빚더미를 덜자. (옆으로 누워 잔다)

오베론과 퍽, 앞으로 나온다.

오 베 론 너, 도대체 무슨 짓을 했느냐? 일을 잘못했어. 진실한 연인의 눈에 사랑의 묘약을 발랐군. 너의 실수로 큰일이 벌어지게 됐다. 너때문에 진실한 사랑은 부실해지고, 거짓사랑은 진실을 잃었다.
퍽 운명의 여신 탓이죠. 진실한 남자는 한 사람이요, 나머지 백만 명은 거짓 맹세를 늘어놓고 있어요.
오 베 론 너는 당장 숲속을 바람보다 빨리 달려 헬레나라는 아테네 처녀를 찾아라. 그녀는 상사병 때문에 얼굴은 창백하고 날마다 한숨으로 지새우기에 생명의 피를 잃고 있다. 너는 지금 환상의 힘을 빌어 그 여인을 이곳에 데려오너라. 그때까지 이 남자의 눈에 마술을 걸어 두겠다.
퍽 갑니다, 갑니다. 보세요, 날아갑니다! 타타르인의 화살보다 빨리 날아갑니다. (퇴장)
오 베 론 큐피드 사랑의 화살에 묻은 보랏빛 꽃물이 눈동자를 적신다. 그때 뜬눈으로 그녀를 보았을 때 하늘의 비너스별처럼 빛나던 여인의 모습이 눈부시게 하늘에 비친다. 그대는 눈떴을 때 곁에 있는 그녀의 사랑을 얻으리라.

퍽 등장.

퍽   임금님께 아뢰옵니다. 헬레나가 바로 옆에 와 있습니다. 제가 착각한 그 남자도 함께 있습니다. 그는 열렬히 사랑의 보상을 요청하고 있습니다. 이들의 사랑타령 한마당을 구경이나 할까요? 인간이란 참으로 어리석지요!

오베론   옆에 조용히 섰거라. 너의 요란스런 소리 때문에 디미트리어스가 잠을 깨겠다.

퍽   그렇다면 둘이서 한 사람을 설득하니 점점 일이 재미있네요. 엎치락뒤치락하는 일보다 더 즐거운 일은 없습니다요.

그들은 옆으로 물러선다. 라이센더와 헬레나 등장.

라이센더   나의 사랑의 호소를 어째서 당신을 모욕하는 거라고 생각하오? 모욕과 조롱에는 눈물이 없소. 보시오, 나는 맹세하며 울고 있소. 눈물에서 태어난 맹세는 진실한 마음의 표시라오. 그런데 이 일이 당신의 눈에는 조롱으로만 비치니 웬일이오? 진실한 눈물이 진정한 사랑을 입증하고 있는데.

헬레나   흥, 이젠 온갖 수단을 다 쓰고 있군. 진실이 진실을 죽이고 있다니, 악랄한 짓이로다! 이 맹세는 허미아를 위한 것, 그 여인을 버릴 작정이세요? 맹세로서 맹세의 무게를 달면, 그 맹세는 상쇄되는 법이죠. 그녀와 나를 위한 맹세를 두 저울에 달면 피장파장이죠. 거짓말처럼 둘 다 가벼워져요.

라이센더   허미아에게 맹세할 때, 나는 분별력이 없었소.

헬 레 나   그녀를 버린다고 말하는 지금도 분별력이 없기는 마찬가지예요.

라이센더   디미트리어스는 그녀를 사랑해. 그리고 디미트리어스는 당신을 사랑하지 않아.

디미트리어스   (깨어난다) 오, 헬렌, 사랑스러운 여인이여, 숲의 정(精)이여, 완전하고도 거룩한 존재여! 님이여, 그대의 맑고 신성한 눈을 무엇에 비할 수 있으리? 수정도 그에 비하면 진흙에 불과할 뿐. 그대 입술은 무르익은 앵두가 서로 입맞추려 할 때처럼 나를 유혹한다! 그대가 흰 손을 쳐들면, 동녘바람을 맞는 토라스 산의 눈도 까마귀처럼 검게 보인다. 사랑하는 님이여, 부디 희디 흰 그대의 손, 축복을 약속하는 손에 입맞추게 해 주오!

헬 레 나   아, 원통해라! 기막혀라! 알겠어요, 두 사람이 합세해서 나를 놀림감으로 만들고 있군요. 점잖은 사람이라면 그만 예의를 지키세요. 당신이 경우 바른 사람이라면 이토록 나를 괴롭히진 않을 거예요. 나를 미워하고 있는 줄은 알고 있지만, 그것만으로 직성이 풀리지 않으니깐 두 사람이 나를 놀려대고 있죠? 당신네들은 겉보기엔 신사지만 신사가 아니야. 진정한 신사라면 숙녀를 이토록 학대할 수 없어요. 사랑의 맹세를 속삭이면서, 나의 장점을 격찬하면서도 사실은 두 사람 모두 마음속으로 나를 경멸하고 있어. 당신네들은 둘 다 허미아를 사랑하는 경쟁자인데, 지금은 나를 놀리는 경쟁자가 됐군요. 아주 훌륭한 일이십니다! 몰염치한 사내다운 일이죠. 마음껏 비웃으면서 가련한 처녀의 눈에서 눈물을 짜내다니! 고귀한 사람이라면 처녀의 마음을 이토록 괴롭히거나 참을 수 없을 만큼 상처를 입혀놓고 얼씨구 좋다 즐기지는 않을 겁니다.

라이센더 디미트리어스, 자넨 정말 나쁜 사람이로군. 그러지 말게. 자네는 허미아를 사랑하고 있어. 그건 모두 아는 사실이야. 나는 선의와 우정으로 허미아의 사랑을 자네가 받도록 양보하겠네. 그러니 헬레나의 사랑은 내가 받도록 양보해주게. 나는 헬레나를 사랑하고 있어. 내가 죽을 때까지 사랑할걸세.

헬 레 나 사람을 골려도 분수가 있지. 엉터리 수작 말아요.

디미트리어스 천만에, 라이센더. 자네가 허미아를 차지하게. 나는 괜찮네. 한때 나도 그녀를 사랑했지만, 이제 그 사랑은 흔적없이 사라졌네. 허미아에 대한 내 마음은 스쳐지나는 뜨내기였을 뿐, 이제는 고귀한 헬레나에게 돌아왔으니 영원히 살아갈 고향집으로 돌아온 셈이 됐네.
라이센더   헬레나, 거짓말이야!
디미트리어스   개뿔도 모르면서 함부로 내뱉지 마라. 계속 그러면 네 잘난 모가지를 뽑아버릴 테다. 저것봐, 네 연인이 오고 있다. 저기 오고 있어.

허미아 등장.

허 미 아   캄캄한 밤이 사람의 눈을 멀게 하니 귀만 더욱 민감해지는구나. 보는 힘을 빼앗은 만큼 듣는 힘은 두 배로 늘려 주지. 라이센더, 당신을 발견한 것은 나의 눈이 아니에요. 고맙게도 당신의 목소리를 따라 날 여기까지 이끈 것은 나의 귀예요. 그런데 어쩌자고 나를 그런 곳에 버리셨나요?
라이센더   사랑이 가라고 재촉하는데 그대로 있을 수 있나?
허 미 아   어떤 사랑이 라이센더를 내 곁에서 끌어냈나요?
라이센더   헬레나의 사랑이다. 네 곁에서 나를 떠나게 한 것은. 아름다운 헬레나가 나를 잡아 끌었어. 헬레나는 반짝이는 금빛 별들이 밤을 장식하는 것보다 아름다워. 나는 당신을 털끝만큼도 사랑하지 않는데 왜 나를 쫓아왔소? 널 내버려두고 온 것은 싫었기 때문이야. 이젠 알 때도 되었을 텐데.
허 미 아   거짓말이야, 당신은 생각과 말이 달라요.
헬 레 나   아, 허미아도 한패거리가 되었네! 세 사람이 똘똘 뭉쳐 나를 골탕먹이려고 아예 연극을 꾸미셨군.

야속한 허미아! 의리도 신의도 없는 여자! 당신도 한다리 끼어들어 이 두 사람과 함께 나를 놀리려고 계획을 세웠죠? 우리 둘만이 나눈 은밀한 얘기, 둘이서 나눈 자매의 맹세, 둘이서 함께 보낸 즐거운 시간, 이 시간이 종종걸음으로 사라지는 바람에 이별이 다가오는 것을 마음아파하던 사이였는데, 아, 너는 이 모든 것을 잊은거야? 학교 시절의 우정도, 소녀 시절의 천진난만함도 잊었어? 허미아, 우리는 수예품 여신들처럼, 두 개의 바늘로 한떨기 꽃을 수놓았지. 둘이서 똑같은 견본을 보고 같은 방석에 앉아 같은 노래를, 같은 박자로, 함께 불렀지. 마치 우리는 두 개의 손과 몸, 소리, 마음이 하나가 된 듯했어. 그렇게 우리는 함께 지냈지. 마치 두 개의 앵두처럼, 겉보기에는 두 개로 나뉘어져 있지만, 하나가 되는 것, 가지 하나에 붙어 있는 두 개의 아름다운 열매였지. 겉보기에는 몸이 두 개였지만, 마음은 하나였어, 두 개의 몸이지만 문장(紋章)에서처럼 남편의 것과 아내의 것이 하나로 합쳐진 것과 같았어. 이토록 먼 옛날부터 다져온 우정인데, 그것을 갈라내어 남자들과 함께 가련한 친구를 놀려대는 일에 합세하고 있니? 허미아, 이건 친구답지 못한 일이야. 처녀답지도 못해. 나뿐만 아니라 여자라면 누구나 너를 비난할 거야. 비록 상처입는 사람은 나뿐이겠지만.

허 미 아 놀랐어. 내게 왜 이토록 화를 내지? 나는 너를 놀려대지 않았어. 오히려 네가 날 놀리고 있는 것 같다.

헬 레 나 라이센더가 나를 쫓아오며 놀려. 눈이 빛난다느니 얼굴이 예쁘다느니 추켜세우면서 놀리는 것은 네가 시킨 일이지? 또 디미트리어스가 지금까지 나를 헌신짝처럼 찼는데, 갑자기 나를 보고 여신이다, 숲의 정(精)이다, 천사다, 보석이다 하며 주접을 떤 것도 네가 시킨 일이지? 나는 다 알고 있어. 디미트리어스는 나를 증오한다면서 어떻게 그런 말을 하지? 그리고 어째서 라이센더가 가슴에 끓어오르는 너에 대한 사랑을 부정하면서까지 내게 애정을 바치고 있느냐 그 말이야. 이 모든 일이 너와 작당한 일이지? 비록 내가 너만큼 남자들의 사랑을 받지 못하고, 남자들이 따르지 않고, 행복하지도 않으며, 사랑하면서도 사랑을 받지 못하는 비참한 여인이긴 하지만, 이 일을 동정할 망정 경멸해서야 되겠어?

허 미 아 헬레나, 나는 네가 하는 말을 전혀 이해할 수 없구나.

헬 레 나 그래 좋아! 시치미를 떼고, 억지로 슬픈 표정을 지어보시지. 하지만 내가 등을 돌리고 가면 입을 삐죽거리겠지? 서로 눈짓을주고 받으며 농담을 계속해 봐. 잘 꾸민 연극이야. 역사에 남을 일이지. 너에게 티끌만큼의 동정이나 호의나 예의가 있다면, 나를 이렇게 웃음거리로 만들진 않았을 거야. 그래도 좋아, 잘 있어, 반은 내 잘못이니까. 내가 죽든지 없어지면 일은 해결되겠지.

라이센더 기다려, 착한 헬레나, 내 말도 들어줘. 나의 연인, 나의 생명, 나의 영혼, 아름다운 헬레나!

헬 레 나 이젠 아주 능숙하시군!

허 미 아 라이센더, 제발 저애를 놀리지 말아요.

디미트리어스 허미아가 부탁해도 안 들으면 주먹다짐으로라도 입을 틀어막겠다.

라이센더 허미아의 애원도, 네 주먹도 다 소용없어. 너의 위협도, 허미아의 기원도 부질없는 짓이야. 헬렌, 당신을 사랑하오. 내 목숨을 걸고 사랑하오. 내 사랑을 부정하는 자는 그냥 두지 않겠다는 것을 당신을 위해서라면 기꺼이 버려도 좋을 이 목숨을 걸고 맹세하오.

디미트리어스 나는 저 녀석보다 당신을 더 사랑하오.

라이센더 네놈이 그렇게 말한다면, 칼을 뽑아 입증해 봐.

디미트리어스 좋다, 덤벼라!

허 미 아 라이센더, 어떻게 된 일이죠?

라이센더 비켜, 에티오피아 여인아.

디미트리어스 안 돼, 안 돼. 이놈은 일부러 당신을 뿌리치는 흉내를 내는거야. 아무리 안간힘을 써도 너는 내 상대가 안 돼, 허깨비야.

라이센더 놔라, 요 살쾡이 같은 것, 성가신 것, 더러운 것 같으니! 놓으라니까, 놓지 않으면 징그러운 뱀처

	럼 뿌리치겠다.
허미아	어째서 갑자기 난폭해졌어요? 어떻게 이렇게 변해버린 거죠, 여보?
라이센더	여보라고? 꺼져라, 검둥이년, 꺼져! 쓴 약처럼 없어져라! 흉칙한 것!
허미아	당신, 농담하시는 거죠?
헬레나	아무렴, 농담이지. 너도 농담이고.
라이센더	디미트리어스, 약속은 꼭 지키겠네.
디미트리어스	네 약속은 신용할 수 없어. 증거가 필요해. 약한 여인이 소매를 끌고 있으니 믿을 수 없어.
라이센더	아니, 이 여인을 때려서 상처를 입혀 죽이란 말이야? 아무리 미워해도 상처를 입힐 수는 없어.
허미아	뭐라고요? 내게 증오 이상 큰 상처가 있나요? 밉다고요? 내가! 왜요? 그동안 무슨 일이 있었나요? 나는 허미아예요? 당신은 내 사랑 라이센더가 아닌가요? 저는 옛날과 마찬가지로 지금도 여전히 아름다워요. 어젯밤까지는 사랑해주셨어요. 그러나 어젯밤에 제 곁을 떠났죠. 아, 맙소사, 저를 내버린 것이 진정이신가요?
라이센더	진정이고 말고! 두 번 다시 당신 얼굴을 보고 싶지 않았어. 그러니 희망을 버리고, 질문을 삼가고, 의심을 버려. 이 이상 더 확실한 일은 없으니까. 농담이 아니야. 당신을 미워해. 헬레나를 사랑한다고.
허미아	아, 어쩌면 좋아! (헬레나에게) 요 사기꾼! 꽃벌

제3막

레! 사랑의 강도! 지난밤 몰래 기어들어, 내 연인의 마음을 훔쳤지?

헬 레 나 잘한다! 부끄러움도 수줍음도 없니? 창피하지도 않아? 화가 머리끝까지 나서 성급하게도 내 회답을 듣고 싶지? 너무한다, 너무해. 거짓말쟁이! 요 꼭두각시야!

허 미 아 꼭두각시? 아, 그래. 그래야 판이 살지! 이제 알았어. 너는 두 사람의 키를 비교하고 있었군. 그러고는 네 키 높이를 강조하고 있었네. 너의 날씬한 몸매로, 훤칠한 키로, 저분의 마음을 녹였구나. 그 때문에 저분이 너에게 홀딱 빠진거군. 나는 땅달이 난쟁이같이 생겼거든? 너는 장대 같은데, 나는 얼마나 땅딸보냐? 말해 봐, 내 키는 얼마나 작아? 아무리 작아도 내 손톱은 네 눈에 닿을 수 있어.

헬 레 나 두 분이 나를 희롱하는 것은 상관없지만, 저애가 나를 해치지 않도록 해 줘요. 난 싸움패가 아니고 말괄량이 소질도 없거든요. 단지 겁많은 처녀에 지나지 않아요. 제발 저애가 나를 때리지 않도록 해 주세요. 나보다 저애가 작으니까 내가 저애를 당해낼 수 있다고 생각하시겠지만, 나는 아주 연약한 여자예요.

허 미 아 내가 작다고? 저 소릴 들어보시지!

헬 레 나 허미아, 나를 너무 괴롭히지 마. 허미아, 나는 언제나 너를 사랑했어. 너의 비밀은 언제나 지켜 주었고 배반한 적도 없어. 꼭 한 가지, 디미트리어스를 사랑한 나머지 네가 이 숲속으로 도망쳤다는 말은 했어. 그 말을 듣고 그는 네 뒤를 쫓아갔어. 그리고 나는 사랑 때문에 그의 뒤를 쫓은 거야. 하지만 그 사람은 돌아가라고 야단치고 나무라며 때리겠다, 걷어차겠다, 죽이겠다고 위협했어. 그러니 지금 나를 조용히 돌아가게만 해 주면, 나는 어리석은 이 몸을 움켜쥐고 아테네로 가서 이 이상 더 너를 뒤쫓지 않겠어. 나를 가게 내버려 둬. 내가 얼마나 순진하고 어리석은 아인지 이젠 알겠지?

허 미 아   그래, 어서 돌아가! 누가 너를 붙든댔니?

헬 레 나   나의 어리석은 마음이지. 그것을 놔 두고 갈게.

허 미 아   뭐라고! 라이센더에게?

헬 레 나   아니, 디미트리어스에게.

라이센더   걱정하지 마, 헬레나. 허미아는 당신을 해치지 않을 테니.

디미트리어스   절대 그럴 수 없지, 네가 이 여자 편을 들더라도.

헬 레 나   모르는 소리 말아요. 이래뵈도 저애는 벌컥 화를 내면, 기민하고 영악해요. 학교때부터 여우처럼 난폭했죠. 몸집은 작지만 앙칼지답니다.

허 미 아   또 작다고 하네! 키와 몸뚱이가 작다는 타령뿐이구나. 나를 이토록 업신여기니 가만히 있을 수 없어. 요 계집애 맛좀 봐라, 덮치자!

라이센더 꺼져, 요 난쟁이야. 땅딸이, 꼬마, 콩알, 도토리!
디미트리어스 넌 참견이 심해. 헬레나는 너의 잔심부름을 탐탁히 여기지 않아. 다시는 헬레나 이름을 입 밖에 내지 마. 이 여자 편들 것 없다. 알겠는가, 이 여자를 사랑하는 체하지 마라. 계속 그러면 내버려두지 않겠다.
라이센더 이젠 이 여자로부터 해방이로구나. 자, 네놈이 남자다운 용기가 있으면 나를 따라오너라. 네놈이냐, 나냐. 누가 헬레나를 품에 안을 것인지 칼로 결판내자.
디미트리어스 따라오라고? 안 돼, 어깨를 나란히 해서 걷자. (라이센더와 디미트리어스 퇴장)
허 미 아 대단한 여자로군. 이 소동은 모두 너 때문이야. 그러니, 도망칠 필요는 없어.
헬 레 나 나는 너를 믿을 수 없어. 너하고 더 이상 싸우고 싶지 않아. 싸울 땐 네 손이 나보다 빠르겠지만 도망칠 때는 내 발이 더 빠르지.
허 미 아 놀랍군, 할말을 잊었어. (퇴장)

오베론과 퍽 앞으로 나온다.

오 베 론 모든 게 네놈이 태만한 탓이다. 네놈은 언제나 실수를 하거나, 장난질하거나 둘 중의 하나야.
퍽 요정 임금님, 믿어주세요, 이번만은 실수였어요. 아테네인의 복장을 했으니 척하면 알 수 있다고

	임금님께서 말씀하지 않으셨습니까? 제가 한 짓은 이 문제에 관한 한 무죄올시다. 아테네인의 눈에 사랑의 묘약을 떨어뜨리는 문제에 관한 한 저는 분부대로 했으니 유쾌하기 그지 없습니다. 물고 뜯고 싸우는 싸움판은 눈요깃감이었습니다.
오 베 론	지금, 두 연인들은 결투장을 찾고 있다. 그러니, 어서 밤의 장막을 펼쳐라. 별이 빛나는 저 하늘의 지옥의 아케론 산처럼 캄캄한 안개를 뒤덮이도록 하라. 그렇게 해서 저 살기등등한 연적들이 길을 잃도록 하라. 어쨌든 두 사람이 만나지 않으면 된다. 때로 너는 라이센더 목소리를 흉내내어 디미트리어스에게 욕바가지를 퍼부어 그를 노하게 만들고, 때로는 디미트리어스의 음색으로 악담을 늘어놓아 두 사람을 따로따로 떼어놓아라. 그러는 동안 죽음 같은 깊은 잠이 두 사람 눈꺼풀 위에 납덩이 같은 걸음걸이로 박쥐날개 펴듯이 소리 없이 다가올 것이다. 너는 그때를 놓치지 말고 이 풀잎즙을 짜서 라이센더의 눈에 뿌려라. 이 약물이 효험을 발휘해, 그가 잘못 보던 것을 바로 보게 할 것이다. 그는 그전처럼 사물을 보는 힘을 회복할 것이다. 그들이 이번에 눈을 뜨면, 이번 헛소동이 한낱 꿈이요, 부질없는 환상임을 알게 되어 연인들은 사이좋게 아테네로 돌아갈 것이다. 그런 다음 그들의 애정은 죽을 때까지 변함없으리라. 이 일은, 퍽, 네게 맡기마. 나는 왕비로

	부터 인도 소년을 얻으련다. 이 일이 잘 풀리면, 괴물에 홀려 미쳐 있는 그녀의 눈을 정상으로 회복시켜, 세상만사 모두 평화를 얻으리라.
퍽	임금님, 이 일은 급히 서둘러야 합니다. 밤의 여신을 태운 수레를 끄는 용들이 구름을 헤치고 갔습니다. 저 하늘 끝자락에 이미 새벽의 여신 오로라가 보이기 때문이죠. 저것이 다가오면, 여기저기 헤메는 유령들이 떼지어 무덤으로 돌아갑니다. 십자로나 바닷속에 묻힌 떠오르지 못하는 망령들은 이미 구더기가 들끓는 자기네 잠자리로 돌아갔습니다. 아침 햇살에 그들의 처참한 몰골을 보여주기 싫어서 그들은 일부러 빛을 멀리하고 있습니다. 영원히 검은 얼굴의 밤과 함께 지내기 때문입니다.
오베론	하지만 우리는 그들과는 전혀 다른 정령(精靈)이다. 나는 곧잘 아침의 연인 오로라와 노닥거린다. 마치 숲지기처럼 숲속을 거닐며 동녘 하늘이 붉게 타오르며 빨갛게 물들 때, 넓은 바다 암록색 물결이 아름답고 은혜로운 빛으로, 차츰 금빛으로 변하는 것을 평화로이 바라보곤 했지. 그건 그렇고 빨리 서둘러라. 꾸물대지 말고 아침 해가 떠오르기 전에 이 일을 처리해야 한다. (퇴장)
퍽	위로 아래로, 위로 아래로, 너희들을 위로 아래로 끌고 다니련다. 들에서나 마을에서나 천하장군 퍽 나오리다. 악귀야, 요것들을 위아래로 끌어라.

저기 한 놈이 오는군.

라이센더 등장.

라이센더 어디 있느냐, 디미트리어스? 대답하라.
퍽 여기다, 악당. 칼을 뽑고 기다리고 있다. 네놈은 어디냐?
라이센더 거기서 기다려라. 곧 가마.
퍽 따라오너라. 평평한 땅으로 가자. (퍽의 소리 따라 라이센더 퇴장)

디미트리어스 등장.

디미트리어스　라이센더, 이놈아! 대답하라. 도망자, 겁쟁이, 어디로 뛰었느냐? 말하라! 덤불 속이냐? 어디다 머리를 감추었느냐?

퍽　(라이센더 목소리를 흉내낸다) 뭐라고, 겁쟁이, 너 별을 쳐다보고 으시대냐. 덤불을 상대로 결투하려는가? 이놈, 겁쟁이, 풋내기! 네놈은 몽둥이 찜질 감이야, 네놈한테 칼을 빼 봤자 내 손만 더럽혀.

디미트리어스　요놈, 거기 있구나?

퍽　내 목소리를 따라오너라, 여기선 싸울 수 없다.
(디미트리어스, 퍽의 목소리 따라 퇴장)

라이센더 등장.

라이센더　언제나 앞장서서 도전해 오는데 그놈이 부르는 곳에 가보면 흔적도 없어. 악당놈 발이 나보다 빠르네. 나도 급히 뒤쫓지만 더 빨리 도망치니. 꼼짝 못하게 울퉁불퉁한 캄캄한 곳에서 길을 잃었네. 여기서 잠시 쉬었다 가자. (눕는다) 새벽이여, 밝아라. 조금이라도 훤히 밝혀주면, 나는 반드시 디미트리어스를 찾아내어 복수를 할테다. (잠든다)

퍽, 디미트리어스 등장.

퍽　비겁한 놈, 왜 따라오지 못하는 거냐?

디미트리어스　기다려, 용기가 있으면. 네놈은 아까부터 이

	리저리 피하고만 있구나. 나와 맞상대하기 싫어서지. 지금은 어디 있느냐?
퍽	여기다, 여기 있다.
디미트리어스	요녀석, 나를 놀려대네. 아침녘에 네놈을 만나기만 하면 혼쭐을 내놓을 테다. 지쳤으니 싸늘한 땅 위에서 몸을 쉬도록 하자. 아침이 되면 만날 테니 단단히 각오하고 있어라. (잔다)

헬레나 등장.

헬 레 나	아, 지루한 밤이여, 길고 권태로운 밤이여, 빨리 지나가다오! 동녘하늘에서 태어나는 위안이여, 그 빛을 비추어다오. 그리하여 내가 아침 햇살을 받고 아테네로 가도록 해다오. 잠이여, 슬픔의 눈을 감겨주는 잠이여, 살짝 내 눈에 밀려와 내가 싫어하는 친구를 피할 수 있도록 나를 잠재워다오. (옆으로 누워 잠든다)
퍽	아직도 셋뿐인가? 한 사람 더 오너라. 같은 짝이 둘이면 넷이 된다. 아, 저기 오는구나, 몹시 지치고 슬픈 모양이군. 큐피드는 심술쟁이. 고이 잠들라, 네 눈꺼풀에 약을 발라주마, 가여운 연인이여. (라이센더의 눈에 꽃즙을 떨어뜨린다) 그대 깨어나면, 그대 눈동자에 비치는 옛 연인의 기쁜 모습이여. 옛말에도 있듯이 자신의 것은 자기 것, 가련한 연인을 미치게 만들다니!

허미아 등장.

허미아 이토록 지치고 슬픈 적이 없었어. 이슬에 흠뻑 젖고 장미가시에 이 마음이 찢겼네. 이젠 더 이상 길 수도 없고, 갈 수도 없어. 마음은 간절하지만 다리가 말을 듣지 않아. 동틀 때까지 여기서 쉬자. 하느님, 만일 두 사람의 싸움이 벌어지면, 나의 사랑 라이센더를 지켜주십시오. (누워서 잔다)

퍽 땅 위에 눈을 뜨면 가장 먼저 보이는 것, 그녀는 또다시 그의 것, 그래서 세상은 기쁜거지. 남자가 암컷을 품에 안으면, 모든 일은 제대로 풀리는 법이거든. (퇴장)

제4막

제1장 같은 곳

라이센더, 디미트리어스, 헬레나, 그리고 허미아 여전히 잠들어 있다. 타이테니아와 보톰 등장, 콩꽃 · 거미줄 · 부나비 · 겨자씨 및 그 밖의 요정들이 뒤따른다. 오베론이 아무에게도 보이지 않은 상황에서 배후에서 등장.

타이테니아   여기 와서 이 꽃침대 위에 앉으세요. 그러면 나는 당신의 귀여운 뺨을 어루만지며, 당신의 매끄럽고 부드러운 머리에 사향장미를 꽂고, 아름답고 큼직한 귀에 입맞춰 드릴게요.
보 톰   콩꽃은 어디 있는가?
콩 꽃   여기 있습니다.
보 톰   내 머리를 긁어다오, 콩꽃이여. 거미줄은 어디 있는가?

거 미 줄 네, 여기 있습니다.

보   톰 거미줄, 너는 무기를 들고 가서 엉겅퀴 위에 앉아 있는 붉은엉덩이벌을 죽여라. 그리고 나서 꿀단지를 갖다 주게. 하지만 너무 서둘러 꿀단지가 깨지지 않도록 조심하게. 자네 머리 위에 꿀단지가 쏟아지면 곤란하네. 그리고 겨자씨는 어디 있는가?

겨 자 씨 여기 있습니다.

보   톰 겨자씨, 나랑 악수하자. 인사는 그 정도로 하면 족하니까.

겨 자 씨 분부하실 내용은 무엇입니까?

보   톰 별일 아니네. 거미줄 양반을 도와서 내 머리 좀 긁어다오. 아무래도 이발소에 가야겠어. 얼굴이 온통 털북숭이가 된 느낌이야. 나 이래뵈도 신경이 예민한 당나귀여서 털 때문에 근질근질해서 견딜 수 없군.

타이테니아 님이여, 음악을 좀 들어 보시렵니까?

보   톰 그거 좋지. 나는 음악을 들을 줄 아는 귀를 지니고 있어. 화젓가락과 뼈다귀를 가져오너라.

타이테니아 아니면 무엇을 좀 잡수시겠어요?

보   톰 여물 한 통 먹어야겠소. 건초 몇 다발도 얹어주시오. 달콤하고 좋은 건초보다 더 좋은 음식은 없으니까.

타이테니아 용감한 요정을 보내 다람쥐 창고를 뒤지게 해서 새로 딴 신선한 호두를 가져오게 하죠.

보   톰 아니, 그것보다는 마른콩을 먹고 싶소. 사실 나는

248 한여름 밤의 꿈

지금 잠을 자고 싶소. 그러니 모두들 조용히 있어 주면 좋겠소.

타이테니아 그러면 편히 잠드세요, 제가 이 가슴에 안아 드릴게요. 요정들아, 모두들 비켜라, 모두들 가거라. (요정들 퇴장) 이토록 덩굴이 인동 덩굴나무를 부드럽게 감듯이, 담쟁이 덩굴이 느티나무 가지에 얽히듯이 나는 당신을 사랑해요! 당신을 사모해요! (그들은 잠든다)

퍽 등장.

오베론 (앞으로 나서며) 이 아름다운 광경이 보이느냐? 나는 그녀의 사랑이 측은한 생각이 드는구나. 조금 전에 숲속에서 그녀를 만났을 때, 그녀가 이 저주스런 바보를 위해 향기로운 꽃을 찾고 있기에, 그녀를 나무라다가 그녀와 싸우게 됐다. 그때에는 이미 이놈의 털북숭이 이마에 신선한 향기를 내뿜는 화관을 씌우고 있었지. 그리하여 꽃봉우리에 맺혀 있는 이슬방울이 동양의 진주처럼 눈부시게 빛나고 있었는데, 지금 그녀의 눈은 작은 꽃들의 눈꺼풀인양 나의 불명예를 슬퍼하는 눈물방울이 되어 떨고 있다. 내가 그녀를 조롱하며 책망했더니, 그녀는 얌전하게 참아달라고 간청했다. 나는 그녀에게 아이를 요구했더니 즉석에서 승낙하여, 요정을 시켜서 그 아이를 요정의

나라인 내 정자에 보냈다. 지금 이 아이를 수중에 넣었으니, 그녀의 눈으로부터 마술을 풀어주어야 겠다. 그러니 퍽, 너도 이 당나귀 대가리를 얼간이 아테네 사람의 목에서 떼어주도록 하라. 그리하여 다른 녀석들과 함께 이놈이 눈을 뜨면, 모두들 아테네로 돌아가서 모든 일이 꿈 속에서 일어난 어처구니없는 소동이었다고 알려주어라. 우선 내가 타이테니아의 악몽을 풀어줘야겠다. (꽃즙을 짜서 그녀의 눈꺼풀에 떨어뜨린다) 자 이제 너의 옛날 모습으로 돌아가거라, 너의 옛날 눈으로 되찾거라. 큐피드의 꽃의 마력보다는 다이애나의 꽃봉우리에 더 큰 은혜가 있으라. 자, 나의 사랑 타이테니아여, 왕비여, 눈을 뜨고 깨어나라.

타이테니아 (깨어나며) 오베론! 나는 이상한 꿈을 꾸었어요! 내가 당나귀에 반해서 들떠 있었어요.

오 베 론 저기 그대의 연인이 누워 있소.

타이테니아 어떻게 이런 일이 일어날 수 있죠? 아, 나는 지금 저 몰골을 쳐다보기도 싫어요!

오 베 론 잠깐만 조용히 하라. 퍽, 저 당나귀 머리를 벗겨주어라. 타이테니아, 음악을 연주토록 하오. 이 다섯 사람을 깊은 잠에 빠지도록 합시다.

타이테니 자, 음악이다! 잠들게 하는 음악이다! (조용한 음악)

퍽 (보톰의 머리에서 당나귀 머리를 떼어 놓는다) 네가 깨어나면, 본래 지녔던 어리석은 눈으로 세상을 보라.
오 베 론   음악 소리를 더욱 크게 연주하라! 왕비여, 손을 잡읍시다. 그러고 나서 다섯 사람이 잠드는 이 땅을 흔들어 줍시다. (오베론과 타이테니아, 춤춘다) 우리 둘은 사랑 속에서 새로 결합되었소. 내일 밤 앞날을 축복하며, 시시어스 공작 혼례식에서 기쁨 속에 흥청거리며 춤을 추고, 자손의 번영을 축하해 줍시다. 이 두 쌍의 연인들도 시시어스와 함께 결혼식을 성대하게 치르도록 만들어 줍시다.
퍽   요정 임금님, 들어보세요, 아침에 우짖는 종달새 소리를.
오 베 론   왕비여, 갑시다. 묵묵히 신중한 모습으로 사라져 가는 밤의 그림자를 좇아, 흐르는 달보다 더 빠른 속도로 지구를 한바퀴 돌고 돌면서.
타이테니아   그래요, 갑시다. 날며 갑시다. 말해주세요, 어째서 이 밤에 이들 인간들과 이 땅 위에 누워서 제가 잠들며 꿈꾸고 있었는지를. (요정들 퇴장. 네 연인들과 보톰은 잠들어 있다)

안에서 뿔피리 소리 들린다. 시시어스, 히폴리타, 이지어스 그리고 시종들 등장.

시시어스   누구든지 가서 산지기를 불러오너라. 이것으로 오월제(五月祭) 행사도 무사히 끝났다. 하지만 본 행사는 이제부터이니, 사랑하는 히폴리타에게 사냥개들의 음악을 들려주고 싶다. 서쪽 계곡에 사냥개들을 풀어 놔라. 자, 어서 가서 산지기를 불러오너라. (시종 퇴장) 아름다운 히폴리타, 우리들은 저 산꼭대기에 올라가서, 사냥개들이 일제히 짖어대는 요란한 소리와, 그 소리에 화답하며 메아리치는 음악을 들어봅시다.

히폴리타 옛날에 나는 허큐리즈, 캐드머스와 함께 크리트 섬 숲에 가서 사냥개들을 풀어놓고 곰사냥을 한 적이 있어요. 그때 용맹스럽게 짖어대던 사냥개 울음소리를 잊을 수 없어요. 그것은 마치 숲과 하늘과 샘물이 한꺼번에 소리를 지르는 것과 같았죠. 그토록 아름다운 불협화음, 그토록 기분 좋은 우렛소리는 평생 들어 본 적이 없어요.

시시어스 내 사냥개들은 몽땅 스파르타 종자이기 때문에, 턱은 늘어지고 털 빛깔은 갈색이며, 머리에는 아침이슬을 떨쳐버릴 수 있는 큰 귀가 달리고, 무릎은 굽고, 가슴은 테살리 황소처럼 군살이 철렁댔지. 사냥감을 뒤쫓는 걸음은 느렸지만, 짖는 소리는 흡사 크고 작은 종(鍾)들처럼 잘 조화를 이루고 있었지. 그토록 높낮이가 맞아 떨어지는 사냥개 무리들의 합창은, 크리트 · 스파르타 · 테살리에 있는 어떤 사냥꾼들도 그들의 뿔피리로 반주해 본 적은 없을 것이다. 들어 보면 한번에 알 수 있어. 그런데 누구야, 저 숲의 여신들은?

이지어스 공작님, 이곳에 잠들고 있는 것은 제 딸자식입니다. 여기에 라이센더가 있고, 또 저기에는 디미트리어스, 이곳에는 헬레나, 늙은 네다의 딸이 있습죠. 어째서 넷이 옹기종기 모여 있는지 알 수 없습니다.

시시어스   아마 오월제의 꽃을 따기 위해 일찍 일어나 이 숲에 왔을 것이다. 그러다가 우리들 축제 얘기를 듣고 인사를 드리려고 이곳에서 기다리고 있었겠지. 그건 그렇고, 이지어스, 오늘이 틀림없이 허미아가 누구를 선택할 것인지 대답하는 날이지?

이지어스   그렇습니다, 공작님.

시시어스   사냥꾼들에게 일러 뿔피리를 불어 네 사람을 깨우도록 하라. (안에서 뿔피리 소리. 네 연인들 잠을 깨며 일어난다) 안녕들 한가. 성(聖)발렌타인 날은 지났는데, 이 숲의 새들은 아직도 연인 상대를 찾고 있는가?

라이센더   용서하십시오, 공작님. (연인들, 무릎을 꿇고 있다)

시시어스   모두들 일어나게. 너희 둘은 사랑싸움의 적수들이지. 그런데 어찌된 일로 이토록 사이가 좋아졌는가. 서로 증오하면서도 아무런 질투심도 없고, 서로 두려워하면서도 원수와 함께 잠을 자다니?

라이센더   저도 어리둥절해서 확실히는 모르지만 아는대로 답변드리겠습니다. 비몽사몽이라 아직도 어떻게 이곳까지 왔는지 기억이 나지 않습니다만, 진실을 말씀드리려고 지금 생각해보니 저는 아테네에서 도망쳐 허미아와 함께 이곳에 왔습니다. 아테네 법의 위험을 피해보자는 심산이었습니다.

이지어스   그것으로 충분합니다, 공작님. 그만하면 충분한 증거가 됩니다. 이 사람에게 법의 심판을 청원하옵니다. 두 사람은 사랑의 도피를 꾀하려 했습니다. 디미트리어스, 너와 나를 빼돌리고 말이야. 그리하여 너로부터는 아내를, 나로부터는 딸을 너에게 주려는 허락을 탈취코자 했어.

디미트리어스   공작님, 실은 아름다운 헬레나로부터 두 사람의 사랑의 도피에 관해서, 이 숲에서 서로 만날 약속이라는 얘기를 듣고, 저는 울화가 치밀어 여기까지 뒤쫓아왔습니다. 저를 사모하던 헬레나도 당연히 따라왔습니다. 하지만 어떤 힘에 이끌려 왔는지 알 수 없습니다——그러나 어떤 힘이 작용했던 것만은 분명합니다. 허미아에 대한 저의 사랑은 눈처럼 녹아버려, 어릴 때 몰두했던 귀중한 장난감이 지금은 보잘것없는 어릴 적 추억에 지나지 않는다는 느낌 정도죠. 저의 사랑의 진실은, 제 가슴속 깊이에 숨겨져 있는 것은, 제 눈이 찾고 있는 것이요, 위안이기도 한 헬레나입니다. 공작님, 헬레나는, 제가 허미아를 만나기 전에 약혼을 약속한 사이입니다. 하지만 지금은 병들었을 때 싫어한 음식을 건강해지니 저절로 다시 찾게 된 꼴이 되었습니다. 지금은 옛날 음식을 찾아 사랑하고 그리워하며 영원히 충실해지고자 하는 일념뿐입니다.

시시어스 사랑하는 젊은이들이여, 잘들 만났다. 너희들의 사랑타령은 나중에 천천히 듣도록 하자. 이지어스, 그대의 뜻을 억누르는 격이 되지만, 나는 이 두 쌍의 연인들을 우리들과 함께 신전으로 인도해서 영원한 사랑의 맹세를 하도록 하겠다. 아침나절의 시간도 어지간히 지난 듯하니 사냥 계획은 취소하도록 하겠다. 모두 함께 아테네로 돌아가자. 거기서 세 쌍 연인들의 행복한 결연을 축하하는 뜻으로 잔치를 벌이자. 갑시다, 히폴리타.
(시시어스, 히폴리타, 이지어스, 시종들 퇴장)

디미트리어스 아득한 저 산들이 구름 속에 사라지듯이, 모든 일이 하찮은 일이 되어 가물가물 사라지네.

허 미 아 지금까지의 일들이 따로따로 눈에 띈 듯하고, 이중(二重)으로 보이기만 하네요.

헬 레 나 나도 그래, 디미트리어스는 내가 길에서 주운 보석처럼 느껴져요. 내 것 같기도 하고, 남의 것 같기도 하고.

디미트리어스 확실해? 우리가 깨어 있는 것이 확실한 거야? 아직도 나는 꿈을 꾸고 있는 기분이야. 정말로 공작님은 우리에게 따라오라 했소?

허 미 아 그래요, 아버지도 계셨어요.

헬 레 나 히폴리타도 있었죠.

라이센더 공작님은 신전으로 오라고 하셨어.

디미트리어스 그렇다면 우리는 깨어 있는 것이다. 공작님 뒤를 따르자. 걸어가면서 우리들 꿈얘기를 털어

놓자. (퇴장)

보 톰   (깨어나면서) 내 차례가 오면 말해줘, 대사를 할 테니. 내 대사의 다음 시작은 '아름다운 나의 피라므스여'이다. 이봐, 피터 퀸스! 풀무장이 풀루트? 땜장이 스너우트? 스타블링? 이거 웬일이야! 나를 잠들게 해놓고 모두들 뺑소니쳤구나! 세상에도 희한한 광경이었어. 내가 본 꿈 말일세. 그 꿈이 어떤 꿈인지는 인간의 지혜로선 어림도 없어. 이 꿈을 해몽하겠다고 껍적대는 녀석들은 어리석은 당나귀 같은 놈들이지. 내가 어떻게 되었는지 —— 무엇이 되었는지 말할 수 있는 작자들이 있을까 보냐. 내가 —— 내 머리에 —— 무엇이 솟아났는지 말할 수 있다고 떠벌리는 놈은 얼간이 개뼈다귀다. 일찍이 인간의 눈이 듣지도 못하고, 귀가 보지도 못한 것이지. 일찍이 인간의 손이 맛보지도 못하고, 혓바닥이 생각도 못한 일이지. 내가 본 것은 일찍이 인간의 마음이 지껄여보지도 못한 해괴망측한 꿈이었다. 피터 퀸스에게 부탁해서 이 꿈에 노래를 붙여달라고 하자. 제목은 '보톰의 꿈'이다. 밑도 끝도 없는 꿈이기 때문이야. 이 노래를 공작님 앞에서 연극이 끝날 때 불러야지. 아니, 더 재미있게 하려면 시스비가 죽을 때 부르는 것이 좋겠어. (퇴장)

제 2 장 아테네, 퀸스의 집

퀸스, 플루트, 스너우트, 스타블링 등장.

퀸   스   보톰 집에 사람을 보냈나? 아직도 집에 돌아오지 않았는가?

스타블링   소식이 있을 턱이 없지. 틀림없이 귀신이 되었다니깐.

플 루 트   그 녀석이 돌아오지 않으면 연극은 끝장이다. 해낼 도리가 없어, 안 그래?

퀸   스   그래, 맞아. 아테네를 이잡듯 뒤져봐도 피라므스를 해낼 사람은 보톰 외에는 없어.

플 루 트   맞았어. 아테네 직업인 가운데서 그만한 재줏덩어리를 만날 수 없지.

퀸   스   풍채도 좋고 게다가 목소리 하나는 끝내주지.

플 루 트   그럴 땐 '빼어났다' 라고 말하는 법이야. '끝내줬다' 니, 글쎄 매사에 꼴찌란 말이냐, 딱하다 딱해.

스너그 등장.

스너그   여보게들, 공작님이 신전에서 나오시네. 그분 말고도 두세 쌍의 귀족들이 시집장가가는 모양이야. 우리들이 한마당 판을 벌였으면 모두들 출세

길에 접어들었을 텐데.

플 루 트 아, 이럴 때 보톰 나으리가 계셨으면 오죽 좋았을까! 그 양반도 평생 매일 육 펜스씩 척척 받아 챙겼을 텐데. 그의 피라므스를 보고 공작님이 하루 육 펜스씩 수당을 내놓지 않으면 당장 내 목을 날려도 좋아. 보톰녀석은 그만한 값어치가 있어. 피라므스 역은 하루 육 펜스씩 또박또박 거머쥐었을 텐데.

보톰 등장.

보　　　톰　여봐라, 다들 어디 있어?
퀸　　　스　보톰! 야, 신바람난다! 얼씨구, 절씨구!
보　　　톰　여보게들, 세상에 기막힌 얘기 좀 들어 보게나. 하지만 꼬치꼬치 캐묻지는 말게. 내가 어처구니 없는 이 일을 몽땅 말할 수 있다면, 나는 진정한 아테네 사람이 아니네. 지금부터 일어난 일을 차근차근 털어놓겠네.
퀸　　　스　알겠네, 보톰.
보　　　톰　한 마디도 할 수 없어. 내가 말할 수 있는 것은 공작님이 식사를 마치셨다는 것뿐이야. 여보게들, 의상을 걸치고 튼튼한 실로 수염을 조여. 단화에는 새 리본을 달아야 해. 그러고 나서 즉시 궁전으로 집합해. 각자 맡은 대사를 잘 살피도록. 요약해서 간단히 말한다면 우리 연극이 초청받았다이 말씀이야. 하여튼 시스비는 깨끗한 모시옷을 입어야 해. 라이온 역은 손톱을 자르지 말게나. 라이온의 손톱은 길게 뻗었으니까. 아뿔싸, 친애하는 배우 여러분, 양파나 마늘을 삼가도록. 향긋한 입김을 뿜어대야 할 거 아냐. 그렇게 되면 틀림없이 우리 연극은 달콤한 희극이라는 칭찬을 받게 될거야. 내 말은 요것뿐이다. 자, 가자! 가자! (일동 퇴장)

제5막

제1장 시시어스의 궁전

시시어스, 히폴리타, 필러스트레이트, 귀족 및 시종들 등장.

히폴리타 시시어스, 이들 젊은 연인들의 얘기는 정말 이상하군요.

시시어스 너무 이상해서 사실처럼 들리지 않고 괴상하고 진귀한 얘기라서 믿을 수도 없어요. 연인들과 광인들의 머릿속은 끓고 소용돌이쳐, 도저히 있을 수 없는 환영을 만들어낸다오. 그 때문에 냉정한 이성으로는 어림없는 상상을 하죠. 광인과 연인과 그리고 시인은 오로지 상상력 덩어리라 해도 무방하오. 넓고 넓은 지옥이 포용 못하는 악귀들을 광인들은 본다오. 연인도 이에 못지않게 미쳐 있어서 거무튀튀한 집시 여인 속에서 절세미녀

헬렌을 본다오. 시인의 눈은 황홀한 열광 속에서 너울거리기에, 하늘에서 땅을 굽어보고, 땅에서 하늘을 우러러보죠. 상상력이 미지(未知)의 사물을 그려보면, 시인의 펜은 확실한 형태를 주며, 있지도 않는 텅 빈 무(無)에 대해 있어야 하는 장소와 존재하는 이름을 주고 있어요. 상상력은 그와 같은 마술을 지니고 있기 때문에, 즐거움을 느끼고 싶다고 소망하면, 그 기쁨을 중개하도록 힘을 발휘하죠. 그러기에 캄캄한 밤에 어떤 공포를 상상만 해도, 수풀은 순식간에 곰으로 변한다오!

히폴리타 하지만 어젯밤 얘기를 몽땅 듣고 보니, 모두들 마음이 이상하게 변했어요, 그것은 상상력이 만든 환영 이상의 것, 그 이상의 힘이 현실적으로 작용했다고 본다면 신비로운 정말 얘기군요.

시시어스 기쁨에 넘쳐, 흥에 겨운 연인들이 오고 있다. 기쁨이여, 친구들이여, 기쁨과 사랑의 청순한 세월이 그대들 가슴에 넘치고, 넘치도록!

라이센더 그보다 더 풍성한 행운이 공작님 가시는 산책길 걸음마다, 식탁에도, 침실에도, 가득히 넘치도록 기원합니다!

시시어스 시작해 보라, 어떤 가면극으로 어떤 춤으로. 저녁을 마치고 침실에 들기까지의 세 시간을, 그 지루하고 따분한 시간을 메워 줄 것인가? 놀이담당 책임자는 어디 있는가? 어떤 여흥이 준비되어 있는가? 괴로운 시간의 고통을 덜어 줄 연극은 없는

가? 필러스트레이트를 불러들여라.

필러스트레이트 (앞으로 나서며) 여기 있습니다, 공작 각하.

시시어스 오늘 저녁에는 어떤 오락을 마련했는고? 가면극이냐? 음악이냐? 뭔가 유쾌하고 즐거운 일이 없으면, 이토록 더딘 시간의 걸음을 어떻게 잊겠느냐?

필러스트레이트 준비된 여흥 일람표가 여기 마련돼 있습니다. 무엇을 먼저 구경하실는지 공작님께서 선택해 주십시오. (일람표를 넘겨 준다)

시시어스 (읽는다) '괴물 켄토로스와의 싸움, 하프 반주에 아테네 한관의 노래'── 이건 사양한다. 내 친척 허큐리즈의 무용담은 이미 내가 히폴리타에게 들려 주었노라.

(읽는다) '주신 바쿠스를 섬기는 무녀들의 분노, 트라키아의 가수 오르페우스에게 폭행한 이야기?' ── 이것은 낡은 취향이다. 지난 번 내가 테베를 정복하고 개선했을 때 이 연극을 봤었지.

(읽는다) '아홉 여신 뮤즈들이, 빈곤 속에서 병들어 죽은 고명한 학자들을 애도하는 노래'? ── 이건 풍자적이고, 너무 비판적이어서 즐거운 결혼 축하연에는 어울리지 않아.

(읽는다) '젊은 피라므스와 그 연인 시스비의 지루하고도 간결한 비극적 희극의 장면?' ── 희극적 비극? 지루하고도 간결해? 그렇다면 어둠 속의 불꽃, 불타는 눈 같은 것 아닌가! 이 같은 부조

화를 어떻게 조화시킨단 말인가?

필러스트레이트 공작 각하, 이 연극은 대사가 열 마디밖에 안 되는 극으로서, 제가 아는 한 가장 간결한 연극입니다. 그런데 열 마디밖에 안 되는 이 연극도 너무 늘어져서 지루한 연극이 되었습니다. 그 까닭인즉, 이 연극에는 적절한 대사 한마디 없고, 역할에 맞는 배우라곤 한 사람도 없습니다. 공작 각하, 이건 확실히 비극입니다. 피라므스가 자살을 하니까요. 저도 연습할 때 보았습니다만 솔직히 말씀드려, 제 눈은 눈물바다였죠. 너무나 웃겨 헛배잡고 대굴대굴 구르며 웃었을 정도입니다.

시시어스 어떤 패거리들이냐, 이 연극을 하는 사람들은?

필러스트레이트 이곳 아테네에서 손바닥에 비지땀을 흘리는 직공들입니다. 그들은 지금까지 머리써서 일해 본 적이 없기 때문에, 생전 처음으로 기억력을 가동하여 대사를 암기해서, 공작님 결혼축하연에 연극을 보여드리려고 하는 것입니다.

시시어스 좋아, 그 연극을 구경하도록 하지.

필러스트레이트 공작님, 행동을 삼가십시오. 공작님이 보실 만한 것이 못됩니다. 저도 몇번 보았습니다만 정말 아무것도 아니옵니다. 그저 공작님에게 티끌만한 위안이라도 되었으면 하는 일념으로 대사를 얼기설기 엮었으니 고생해서 암기한 이들의 노고와 의도를 알아주신다면 그것으로 흡족하옵니다.

시시어스 나는 그 연극을 보고 싶다. 순박하고 충실한 마음이 제공하는 일은 무엇이든 틀림없이 훌륭한 법이다. 그자들을 불러라. 부인들도 모두 자리를 잡고 앉으시오. (필러스트레이트 퇴장)

히폴리타 보고 싶지 않아요, 충성심과 의무감으로 일을 하다가 실패하는 가련한 모습을 어떻게 봅니까?

시시어스 염려 말아요, 그런 일은 없을 테니.

히폴리타 하지만 그 사람 말로는 별볼일없다잖습니까?

시시어스 별볼일없는 일에도 고마워하는 것이 우리들의 각별한 친절심이오. 그리고 이들이 잘못하는 일을 좋게 보아주는 일도 흥겨운 일이오. 충성심을 갖고도 해낼 수 없는 일을, 결과로서가 아니라 그 열의를 보고 칭찬하는 일이 윗사람들의 기쁨이오. 언제던가, 어느 곳에서 대학자들이 나를 환영해서 미리 준비한 인사말을 하려 했는데, 내 앞에서 보니 몸이 떨리고 창백해져, 환영사가 갑자기 중단되었다오. 열심히 연습한 말도 겁에 질려 목에 걸리고 소리가 막혀 입밖에 내지 못했어요. 결국 환영사는 사라졌소. 하지만 히폴리타, 이 침묵 속에서도 나는 환영의 뜻을 감지할 수 있었어요. 겁에 질려 말 한마디 못하는 충성스런 마음의 겸손한 태도 속에, 겁없이 들이대는 혀놀림 이상의 웅변을 읽을 수 있었소. 사랑과 혀가 묶인 순박한 마음은 말수가 적을수록 더 많은 것이 내 귀에는 역력히 들리죠.

필러스트레이트, 다시 등장.

필러스트레이트 공작 각하, 서사역(序詞役) 등장입니다.
시시어스 시작해 보라.

나팔소리. 퀸스가 서사역으로 등장.

서사역 저희 연극을 보시고 기분이 상하시더라도 용서하십시오. 우리가 하는 일이 악의가 아님을 알아주세요. 성의를 다하려는 것은 이 연극을 시작한 진정한 목적입니다. 여러분은 여러분을 성가시게 하려고 우리들이 나섰는지 모른다고 생각하십시오. 여러분을 만족시키려는 생각은 없습니다. 그러나 여러분을 즐겁게 해드리고 싶습니다. 여러분이 후회하실 정도라면, 우리들은 여기 오지 않았을 것입니다. 배우들은 여기 기다리고 있습니다. 이들의 연극을 보시면, 여러분이 알고 싶은 모든 것을 알게 될 것입니다.
시시어스 어디서 어떻게 끝나는지, 이 사람은 구두점에 신경을 쓰지 않는군.
라이센더 성난 망아지처럼 말을 멈추지 않고 속사포처럼 지껄여대며 달리는군요. 그 덕택에 저는 좋은 교훈을 배웠습니다. 입만 놀린다고 말이 되는 것은 아니라는 것과, 옳게 말을 해야 말이 된다는 것을 지금 배웠습니다.

히폴리타   어린이가 피리를 불 듯이 말했죠──소리는 나
지만 무슨 소린지 알 수 없어요.
시시어스   그의 말은 마치 서로 엉긴 쇠사슬과 같아. 쇠사슬
하나 하나는 손색이 없지만 연결이 잘못됐어. 다
음은 누군가?

피라므스, 시스비, 담벼락, 달, 라이온 등장.

서 사 역   여러분, 이 광경을 보면 놀라시겠죠? 하지만 사실
이 밝혀질 때까지 계속 놀라십시오. 이 사람은 여
러분이 아시다시피 피라므스입니다. 그리고 이 아
름다운 여인은 시스비죠. 또 회칠과 흙벽칠을 한
이 사람은 담벼락입니다. 이 담벼락 갈라진 틈새
로 두 연인은 사랑을 속삭입니다. 그러니 제발 놀
라지 마세요. 개와 가시덤불과 등잔불을 든 이 사
람은 달빛으로 분장한 것입니다. 두 연인은 달을
받으며 나이너스의 무덤에서 만나 사랑을 하며 마
음을 털어놓습니다. 하지만 진짜 무서운 존재는
이 라이온입니다. 라이온은 약속에 따라 시스비가
밀회 장소에 오면 위협하고 공갈해서 넋을 뺄 뿐
아니라, 도망가면서 그녀가 흘린 망토에 뛰어들어
피묻은 입으로 그 망토를 물고 늘어지죠. 이윽고
그 장소에 날씬하고 잘생긴 피라므스가 나타나 피
묻은 시스비의 망토를 보고 죽었다고 생각합니다
그래서 피라므스는 피를 부르며 피에 굶주린 칼

을 뽑아 끓는 피로 용솟음치는 제 가슴을 힘껏 찔렀습니다. 물론 피라므스는 죽었죠. 그리고 뽕나무 숲에서 피라므스를 기다리던 시스비는 이것을 보고 피라므스의 칼로 스스로 목숨을 끊습니다. 나머지 얘기는 달빛과 라이온과 담벼락과 연인들이 무대 위에서 자세하게 말해 줄 것입니다. (서사역, 피라므스, 시스비, 라이온, 달빛 퇴장)

시시어스 라이온이 말을 하는가?

디미트리어스 어리석은 당나귀들이 설치며 바락바락 입을 놀리고 있는데, 라이온 한 마리쯤 말을 해도 이상할 건 없습니다.

담 벼 락 지금부터 이 연극에서, 어찌된 영문인지도 모르지만, 이 몸·스너우트가 담벼락 역할을 합니다. 즉 이 담벼락에는 갈라진 틈새가 있어서, 피라므스와 시스비가 이 사이로 불타는 가슴을 은밀하게 털어놓죠. 이 진흙과 회칠과 돌멩이가 증거죠. 나는 틀림없는 담벼락입니다. 거짓말은 안 합니다. 좌우에 갈라진 틈새가 있기 때문에, 겁에 질린 연인들이 사랑을 속삭입니다.

시시어스 회칠이나 머리털이 저토록 말을 잘할 수 있을까?

디미트리어스 저도 저렇게 말 잘하는 담벼락은 처음입니다.

피라므스 등장.

시시어스 피라므스가 담벼락에 접근했다. 쉬잇!

피라므스   오, 음산한 밤이여, 캄캄한 밤이여! 오, 밤이여, 낮이 가면 반드시 오는 어두운 밤이여! 오, 밤이여, 오, 밤이여, 어쩌면 좋아, 어쩌면 좋아. 시스비가 약속을 잊었다면 어쩌면 좋아! 그대 담벼락이여, 오 그립고 사랑스런 담벼락이여, 그녀 아버지 저택과 내 아버지 저택 사이를 가르며 서 있는 담이여, 이 눈으로 볼 수 있도록 틈새를 열어다오, (담벼락이 손가락을 벌린다) 자비로운 담벼락이여, 감사하오. 신의 은총이 내리소서. 아, 그런데 보이는 것이 없네? 아무것도 안 보여. 시스비는 어디 있느냐, 고얀 담이로다. 나의 사랑을 감추다니! 저주받을지어다, 담벼락돌이여, 감히 나를 속이다니!

시시어스   이 담벼락은 인간의 감정을 나타낼 수 있으니 틀림없이 저주의 앙갚음을 할 것이다.

피라므스   아니올시다, 공작님, 그렇게 될 수는 없습니다. '나를 속이다니'라는 대사를 계기로 시스비가 등장하면, 소생은 담벼락 갈라진 틈새로 들여다 보게 되어 있습니다. 보고 계십시오, 제가 말씀드린 대로 꼭 될 터이니. 이제 그녀가 등장합니다.

　　시스비, 다시 등장.

시 스 비   아, 담벼락이여, 그대는 여러 번 나의 한숨소리를 들었을 것이다. 네가 나와 피라므스 사이를 갈라놓고 있기 때문이지. 이 입술이 여러 번 너의 돌에 닿았다. 회칠과 머리털을 섞어서 만든 너의 돌담에.

피라므스   목소리가 들린다. 담벼락 틈새로 살짝 가서 들여다 보자. 시스비의 얼굴이 보일지 모른다. 아, 나의 시스비! 시스비 당신은 나의 영혼, 나의 연인, 그렇죠?

피라므스   그렇고 말고, 나는 당신의 연인이야. 리만더처럼 충성스런 참사랑이지.

시 스 비   헬렌처럼, 운명이 나를 멸망시킬 때까지 당신을 사랑할래요.

피라므스   샤파러스가 푸로크러스에게 바친 사랑도 이렇게 진실되지는 않았을 겁니다.

시 스 비   그 샤파러스가 푸로크러스에게 준 것 같은 사랑을 저는 당신에게 송두리째 바치겠어요.

피라므스   이 무정한 담벼락 틈새로 내게 키스해 주시오.

시 스 비   아, 슬프게도 담벼락 구멍만을 키스할 뿐, 당신의 입술에 닿지 않아요.

피라므스   니니의 무덤에서 나를 즉시 만나 주시겠소?

시 스 비   물론이죠. 살든 죽든 곧 가겠어요. (피라므스와 시스비 퇴장)

담 벼 락   나는 이렇게 해서 담벼락 역할을 해냈습니다. 일이 끝났으니 담벼락은 퇴장합니다. (퇴장)

시시어스   이웃사람을 가르고 있던 담벼락이 무너졌습니다.

디미트리어스   할 수 없습니다. 남의 얘기를 태연하게 엿듣기나 하는 담벼락이니까요.
히폴리타 이런 엉터리 연극은 처음이에요.
시시어스 연극이란 최고의 것이라도 인생에 비하면 한낱 그림자에 지나지 않는 법. 그래서 최하의 연극도 상상력으로 보완하면 인생의 그림자 이하는 될 수 없어.
히폴리타 하지만 그것은 당신의 상상력이지, 배우들의 것은 아니죠.
시시어스 배우들이 자신의 최상의 배역을 상상할 정도로, 우리들도 그들을 인정해 주기만 하면 명배우는 탄생하게 마련이야. 아, 멋진 짐승이 나타났네, 달빛과 라이온 아닌가?

라이온과 달빛 등장.

라 이 온 귀부인들이여, 여러분은 마루 위를 기어가는 쥐 한 마리에도 겁을 낼 만큼 양순한 마음씨를 지녔으니, 성난 라이온이 용감하게 울부짖으면 아마 공포에 질려 부들부들 떨게 되겠죠. 그래서 말씀 올립니다만 소생은 사실 접합공 스너그고, 이 무서운 라이온은 가짜올시다. 만약에 제가 진짜 라이온이 되어 이 자리에서 사람을 죽이러 왔다고 한다면 큰일나게요?
시시어스 아주 예의바른 짐승이로군, 분별력도 있고.
디미트리어스 짐승으로서는 최고죠, 사실은 저도 처음 봤습니다만.
라이센더 하지만 용기로 따지면 이 라이온은 여우에 불과합니다.
시시어스 맞았어, 지혜로 따진다면 멍텅구리 거위야.
디미트리어스 하지만 공작 각하. 저 남자의 용기로는 지혜를 얻을 수 없습니다. 하지만 여우는 거위를 손아귀에 넣을 수 있습니다.
시시어스 하지만 저 남자의 지혜는 용기를 보면 도망갈 것이다. 거위는 여우를 보면 도망가거든. 그 일은 저 남자의 지혜에 맡겨두고, 달빛이 하는 말에 귀 기울여 보자.
달 이 등잔불은 뿔돋은 초승달입니다.
디미트리어스 차라리 얼굴에 뿔이 났으면 좋았을걸.
시시어스 그는 초승달 얼굴이 아니다. 그의 뿔은 한가위 둥근달 속에 감춰져 있다.
달 이 등잔불은 뿔돋은 초승달입니다. 저는 달 속에 사는 달빛입니다.
시시어스 이건 너무했어. 지금까지 한 것 중에 가장 큰 잘못이다. 이 사람은 등잔불 속에 들어가야 돼. 그래야 달 속에 산다고 할 수 있지.
디미트리어스 안에 들어갈 수는 없겠죠. 촛불이 타고 있으니까요. 아니, 저 사람도 어찌된 곡절인지 지글지글 타고 있는 듯합니다.
히폴리타 이 달은 권태로워요. 빨리 사라질 수는 없나요.
시시어스 저길 보시오. 저 지혜의 빛이 희미해져가는 것을 보면, 저 달도 꺼져가고 있소. 그러니 예의로 보나 분위기로 보나 달이 사라져 버릴 때까지는 기다려야만 해요.
라이센더   달님이여, 다음으로 계속하라.
달   소생이 아뢰올 말씀은 이 등잔불은 달이요, 저는 달집에 사는 사람이요, 이 덤불은 저의 덤불로서, 이 개는 우리 집 개가 된다는 내용입니다.
디미트리어스   그것은 몽땅 등잔불 속에 있고 달 속에 있는 것이지. 쉬잇! 입을 다물자. 시스비가 오고 있네.

시스비 등장.

시 스 비   이곳이 니니의 무덤이군. 내 님은 어디 계시느냐?
라 이 온   으르렁——! (라이온은 으르렁대고, 시스비는 망토를 떨어뜨리고 도망친다)
디미트리어스   라이온, 잘 짖었다!
시시어스   시스비, 잘 도망치네!
히폴리타   달빛이여, 훤히 잘도 밝혀 주네. (라이온은 시스비의 망토를 입으로 물어 흔든 다음 퇴장)
시시어스   잘한다, 라이온, 잘도 문다.
디미트리어스   이렇게 해서 피라므스 등장한다.
라이센더   이렇게 해서 라이온 퇴장한다.

피라므스 등장.

피라므스   그리운 달이여, 감사하오. 그대의 밝은 빛이여, 감사하오. 달이여, 잘도 밝게 비춰 주었소, 그대의 은혜로운 황금빛 찬란한 빛으로, 진실로 진실한 시스비의 모습을 보리라. 기다려라, 아, 슬픔이여! 기다려라. 보아라, 가련한 기사여, 이곳에 깔린 짙은 슬픔을. 눈이여, 이 구슬픈 장면을 보고 있느냐? 이럴 수가 있단 말이냐? 귀여운 거위여! 사랑스런 거위여! 너의 망토는 산산조각나 찢기고 피로 붉게 물들었다. 복수의 신이여, 오너라! 오, 운명이여, 오너라. 오너라! 생명의 실오라기를 끊어라. 꺾고 무찌르고 결판내어 가라앉혀라!

시시어스   구슬픈 이 대사도 연인의 죽음을 생각하면 들을 만하군.

히폴리타   저 남자가 불쌍해 보이네요.

피라므스   오, 대자연이여, 어찌하여 라이온 같은 것을 창조해냈습니까? 라이온 때문에 연인은 꽃처럼 가셨나이다. 내 연인은 지금 이 순간까지—아, 도저히 견딜 수 없네—그녀는 이곳에 살아서 사랑받고 귀염받던 미인이었소. 눈물이여, 솟아올라라. 칼이여, 뛰쳐나와 상처를 입혀라. 이 피라므스의 가슴을. 그렇다, 왼편 젖가슴이다. 심장이 뛰고 있네. (자신의 가슴을 찌른다) 이렇게 해서 나는 죽어간다. 이렇게 해서 나는 죽는다. 이렇게 해서 나는 떠난다. 내 영혼은 하늘을 난다. 혓바닥이여, 빛을 꺼라. 달이여, 말하는 것을 멈추어라! (달빛 퇴장) 나는 죽는다, 죽는다, 죽는다, 죽는다, 죽는다. (죽는다)

디미트리어스 숱하게 죽는군. 한 번밖에 죽지 못하면서.

라이센더 한번도 못 돼. 죽었으니 이젠 아무것도 없어.

시시어스 의사에게 보이면 살아날 것이다. 그러면 바보는 백 번 죽어도 바보인 것이 입증되겠지.

히폴리타 어찌하여 달빛은 사라졌지요? 시스비가 돌아와서 연인을 발견해야 할 텐데?

시시어스 별빛으로도 찾을 수 있을 게요.

시스비 등장.

여기 오고 있네. 시스비의 슬픈 대사로 폐막이로군.

히폴리타 피라므스를 위해 넌덜머리나게 긴 대사를 늘어놓는 것은 아니죠. 간단히 끝났으면 좋겠어요.

디미트리어스 피라므스와 시스비를 저울에 달아 비교하면 어느 편이 더 나을 것인가? 피장파장일 거야. 티끌 하나 차이겠지. 남자역으로는 아깝고, 여자역으로는 징그러워.

라이센더 그 귀여운 눈으로 그 남자의 시체를 보았네.

디미트리어스 연인의 죽음을 슬퍼하며 말했도다…….

시 스 비 님이여, 주무시나요? 아니, 돌아가셨나요, 나의 비둘기여? 일어나세요, 나의 피라므스! 입을 여세요. 말을 하세요! 묵묵부답이셔? 죽었나요? 아아, 무덤 속에 당신의 아름다운 눈이 묻히다니. 백합꽃 같은 입술, 붉은 장미 같은 콧등, 노랑빛 두 뺨도 모두 모두 사라졌네. 슬퍼하라, 연인들이여, 그의 눈은 부추 같은 초록빛. 아, 운명의 여신들이여, 오라, 내곁으로. 우윳빛 같은 그대의 흰 손을 피로 물들이거라, 가위를 들고 님의 명주실 목숨을 끊는 그 손을. 혓바닥이여, 한마디 말도 하지 마라. 칼이여, 소원을 들어다오. 이 가슴의 피를 빨아들여라. (칼에 찔린다) 잘 가세요, 친구여. 시스비는 이렇게 죽었거늘, 아듀, 아듀, 아듀! (죽는다)

시시어스 달과 라이온은 남아서 시체를 묻는군.

디미트리어스 네, 담벼락도요.

보　　톰 (일어나며) 공작님, 두 집을 경계짓던 담벼락은 이제 무너졌습니다. (플루트 일어난다) 에필로그의 대사를 들으시겠습니까, 아니면 우리 패거리 가운데 두 사람이 추는 버고마스크 광대춤을 보시겠습니까?

시시어스 에필로그는 필요없다. 너희들 연극에는 변명이 필요없어. 배우들이 무대에서 모두 죽었으니, 비난받을 사람도 없고 변명은 무용지물이다. 이 대본을 쓴 자가 피라므스 역을 하고, 시스비의 구두끈으로 목을 졸라 죽었다면 훌륭한 비극작품이 되었을 것이다. 정말이지 탁월한 비극이다. 잘들

했어. 에필로그의 춤을 보도록 하자. (춤춘다)

퀸스, 스너그, 스너우드, 스타블링 등장.

밤의 종소리가 쇠혓바닥으로 열두 시를 알렸다. 연인들이여, 잠자리에 들자, 지금은 요정의 시간. 오늘밤 뜬눈으로 지새운 만큼, 내일 아침 늦잠 들면 안 된다. 오늘밤 연극이 엎치락뒤치락하는 한마당 놀이였지만, 밤의 무거운 발걸음을 잊게 해주었다. 자, 잠자리에 들자. 앞으로 두 주일, 축제를 계속하자, 밤마다 잔칫상 벌여놓고 놀이를 즐기자. (일동 퇴장)

제 2 장

퍽 등장.

퍽   이제 굶주린 사자는 으르렁거리고,
     늑대는 달을 향해 사납게 짖어댄다.
     고달픈 일에 지쳐버린
     농부들은 잠들어 꿈길 구만리.
     화톳불, 활활 타는 모닥불 꺼져가고,
     부엉이 울어대는 부엉부엉 밤하늘,
     죽음의 잠자리에 누워 지새는

죽는 이 생각하는 죽음의 수의.
산천 초목도 잠드는 지금,
무덤은 활짝 문을 열고
망령들 어둠 속에 가득히 밀려
헤매고 방황하는 묘지의 길.
우리들 요정은 훨훨 하늘을 난다.
몸이 세 가닥인 헤커티와 함께
태양의 얼굴을 피해 꿈같은 밤길을 따라
장난질치며 하늘을 난다.
쥐 한 마리 거룩한 신전에 얼씬거리지 마라.
나는 비 들고 왔다.
문 뒤에 쌓인 먼지 좀 털자.

오베론, 타이테니아, 시종들과 함께 등장.

오 베 론 꺼져가는 불빛이 껌벅이는 이 집 속에서 요정들은 덤불 속의 새들처럼 춤추고 노래하라. 요정들이여, 내 노래에 맞춰 춤추며 노래하라.

타이테니아 당신의 노래를 먼저 듣고 싶어요. 우리들은 손에 손을 잡고 그 노래에 맞춰 춤을 추겠어요. 이 집을 우리 모두 축복해 줘요. (오베론의 인도에 따라 요정들 춤추고 노래한다)

오 베 론 요정들이여, 새벽까지 집안 곳곳에서 춤을 추어라. 우리 둘은 새색시 신방을 축복합시다. 태어날 아이까지도 영원한 행운이 함께 하도록. 세 쌍의 신랑신부 백년해로하고, 이들에게서 태어나는 아이들 몸에는 사마귀 점, 언청이 입술, 흉터 등이 없도록. 태어나면서, 세상 사람들이 불길하다고 싫어하는 상처 때문에 평생 고통받지 말기를. 요정들이여, 제각기 손에 손에 깨끗한 들판의 이슬을 받아 이 집안 구석구석 방안을 찾아가서 쏟아 놓아라. 축복의 이슬을 그곳에 잠드는 사람을 찾아가서 쏟아 놓아라, 축복의 안식을. 빨리 가거라, 어서 날아가거라. 밤이 새기 전에 끝내고 오너라. (오베론, 타이테니아, 요정들 퇴장)

퍽 (관객들에게) 우리들은 그림자. 우리들이 때때로 여러분의 기분을 상하게 하더라도, 그것은 잠시 꿈꾸는 동안의 길. 모두 언짢은 꿈자리 때문이라 생각하고 용서하세요. 이 연극이 초라하고 허황된 것이라 하더라도, 그것은 꿈같은 것이니 나무라지 마시고 용서하세요. 앞으로 고쳐 나가겠습니다. 나는 정직한 요정 퍽이랍니다. 여러분이 칭찬을 해주시면 더욱 분발하는 착한 요정이죠. 이 말이 거짓이라면, 저를 거짓말쟁이라 부르세요. 그럼 여러분 안녕히 주무세요. 우리 모두 친구가 되었으니 악수합시다. 요정 퍽이 인사드리옵니다. *

□ 연 보

1564년   4월 23일, 영국 중부지방 워릭셔주 스트래트퍼드 온 에이번에서 부친 존 셰익스피어와 모친 메어리 아든의 장남으로 출생.
1568년   부친, 스트래트퍼드 온 에이번 시장에 피선.
1576년   영국 최초의 상설 극장이 런던에 개설됨.
1577년   이 무렵부터 경제적으로 궁핍해진 부친이 공식회합에 불참.
1581년   이 무렵에 작성된 랭커셔의 알렉산더 호손의 유서에 '배우 윌리엄 셰익스피어' 라는 이름이 나옴.
1582년   11월 27일, 8세 연상의 앤 하서웨이와 결혼.
1583년   5월, 장녀 스잔나 출생.
1585년   2월, 장남 햄닛과 차녀 주디스(쌍둥이) 출생.
1587년   이때쯤 극단을 따라 런던으로 갔을 것이라는 설이 있음.
1590년   〈헨리 6세〉 제2부, 제3부 초연.
1591년   〈헨리 6세〉 제1부 초연.
1592년   〈리차드 3세〉, 〈실수 연발〉 초연. 런던에 질병으로 극장이 폐쇄됨.
1593년   〈타이터스 앤드로니커스〉, 〈말괄량이 길들이기〉 초연. 시집 《비너스와 아도니스》 출판. 《소네트집》에 수록된 대부분의 작품이 이때부터 1596년경 사이에 쓰여짐.

1594년   6월, 런던의 극장이 정식으로 문을 열어 극단의 재편성이 있었음. 셰익스피어는 극단 일에 참여함. 시집《루크리스의 능욕》출판. 〈베로나의 두 신사〉, 〈사랑의 헛수고〉, 〈로미오와 줄리엣〉 초연. 《타이터스 앤드로니커스》출판.
1595년   〈리차드 2세〉, 〈한여름밤의 꿈〉 초연.
1596년   장남 햄닛 사망. 부친 문장 사용의 허가를 받음. 10월경 런던의 비숍스 게이트에서 테임즈 강 남안 서리 주로 이사. 〈존 왕〉, 〈베니스의 상인〉 초연.
1597년   고향 스트래트퍼드 온 에이번에 호화스런 저택 뉴플레이스를 구입. 〈헨리 4세〉 제1부, 제2부 초연. 《리차드 2세》,《리차드 3세》,《로미오와 줄리엣》(불량 텍스트) 출판.
1598년   〈헛소동〉, 〈헨리 5세〉 초연. 《헨리 4세》(제1부), 《사랑의 헛수고》출판. 프랜시스 미어즈의 《지혜의 보고》(셰익스피어에 관한 중요한 문헌) 출판.
1599년   〈줄리어스 시저〉, 〈뜻대로 하세요〉, 〈십이야(十二夜)〉 초연. 《로미오와 줄리엣》(우량 텍스트) 출판. 글로브 극장 개장.
1600년   〈햄릿〉, 〈윈저의 명랑한 아낙네들〉 초연. 《헛소동》, 《헨리 4세》 제2부, 《헨리 5세》(불량 텍스트) 《한여름밤의 꿈》, 《베니스의 상인》 출판.
1601년   부친 존 사망. 〈트로일러스와 크리시더〉 초연.
1602년   이 무렵 런던의 크리플게이트의 위그노파인 크리스토퍼 마운트 조이가(家)에 거주하며, 부동산 투자에 관심을 가짐. 5월에 스트래트퍼드 근교에 광대한 토지를 구입하고, 9월에는 고향의 사펠 레인에 있는 토지와 집을 구입. 〈끝이 좋으면 다 좋다〉 초연. 《윈저의 명랑한 아낙네들》(불량 텍스트) 출판.

1603년　가을에 존슨의 〈시제이너스〉에 출연한 것이 셰익스피어가 배우로서 무대에 선 최후의 기록이 됨. 《햄릿》(불량 텍스트) 출판. 3월 19일, 엘리자베스 여왕이 중태에 빠져 흥행이 금지됨. 3월 24일, 여왕 서거. 4월에 질병이 유행되어 극장이 폐쇄됨.

1604년　〈오셀로〉, 〈자[尺]에는 자로〉 초연. 《햄릿》(우량 텍스트) 출판. 4월, 극장이 재개관됨.

1605년　〈리어 왕〉 초연.

1606년　〈맥베스〉, 〈안토니와 클레오파트라〉 초연.

1607년　6월 5일, 장녀 스잔나가 스트래트퍼드의 의사 존 홀과 결혼. 〈코리올 레이너스〉, 〈아테네의 타이몬〉 초연. 질병으로 여름부터 가을까지 극장이 폐쇄됨.

1608년　스잔나의 딸 엘리자베스 출생. 9월 7일, 모친 메어리, 스트래트퍼드에 매장. 〈페리클레스〉 초연. 《리어 왕》 출판.

1609년　〈심벨린〉 초연. 《소네트집》, 《트로일러스와 크리시더》, 《페리클레스》 출판. 질병으로 여름부터 이듬해 봄까지 극장이 폐쇄됨.

1610년　〈겨울 이야기〉 초연. 이때 고향에 돌아갔다는 설이 있음.

1611년　〈템페스트〉 초연.

1612년	동생 길버트, 스트래트퍼드에 매장됨.
1613년	동생 리차드 사망. 6월 29일, 〈헨리 8세〉 초연중 화재로 글로브 극장 소실됨. 존 플레처와 합작으로 〈2인의 고상한 연고자들〉과 〈카데니오〉를 초연(?).
1614년	당시의 어떤 문서에 의하면 셰익스피어는 127에이커의 토지를 소유하고 있었다고 함. 6월, 글로브 극장 재개관.
1616년	1월 25일(?), 유언장 작성. 2월 10일, 차녀 주디스가 토머스 퀴니와 결혼. 3월 25일, 유언장을 고쳐 서명. 4월 23일, 사망. 4월 25일, 스트래트퍼드의 홀리 트리니티 교회에 안장됨.

*   *   *

1619년	토머스 파비어가 셰익스피어 희곡선집을 기획하여 다음의 10권을 내고 좌절. 《헨리 6세》(제2부, 제3부), 《헨리 5세》, 《리어 왕》, 《베니스의 상인》, 《윈저공의 명랑한 아낙네들》, 《한여름 밤의 꿈》, 《페리클레스》, 《서 존 올드캐슬》(1부), 《요크셔의 비극》(마지막 두 편은 셰익스피어의 것이 아니라는 설이 있음).
1622년	《오셀로》 출판.
1653년	8월 6일, 아내 앤 사망. 글로브 극장 시절 셰익스피어의 두 동료였던 배우 존 헤밍과 헨리 콘델의 편집에 의한 셰익스피어 최초의 단권 전집 출판.

옮긴이 양은숙

이화여자대학교 동 대학원 영문과 졸업.
경기도 수원 장안대 강사 역임.
역서로 《추억의 크리스마스》, 《갈매기의 꿈(외)》 등 다수가 있음.

로미오와 줄리엣(외)

발행일 | 2023년 10월 15일 초판 1쇄 발행

지은이 | W. 셰익스피어   **옮긴이** | 양은숙
펴낸이 | 윤형두·윤재민   **펴낸곳** | 종합출판 범우(주)
표지디자인 | 윤 실   **인쇄처** | 태원인쇄

등록번호 | 제406-2004-000012호 (2004년 1월 6일)
          (10881) 경기도 파주시 광인사길 9-13 (문발동)
대표전화 | 031-955-6900   **팩 스** | 031-955-6905
홈페이지 | www.bumwoosa.co.kr   **이메일** | bumwoosa1966@naver.com

ISBN 978-89-6365-561-1 03840

* 책값은 뒤표지에 있습니다.
* 잘못된 책은 바꾸어드립니다.